Chère lectrice,

Voici venu le mois de mars, et avec lui le printemps. La saison du renouveau, de la douceur… et de l'amour. L'amour, qui est justement au centre des préoccupations de vos héros Blanche, ce mois-ci encore… En effet, n'est-il pas parfois terriblement difficile d'aimer et d'être aimé ? C'est la douloureuse question que se pose Céleste lorsqu'elle sent un trouble intense l'envahir au contact de Ben, son nouveau chef au service des urgences. Mais, enceinte d'un autre, elle sait qu'elle ne pourra céder à son attirance, et vivre auprès de Ben la vie dont elle a toujours rêvé… (*Mariage à l'hôpital*, Blanche 974). Gemma, elle aussi, a conscience de se lancer dans une histoire impossible en passant une nuit de passion entre les bras du cheik Yusef Akkedi. Car, bien que cet homme extrêmement séduisant lui ait avoué éprouver des sentiments pour elle, elle sait qu'il ne pourra jamais rien lui offrir d'autre qu'un rôle de maîtresse… (*Surprise pour un chirurgien*, Blanche 977). L'amour finira-t-il par triompher ? Plongez-vous vite dans les romans de votre collection Blanche pour le découvrir !

Excellente lecture,

La responsable de collection

L'enfant caché d'un pédiatre

*

Revanche sur le passé

TERESA SOUTHWICK

L'enfant caché d'un pédiatre

COLLECTION BLANCHE

éditions Harlequin

Cet ouvrage a été publié en langue anglaise
sous le titre :
THE DOCTOR'S SECRET BABY

Traduction française de
MARCELLE C OOPER

HARLEQUIN®

est une marque déposée du Groupe Harlequin
et Blanche® est une marque déposée d'Harlequin S.A.

Photo de couverture
Médecin et enfant : © BOKELBERG / STUDIOX

83-85, boulevard Vincent-Auriol, 75013 PARIS — Tél. : 01 42 16 63 63

Service Lectrices — Tél. : 01 45 82 47 47
www.harlequin.fr

ISBN 978-2-2808-1695-3 — ISSN 0223-5056

1.

Annoncer à un ex-petit ami qu'il était le père de votre enfant constituait une manière détestable de commencer la journée, d'autant que les urgences du Mercy Medical Center ne se prêtaient guère à une telle révélation, mais Emily Summers n'avait pas le choix puisque c'était l'endroit où officiait le Dr Cal Westen, pédiatre. Cal Westen qui, une demi-heure avant de prendre sa garde, s'arrêtait en salle de repos pour boire un café. Du moins en avait-il l'habitude avant leur rupture.

Dès qu'Emily ouvrit la porte, son regard tomba sur lui, et son cœur se mit à battre la chamade. Certaines choses ne changeaient pas, y compris l'émoi qu'elle éprouvait en sa présence.

— Bonjour, Cal.

— Emily Summers ! Si je m'attendais... On revient sur les lieux du crime ?

Criminelle, non. Ce qui n'empêchait pas la culpabilité...

Elle s'avança vers lui en contournant la table métallique rectangulaire jonchée de journaux. La télévision était branchée sur une chaîne d'informations et la bande en bas de l'écran égrenait les dernières nouvelles en continu.

— Comment vas-tu, Cal ?

— Bien.

En forme olympique, comme toujours. Grand, athlétique, le teint hâlé, Cal Westen accomplissait l'exploit de rendre sexy l'informe tenue opératoire bleue des chirurgiens.

Jusqu'à l'arrivée de Cal dans sa vie, Emily s'était crue exclusivement attirée par les bruns ténébreux, mais le blond et charismatique médecin lui avait fait réviser son opinion.

— Quel plaisir de te voir…, poursuivit-il, tout sourire.

Un plaisir qui s'envolerait dès qu'il aurait entendu ce qu'elle avait à lui dire.

Il s'écarta du comptoir où il était accoudé et posa son gobelet en carton sur la table.

— Puis-je t'offrir une tasse de café ?

— Non, merci.

Elle était déjà suffisamment nerveuse. Conjuguée aux effets de l'adrénaline courant dans ses veines, la caféine risquait de faire imploser son cœur. A la réflexion, les urgences constituaient l'endroit parfait pour lâcher sa bombe.

— Nous deux, cela fait combien de temps ?

Etant donné qu'elle était enceinte de quatre semaines lors de leur dernière entrevue et qu'elle avait ensuite fait le décompte des mois la séparant de l'accouchement avant de compter en sens inverse à l'approche du premier anniversaire de sa fille, elle n'eut aucun mal à répondre.

— Presque deux ans.

L'air incrédule, il secoua la tête.

— J'ai l'impression que c'était hier.

Pas elle car sa vie avait changé du tout au tout en ces vingt mois. Une vague d'amour l'avait envahie dès qu'elle avait senti son enfant bouger dans son ventre et, quand elle l'avait tenue dans les bras pour la première fois, elle avait su qu'elle donnerait sa vie sans hésiter pour la protéger.

Sa petite fille était la seule raison de sa présence au Mercy Medical en ce matin de juillet car reprendre contact avec Cal, qui lui avait brisé le cœur, lui coûtait.

L'air intrigué, il l'examina des pieds à la tête.

— Tes cheveux…

— Je les ai coupés. C'est plus pratique ainsi, ajouta-t-elle en passant une main dans les soyeuses mèches brunes.

Typique des hommes. Ils avaient beau se vouloir modernes en prônant l'égalité des sexes, ils préféraient les femmes aux cheveux longs.

— Cela te va bien. Vraiment…

L'approbation se lisait dans ses yeux.

— Et tu as minci, il me semble ?

— Toujours flatteur…

Durant le premier trimestre de sa grossesse, les nausées ne lui avaient guère laissé de répit et, au cours des six autres mois, s'était ajoutée toute la gamme des désagréments réservés aux futures mamans de sorte qu'elle n'avait pris que huit kilos, ce qui avait contrarié l'obstétricienne.

Après l'accouchement, son rythme de vie s'était accéléré, bébé oblige, et elle avait perdu le poids pris durant sa grossesse ainsi qu'une demi-douzaine de kilos supplémentaires, ce qui modifiait sensiblement sa silhouette d'un mètre cinquante-huit.

Le bermuda en jean qu'elle portait aujourd'hui était plusieurs tailles au-dessous des vêtements dans lesquels Cal l'avait connue.

— J'ai peut-être maigri un peu.

— Franchement, tu sembles différente.

Elle avait eu un enfant — l'enfant de Cal —, mais elle répugnait à le lui annoncer de but en blanc bien qu'elle ait été en peine de dire pourquoi elle se souciait de le ménager alors qu'il l'avait anéantie.

— Je suis la même.

Tout en l'observant, il croisa les bras, ce qui attira l'attention d'Emily sur le contour de ses pectoraux. Combien de fois avait-elle caressé cette peau dorée semée de poils roux-brun… Un souvenir qui fit s'emballer son pouls presque aussi fort qu'autrefois durant leurs moments intimes.

Il s'approcha si près qu'elle sentit la chaleur de son corps.

— Tu es encore plus belle qu'avant, Em. Quel est ton secret ?

— Rien de spécial…

— Je n'ai jamais su où tu étais allée après avoir quitté le Mercy Medical.

Avait-il donc cherché à le savoir ?

Au moment où elle croyait s'être ressaisie, son cœur refit des siennes — une réaction indépendante de sa volonté, bien entendu, car, pour rien au monde, elle ne retomberait sous le charme de cet homme qui l'avait tant blessée.

— Je travaille désormais au Sunrise Medical Center.

— Toujours assistante sociale ?

— Toujours. Entre autres…

Il hocha la tête.

— Quelles que soient tes activités annexes, elles te réussissent.

Etre maman ? Elle avait toujours voulu un enfant, même

à l'époque de sa première grossesse. Hélas, ce bébé qu'elle avait dû céder à l'adoption car elle était trop jeune pour l'élever laissait en elle un vide impossible à combler.

— Et toi, Cal, comment vas-tu ? répéta-t-elle pour gagner du temps.

— Tout va pour le mieux.

Décelait-elle une note d'enthousiasme forcé indiquant qu'il cherchait à s'en convaincre lui-même ? Ou prenait-elle ses désirs pour des réalités ?

— Mais toi, Emily ?

L'échange de politesses risquait de durer longtemps si elle n'y mettait pas un terme.

— Etrange que ma santé t'intéresse.

Il fronça les sourcils.

— Pourquoi dis-tu cela ?

La main qu'il posa alors sur son bras propagea une onde de chaleur dans tout son corps.

Autant en finir avant de perdre ses moyens.

— J'ai une grosseur dans le sein.

L'inquiétude se peignit sur le visage de Cal. L'ex-petit ami cédait la place au médecin.

— Tu n'as aucune raison d'imaginer le pire. As-tu consulté quelqu'un ?

— J'ai pris rendez-vous, mais…

— Lindquist est l'un des meilleurs spécialistes de Las Vegas. Je le connais. Si tu veux, je vais l'appeler pour qu'il te reçoive séance tenante.

— Non.

— Em, cela ne sert à rien de retarder l'échéance.

— Tu viens toi-même de me dire qu'il ne fallait pas envisager le pire.

C'était pourtant ce qu'elle faisait. Pour preuve, sa présence en ce lieu.

— Et je le maintiens. Mais pourquoi s'angoisser inutilement ?

— Je gère la situation. De toute façon, ce n'est pas vraiment de cela que je voulais te parler.

— Parce qu'il y a autre chose ?

— Cette grosseur m'a fait prendre conscience de mon… état de mortalité.

— Tu es jeune, Emily. Ne va pas t'inventer des problèmes.

Elle n'avait pas besoin de s'en inventer, ils s'invitaient chez elle tout seuls.

— Ce n'est pas pour moi que je m'inquiète…

Se forçant à affronter le regard de Cal, elle prit une profonde inspiration.

— … mais pour mon bébé.

— Tu as un bébé ? Je ne le savais pas…

Son visage se rembrunit tandis qu'il prenait manifestement conscience des implications de son propos.

— *Notre* bébé. Elle a onze mois.

— C'est une fille ? dit-il, abasourdi.

— Son nom est Ann Marie. Je l'appelle Annie.

— Ann est le second prénom de ma mère, murmura-t-il.

— Et Marie celui de la mienne. Cela me semblait équitable.

Même si elle avait dû se forcer pour choisir le nom de celle qui l'avait poussée à commettre un geste irréparable.

Cal se passa une main dans les cheveux.

— Un instant, peux-tu me répéter ce que tu es en train de dire ?

Le calme avant la tempête était terminé.

— Toi et moi, nous avons une petite fille.

— A supposer que je te croie…

A supposer ? songea-t-elle, choquée. L'idée qu'il puisse mettre sa parole en doute ne lui était jamais venue, du moins pas consciemment.

Au plus profond d'elle-même, pourtant, elle avait dû craindre cette réaction, sinon elle aurait appelé Cal au lieu de s'infliger ce face-à-face afin qu'il puisse s'assurer qu'elle ne mentait pas. L'avenir d'Annie en dépendait.

— Pourquoi te croirais-je, Em ? C'est toi qui as rompu, et, avant de partir, tu ne m'as jamais parlé de bébé à venir.

— Encore eût-il fallu que tu m'en laisses l'occasion.

— Parce que c'est ma faute ? Trois petits mots auraient suffi : je suis enceinte.

— Ce n'était pas si facile.

Pas après ce qu'elle avait vécu à l'adolescence.

— Juste par curiosité… Pourquoi me le dis-tu maintenant ?

— A cause de cette grosseur au sein. Si quelque chose m'arrivait, Annie n'aurait plus personne. Cette idée m'est insupportable.

— C'est donc pour préserver ton confort moral que tu viens me trouver.

— Non ! C'est pour notre fille.

— Après tout ce temps, tu admettras qu'il y a de quoi s'interroger, dit-il, le regard soupçonneux. Que cherches-tu exactement, Em ? Qu'attends-tu de ma part ?

Emily avait connu la souffrance ultime le jour où elle avait voulu annoncer à Cal Westen qu'elle portait son enfant. Du moins l'avait-elle cru.

Mais ce second rejet était encore plus douloureux à cause d'Annie, sa douce et innocente petite fille qu'elle devait absolument protéger contre les aléas de l'existence. N'en déplaise à Cal, c'était le seul but de sa démarche.

— Je reconnais que j'ai eu tort de ne pas t'en parler tout de suite.

— Tu crois ? demanda-t-il, sarcastique.

— J'espère que tu ne puniras pas notre fille pour ma faute.

— Rien ne prouve qu'il s'agisse de *ma* fille. Nous avons toujours utilisé des contraceptifs ; je ne suis pas du genre à prendre des risques.

— Moi non plus.

L'accident survenu durant son adolescence l'avait rendue prudente.

— Le préservatif a dû se déchirer, poursuivit-elle. C'est la seule explication…

La porte s'ouvrit à cet instant pour livrer le passage à Rhonda Levin, la surveillante des urgences qu'Emily connaissait pour l'avoir souvent croisée du temps où elle travaillait au Mercy Medical.

Blond platine aux yeux bruns, la plantureuse Rhonda les observa tour à tour avant de s'adresser à Cal.

— On va avoir besoin de vous sur le pont, doc. Trois ambulances nous amènent des accidentés de la route dont un bébé de douze mois, une fillette, présentant des blessures crâniennes assorties d'un traumatisme cervical. Arrivée prévue dans trois minutes.

Puis l'infirmière en chef sortit, non sans jeter un coup d'œil réprobateur en direction d'Emily.

L'enfant accidentée serait en de bonnes mains, songea Emily. Elle-même confierait sa fille les yeux fermés à Cal, le même Cal qui la regardait en ce moment comme si elle était le diable incarné.

— Le préservatif s'est déchiré ? reprit-il. Allons, Emily, tu peux faire mieux que ça.

Il avait apparemment l'intention d'utiliser ses trois minutes pour la passer sur le gril.

— En tant que médecin, tu es bien placé pour savoir que les préservatifs ne sont pas fiables à 100 %.

— La probabilité d'un accident reste d'une pour un million. Non, je crois qu'il est légitime de me poser des questions…

« Tu essaies de me faire endosser la paternité d'un autre. »

Bien que les mots n'aient pas été prononcés, l'insinuation était à peine voilée.

Emily s'était maintes fois joué cette scène dans son esprit sans jamais imaginer ce scénario. Elle comprenait à présent qu'elle avait péché par naïveté car Cal était en droit de douter de sa parole.

Mais le scepticisme dont il faisait preuve n'en demeurait pas moins une insulte à son encontre.

Elle le fusilla du regard.

— Si tu me crois capable de mentir à ce sujet, il est clair que tu ne me connais pas.

Ensuite, pour la seconde fois, elle tourna les talons pour quitter Cal sauf que, cette fois, son cœur se brisait aussi pour Annie.

*
* *

Assis à une table de la cafétéria Dunes située sur Eastern Avenue près du périphérique, Cal attendait Emily le surlendemain de l'entrevue qui avait bouleversé sa vie.

Viendrait-elle au rendez-vous qu'il lui avait fixé ? Rien n'était moins sûr.

Heureusement, elle avait conservé le même numéro de portable, sinon, il n'aurait même pas pu la contacter puisqu'elle n'habitait plus à son ancienne adresse.

Quand Emily avait rompu du jour au lendemain, il avait eu du mal à s'en remettre. Elle lui avait manqué pendant longtemps…

Avant-hier, après leur entretien fatidique, il avait pris en charge le bébé accidenté de la route. Heureusement, ses blessures étaient superficielles et le traumatisme crânien n'était en fait qu'une légère commotion qui ne laisserait pas de séquelle. Les points de suture qu'il avait posés seraient recouverts en quelques semaines par les cheveux, et l'enfant ne conserverait aucun souvenir ni aucune trace de son épreuve.

Lui n'avait pas cette chance car les mots d'Emily restaient gravés dans sa mémoire. « *Notre* bébé. Elle a onze mois. »

Autrefois, Emily ne lui avait jamais menti et elle avait eu l'air sincèrement indignée qu'il l'en croie capable.

Il sirota son café tout en jetant un énième coup d'œil à sa montre. Presque 8 heures et demie. La nuit tombait.

C'était elle qui avait choisi le lieu du rendez-vous, en territoire neutre, pour éviter de lui donner son adresse, sans doute par manque de confiance.

Ironique, non ? Elle qui essayait de lui faire endosser la

paternité de son enfant ne lui faisait pas confiance ! C'était le monde à l'envers.

Mais si elle ne mentait pas ?

Dans le doute, il avait souhaité cette rencontre afin d'en avoir le cœur net.

Elle arriva enfin, avec un quart d'heure de retard. A sa vue, malgré les mois de séparation et le tour qu'elle essayait — peut-être — de lui jouer, Cal sentit son sang s'embraser dans ses veines.

La bouche d'Emily appelait les baisers. Ces lèvres pleines et sensuelles avaient peuplé ses rêves, tout comme cette chevelure qui tombait jadis en une cascade de soie sur ses épaules.

Mais il s'égarait…

— Bonjour, dit-elle en s'arrêtant devant la table.

Il lui indiqua la banquette face à la sienne.

— Assieds-toi.

Elle portait un caraco jaune à fines bretelles sur un bermuda blanc, et ses tongs assorties à son haut dévoilaient de ravissants orteils aux ongles corail. Les pieds les plus sexy de Las Vegas…

S'en voulant de sa réaction physique primaire aux charmes de la belle Emily, il s'efforça de se ressaisir. Décidément, il était incorrigible. Une sirène manipulatrice l'avait naguère capturé dans ses filets, mais il en était encore à bayer d'admiration devant l'une de ses consœurs.

— Alors, de quoi veux-tu me parler ? attaqua-t-elle. Ta position était très claire, avant-hier ; en ce qui me concerne, nous n'avons plus rien à nous dire.

— Tu m'as faussé compagnie un peu vite…

Il décrispa ses doigts de l'anse de la tasse de café posée devant lui.

— Désires-tu boire quelque chose ?

— Non. Tout ce que je veux, c'est en finir au plus vite.

Ses beaux yeux noisette le fixaient, sur la défensive.

— Comme tu voudras.

Puis il se résolut à aborder la question qui le rongeait depuis deux jours.

— S'il s'agit bien de mon enfant…

— Le nom de ta fille est Annie.

Il ne releva pas.

— Pourquoi ne m'as-tu pas dit que j'allais être père ?

Un soupir échappa à Emily qui tourna le regard vers la fenêtre et les files de voitures qui roulaient pare-chocs contre pare-chocs sur Eastern Avenue en direction du périphérique. La salle était climatisée, mais, à l'extérieur, l'asphalte des chaussées fondait sous la chaleur torride qui régnait durant l'été au Nevada.

— Te souviens-tu de notre dernière conversation d'il y a deux ans ? demanda-t-elle en se glissant sur le siège en face de lui.

— Oui. Tout allait bien ; et l'instant d'après, tu m'annonçais que c'était fini entre nous… Un homme n'oublie pas ce genre d'entrevues.

— Un homme comme toi, rectifia-t-elle. Habitué à rompre le premier. Ce qui te dérange, c'est que ce soit moi qui aie pris les devants.

Elle avait raison, il le reconnaissait volontiers.

Il aimait les femmes, qui le lui rendaient bien, mais il avait coutume de trancher dans le vif avant que les choses ne deviennent sérieuses. Certaines l'avaient qualifié de vil séducteur… Et alors ? Il assumait.

Le problème, c'était qu'avec Emily, il n'avait pas été prêt à mettre un terme à leur histoire.

— Un coup en traître…, commenta-t-il seulement. Je ne l'ai pas vu venir.

Elle ouvrit de grands yeux de biche blessée.

— Toi et moi, on n'a visiblement pas les mêmes souvenirs. A moins que tu n'aies effacé l'épisode de ta mémoire.

— A toi de me la rafraîchir, dans ce cas.

— Pour résumer ton propos, tu me disais éprouver un dégoût viscéral pour tout engagement sérieux.

— Ces termes n'appartiennent pas à mon vocabulaire. D'ailleurs, je n'ai pas souvenir d'avoir jamais évoqué le sujet en ta compagnie.

En son for intérieur, il se maudit de sa mauvaise foi.

La bouche d'Emily eut un pli méprisant.

— Tout ce qui porte jupon au Mercy Medical Center et dans l'agglomération de Las Vegas est au courant de ton refus des promesses.

— Le métier de médecin exige une disponibilité totale.

— Et je concevais fort bien que tu ne puisses te libérer pour dîner au restaurant ou aller au Cæsar's Palace. Non, je parle de ton aversion aux responsabilités, aux relations à long terme et aux contraintes qui y sont liées. Tu es incapable de t'attacher à quelqu'un, superficiel, creux comme une coquille de noix…

— Je te trouve sévère.

— Moi, j'appellerai plutôt cela de la lucidité. Remarque, je savais à quoi m'attendre en sortant avec toi et cela me convenait car je ne voulais pas non plus m'impliquer de manière durable. Nous y trouvions en quelque sorte tous les deux notre compte, moi peut-être davantage que toi.

— Si tu veux bien, revenons-en à cette conversation…

— Je me suis bornée à te demander si tu envisageais, un jour, d'avoir des enfants, une question qui ne me paraissait pas si incongrue étant donné ta profession de pédiatre.

— Et qu'ai-je répondu ?

— Tu m'as tenu un discours fleuve d'une rare véhémence dont je cite les passages clés : « Rien ne pourra jamais m'obliger à m'enchaîner à quelqu'un… », « Si tu veux te mettre en couple, tu as frappé à la mauvaise porte… », « Pas question de renoncer à ma liberté, elle m'est trop précieuse… », et tu as conclu avec des accents vibrants : « Rien ni personne ne pourra jamais me faire changer d'avis. »

Aïe… Cela lui revenait maintenant. Etonnant qu'il ait oublié cet exposé, bien rodé pour avoir servi en maintes occasions.

— Hum… C'est vrai, j'ai effectivement dit cela.

Les sourcils froncés, la tête penchée sur le côté, elle l'observa comme s'il venait d'une autre galaxie.

— En fait, par cette entrée en matière, j'essayais de t'annoncer en douceur que j'étais enceinte. Ton monologue en faveur du célibat m'en a découragée.

— Ce n'était pas tant une question de courage que d'honnêteté, même si tu me considérais comme le dernier des égoïstes, incapable d'aimer quiconque. D'ailleurs, admettons que mes paroles t'en aient dissuadée sur le moment, tu aurais pu m'appeler ensuite au jour et à l'heure de ton choix, m'écrire ou laisser un message sur mon répondeur. « Cal, je vais avoir un bébé. Je pense que tu as le droit d'être au courant. » C'est tout ce qu'il te suffisait de dire.

Une femme avait jadis suspendu cette épée de Damoclès au-dessus de sa tête. Il s'y était laissé prendre et la grossesse s'était révélée un mensonge…

Le visage tendu, pâle, Emily semblait une petite chose fragile perdue sur sa banquette.

Il n'apercevait pas ses mains posées sur ses genoux. Nouait-elle ses doigts comme elle avait l'habitude lorsqu'elle était nerveuse ? Il se voyait mal jeter un coup d'œil sous la table pour vérifier.

— Dans ton monde d'hommes, un tel raisonnement se conçoit, mais pas dans le mien. Tu m'avais exposé ta position en des termes très clairs, et il n'était pas question que j'impose à ma petite fille un père qui n'avait que faire d'elle.

Une formulation pour le moins brutale qui le dérangeait un peu.

— Mon discours reflétait ma conviction profonde, Emily. Mais il était de ton devoir de m'informer des faits pour me laisser la possibilité de réagir. Si j'avais su que tu attendais un enfant, nous aurions au moins pu en parler.

— Tu n'avais fait que cela, parler, et le message était passé cinq sur cinq. A partir de là, je n'éprouvais aucune envie d'en entendre davantage.

— Pourtant, tu es venue me trouver avant-hier…

— Contrainte et forcée, dit-elle en soutenant son regard. Cette grosseur au sein m'a obligée à entreprendre une introspection douloureuse, et à tirer les conclusions qui s'imposaient. Au cas où il m'arriverait malheur, il faut qu'il y ait quelqu'un pour veiller sur Annie, et un père allergique aux responsabilités est tout de même mieux que pas de père du tout.

— Merci du compliment.

Conscient de la piètre opinion qu'elle avait de lui, il ne cachait pas son amertume.

Emily était injuste. Malgré son goût prononcé pour la gent féminine, il n'avait jamais mené personne en bateau et certaines femmes le considéraient comme un héros de par sa profession. Manifestement pas Emily.

— Ecoute, Cal, reprit-elle en posant ses mains à plat sur la table, ce que nous pensons l'un de l'autre n'a aucune importance. L'avenir d'Annie est la seule chose qui compte.

— As-tu vu le spécialiste ?

Il changeait délibérément de sujet car il préférait ne pas s'attarder sur celui de cette enfant dont il avait du mal à se croire le père.

— Pas encore. J'ai rendez-vous la semaine prochaine avec ma gynécologue — les sites que j'ai consultés sur internet conseillent tous de commencer par là. C'est ma gynécologue-obstétricienne, le Dr Rébecca Hamilton, qui a mis Annie au monde. Dès l'examen clinique, elle saura s'il faut m'orienter vers un spécialiste.

Bien qu'il lui en coûte de l'admettre, c'était l'autre raison pour laquelle il avait voulu revoir Emily. La pensée qu'elle soit malade, en dépit de ce qu'elle lui avait fait — et de ce qu'elle essayait peut-être de lui faire — le peinait.

Pourtant, si elle mentait pour la filiation du bébé, elle pouvait tout aussi bien mentir pour cette grosseur suspecte.

— Que veux-tu de moi, Emily ?

— *Moi*, je ne veux rien.

Les doigts de Cal se crispèrent autour de sa tasse à moitié vide.

— Comment puis-je être sûr que l'enfant est de moi ?

— Je te donne mon accord pour pratiquer un test ADN si cela peut t'apporter la tranquillité de l'esprit.

Aucun test n'y parviendrait depuis qu'il l'avait revue, songea-t-il.

— Bonne idée. Je me charge de contacter le laboratoire.

— Parfait.

Le fait qu'elle accepte aussi facilement dissipa certains de ses doutes, mais pas tous, car il savait la rouerie féminine sans limites.

Il était adolescent la dernière fois qu'une femme l'avait piégé dans ses filets. Elle avait prétendu être enceinte de ses œuvres et il l'avait crue. Et épousée.

Les semaines avaient passé sans que le ventre de Lori s'arrondisse bien qu'elle se plaigne sans cesse de nausées et de malaises et ne rate pas une occasion de lui parler de leur futur enfant.

Ce n'était qu'au bout du « troisième mois » qu'il avait fini par démasquer la supercherie et compris qu'elle cherchait à tomber enceinte pour couvrir son mensonge.

Malgré tout, il lui avait pardonné quand elle avait prétendu l'avoir fait par amour pour lui, et il avait poussé la naïveté jusqu'à lui promettre de rester à son côté quoi qu'il advienne, pour le meilleur et pour le pire, selon la formule consacrée.

Il avait eu le pire. Enhardie par son impunité, Lori avait inventé de nouvelles manières de le manipuler tandis que leur mariage se consumait lentement.

Après le divorce, Cal s'était promis de ne plus jamais s'attacher sentimentalement à quiconque. Depuis, lorsqu'il se trouvait en galante compagnie, il prenait soin de toujours utiliser des préservatifs de crainte de retomber dans un traquenard féminin — presque une obsession, maintenant — de sorte qu'il s'était définitivement cru à l'abri de tout nouveau chantage à la grossesse.

C'était compter sans Emily et son histoire de préservatif déchiré.

Elle avait, certes, consenti au test de recherche en paternité, mais n'était-ce pas une ruse pour mieux endormir sa méfiance ?

Trop de temps avait passé depuis la conception de ce bébé pour qu'il puisse la croire. Sans doute faisait-elle partie de cette race d'aventurières qui essayaient de berner les hommes afin d'en tirer le maximum de profit.

— Alors, ne reste plus qu'à attendre les conclusions du laboratoire.

— Il confirmera qu'Annie est ta fille. Je suis désolée de ne pas te l'avoir dit plus tôt, mais, à présent, j'ai besoin de m'assurer que son père veillera sur elle au cas où il m'arriverait malheur. Je n'effectue pas cette démarche pour moi, mais pour notre enfant.

— Tu m'excuseras, mais je préfère avoir les résultats du test ADN avant de l'appeler ainsi.

— Libre à toi, dit-elle en se levant de la banquette. Communique-moi la date, l'heure et l'endroit.

Il se redressa à son tour, heureux de la dominer de toute sa taille.

— D'accord.

Comme elle s'éloignait entre la rangée de tables et les tabourets pivotants du bar, il constata que, malgré sa silhouette amincie, elle ondulait toujours des hanches en marchant.

Une chose, au moins, qui n'avait pas changé, de même que l'effet produit sur ses sens…

— Em ?

Elle s'arrêta et se retourna pour le regarder.

— Oui ?

— Je veux voir ta fille.

2.

Emily arpentait la salle de séjour de son appartement dans l'attente du coup de sonnette de Cal. En l'appelant tout à l'heure pour lui annoncer sa visite, il l'avait prise de court car elle avait été persuadée qu'il ne viendrait qu'après le résultat du test ADN.

En quoi elle se trompait. Malgré les soupçons et la défiance qu'il affichait à son encontre, il avait décidé de faire la connaissance d'Annie.

Un vagissement l'arracha à sa réflexion et elle se précipita dans le couloir juste à temps pour empêcher sa fille de sortir à quatre pattes de sa chambre.

Après le coup de fil de Cal, Emily s'était empressée d'habiller le bébé d'une longue robe en dentelle blanche comme en portent les petites filles sages, ce qui n'était manifestement pas du goût de la demoiselle habituée aux grenouillères et autres salopettes de garçon manqué.

Ses pieds ne cessant de se prendre dans le tissu et d'entraver sa marche hésitante — elle pratiquait la station debout depuis quelques jours —, elle avait préféré la marche à quatre pattes tellement plus pratique pour avancer.

Les décibels produits par Annie exprimaient un message

sans ambiguïté : lui enlever ce vêtement de torture tout de suite…

Dès qu'Emily la souleva, Annie se mit à gigoter. Attendrie, elle serra contre elle la petite boule d'énergie aux boucles blondes encadrant un visage d'ange aux joues potelées et aux grands yeux bleus.

— Ecoute, ma puce, je suis désolée pour la robe, mais fais un effort. Ton papa va arriver d'une minute à l'autre et je suis sûre que tu veux produire une bonne impression sur lui. Montre-toi sous ton meilleur jour, éblouis-le de ton charme, que tu tiens, entre parenthèses, de lui.

Pour toute réponse, Annie entreprit de se tortiller avec vigueur pour demander qu'elle la repose.

Emily s'exécuta et lui tint la main pour anticiper la chute, et, en effet, Annie oscilla quelques secondes sur ses jambes avant de retomber sur son postérieur.

A défaut de briser du cristal — Emily n'en avait pas —, le cri aigu poussé par la fillette réveilla le chien des voisins qui se mit à aboyer.

— Patience, ma chérie… Cela fait partie de l'apprentissage de la marche. Les adultes ont tendance à oublier les talents d'équilibriste que cela exige au départ pour mettre un pied devant l'autre.

Après avoir tenté en vain de se redresser, Annie se mit à avancer à quatre pattes avec vélocité jusqu'à ce que ses genoux s'accrochent dans la robe, ce qui provoqua une nouvelle protestation indignée.

Emily la reprit dans ses bras.

— Dès que ton papa sera parti, je te mettrai ton pyjama. Désolée, je sais que c'est l'heure d'aller te coucher et que tu as sommeil, mais papa ne peut pas venir plus tôt puisqu'il termine sa garde à 7 heures. Il travaille à l'hôpital, ma puce, où il soigne des enfants aux urgences. Tu vas l'aimer. Et comment pourrait-il ne pas t'aimer en retour ?

Pour toute réponse, Annie se frotta le nez sur l'épaule de sa mère. A la vue de la trace visqueuse laissée sur son chemisier, Emily poussa un soupir.

— Heureusement, ce n'est pas moi qui dois faire bonne impression.

Pour preuve des frénétiques essayages qui avaient eu lieu, une demi-douzaine de robes s'étalait sur le lit de la chambre d'Annie. La première rencontre d'une fille avec son père était un grand événement pour lequel elle devait arborer ses plus beaux atours… Du moins, Emily le supposait-elle car elle n'avait jamais posé les yeux sur son propre géniteur.

C'était sa faute si cette rencontre entre Cal et sa fille avait lieu maintenant, avec onze mois de retard, et Emily savait qu'elle devrait vivre avec le poids de la culpabilité jusqu'à la fin de ses jours, mais mieux valait tard que jamais ; d'autant que cette erreur-ci, contrairement aux autres commises au cours de son existence, pouvait être réparée.

Au son strident de la sonnette, la panique l'envahit. Mais, ô bonheur, le carillon capta l'attention d'Annie qui cessa de gigoter.

— En scène, jeune fille.

Le bébé dans les bras, Emily alla vérifier l'identité de son visiteur par l'œilleton. A la vue de Cal, elle sentit son ventre se nouer comme lors d'une descente sur le grand huit, et elle dut faire un effort considérable pour afficher un visage serein.

— Bonsoir, dit-elle en ouvrant.

— Bonsoir, Em.

Sa silhouette se découpait dans le feu du soleil couchant qui inondait la cour. Il avait troqué sa tenue de chirurgien pour un jean et un polo à manches courtes couleur pervenche qui soulignait le bleu de ses yeux, exactement de la même teinte que ceux de sa fille. Peut-être existait-il une toute petite chance que cette rencontre représente autant pour lui que pour elles deux.

— Entre.

Dès qu'il fut dans le vestibule, elle se hâta de refermer.

— Quelle chaleur !

Malgré l'air conditionné, la température montait en flèche à l'intérieur aussi, songea-t-elle en le regardant.

Deux ans s'étaient écoulés depuis leur séparation, mais Cal dégageait toujours le même magnétisme. A une époque, son charme la faisait chavirer, mais les ondes qui circulaient à présent entre eux véhiculaient trop d'antagonisme pour permettre à la magie de renaître.

Une constatation déprimante à laquelle elle devait se résigner, tout comme à cette visite qui ne lui était pas destinée.

Mais l'heure n'était pas aux états d'âme. Il était temps de procéder aux présentations.

Suçant son pouce, Annie fixait ce géant inconnu d'un air craintif.

— Cal, voici Annie.

Il observa la fillette en silence un long moment durant lequel Emily retint son souffle.

— Tu ne m'avais pas dit qu'elle me ressemblait, dit-il enfin sans quitter l'enfant du regard.

— M'aurais-tu crue ?

— Sans doute pas…

Ses yeux se posèrent sur elle, hostiles.

— Mes cheveux étaient de ce blond très pâle lorsque j'étais petit et nos yeux sont identiques. Même ceci…

Comme il tendait le bras dans l'intention de toucher la fossette au milieu du menton d'Annie, celle-ci recula et enfouit le visage dans le cou d'Emily.

— Pardonne-lui, elle est un peu timide.

Il hocha la tête sans commentaire, son visage ne trahissant rien de ses pensées. Etait-il déçu de constater qu'elle n'avait pas menti ? Ou au contraire était-il prêt à payer une tournée générale au pub pour célébrer sa paternité ?

— Veux-tu la tenir ?

— Oui.

Désireuse de se racheter, Emily œuvrait dans le but de rapprocher le père et la fille, et de leur offrir une première rencontre inoubliable.

Hélas, la chance ne lui avait jamais souri, et ce soir ne fit pas exception à la règle : Annie se débattit quand Cal la prit dans ses bras. Ses petites mains s'arc-boutèrent contre son torse pour le repousser puis elle éclata en sanglots déchirants tout en se tournant vers Emily.

— Je lui fais peur, dit-il, glacial. Tu ferais mieux de la reprendre.

Emily obéit et, aussitôt, les pleurs cessèrent. Mais le mal était fait.

— Elle agit ainsi avec les inconnus, dit-elle dans l'intention de le rasséréner. Laisse-lui le temps de te connaître un peu.

— A qui la faute si je suis un inconnu ?

Sa remarque fit mouche et une nouvelle vague de culpabilité envahit Emily. Pourtant, comme chaque fois qu'elle se sentait prise au piège, l'adolescente pugnace qui avait naguère survécu dans la rue refit surface en elle.

— Ecoute, j'ai reconnu mon erreur et je t'ai demandé pardon. Je ne vais pas passer ma vie à m'excuser. Annie est très craintive avec les gens qui l'approchent pour la première fois, et je trouve que c'est une bonne chose.

— Une bonne chose qu'elle ne connaisse pas son père ?

— Ne fais pas semblant de ne pas comprendre. Il vaut mieux qu'elle prenne son temps pour connaître les nouveaux venus afin de pouvoir séparer le bon grain de l'ivraie.

— Est-ce censé me remonter le moral ?

— Franchement, ce que tu ressens est le cadet de mes soucis…

Consciente de la brutalité de son propos, elle tenta de l'atténuer.

— Je veux dire que, dans ma situation, j'ai d'autres priorités qui sont l'avenir et le bien-être d'Annie.

— Moi aussi, ils m'importent, maintenant que je la connais.

— Alors, tu me crois ? Plus besoin de test ADN ?

— Si. Afin de dissiper mes derniers doutes.

— La confiance que tu portes à tes semblables est limitée, n'est-ce pas ?

La sonnette de la porte d'entrée dispensa Cal de répondre.

A la vue de l'adolescente rousse qui entra dans la salle de séjour quand Emily ouvrit, Annie cessa de geindre pour afficher un grand sourire et lui tendre les bras.

— Bonjour, mon trésor.

La jeune fille prit le bébé et plaqua deux baisers sur ses joues rebondies.

— Comment va ma blondinette préférée ? dit-elle en la chatouillant, ce qui fit rire Annie aux éclats.

Une tristesse mêlée d'indignation se lisait dans les yeux de Cal, et Emily pouvait le comprendre. Annie ne venait-elle pas de pousser des cris d'orfraie dans ses bras comme en présence d'un ogre mangeur d'enfants ? Comment aurait-elle réagi elle-même dans une telle situation ?

— Cal, je te présente Lucy Gates. Lucy, le Dr Cal Westen.

Lucy les observa tous trois.

— Le géniteur ?

L'expression de Cal s'assombrit, annonçant l'orage. L'emploi de ce terme était sans doute la goutte d'eau qui faisait déborder le vase.

— Et vous, vous êtes ?

Ce fut Emily qui répondit :

— Lucy est l'une de mes protégées. Cette résidence de cinq appartements de plain-pied a été cédée aux services sociaux par Ginger Davis, la fondatrice de Nourrices à Domicile. Grâce aux subventions de l'Etat et aux dons des particuliers, je dirige un programme d'aide destiné aux jeunes mères célibataires. Partenariat Bébés — le nom du programme — loge les mamans qui n'ont nulle part où aller et prend en charge leur remise à niveau scolaire, leurs formations professionnelles et parfois leurs études supérieures. En échange, les mamans s'engagent à assurer une permanence pour qu'il y ait toujours quelqu'un pour s'occuper des bébés. Elles s'entraident tout en mettant toutes les chances de leur côté pour s'assurer un avenir stable. Le système repose sur le principe de la responsabilisation car on ne peut aider des enfants si les mères sont incapables de s'assumer.

Durant le discours d'Emily, Cal n'avait cessé d'observer la nouvelle venue.

— Vous avez l'air bien jeune pour avoir un enfant.

— Comme quoi, les apparences sont trompeuses, répliqua Lucy. J'ai eu mon fils, Oscar, à quinze ans.

— Je vois.

Elle rit d'un air moqueur.

— Cela m'étonnerait. Vous n'avez pas la moindre idée… Tout comme mes parents.

La conversation dégénérait. Il était temps d'intervenir.

— Lucy, du calme. Cal ne fait que…

— Juger. Comme tous les adultes.

— Comment vos parents vous ont-ils jugée ? demanda Cal.

— Ils m'ont jetée dehors quand ils ont su que j'étais enceinte…

L'agressivité de son ton masquait mal sa peine.

— J'étais la honte de la famille, m'ont-ils dit. En réalité, ce qui les gênait surtout, c'était d'avoir une bouche supplémentaire à nourrir…

— Lucy et Oscar se sont retrouvés à la rue, intervint Emily.

Lucy lui rappelait l'adolescente qu'elle avait naguère été. Quand sa mère lui avait posé l'ultimatum — abandonner son bébé ou prendre la porte —, Emily avait choisi la porte.

Hélas, après plusieurs semaines dans la rue, elle avait renoncé à faire subir cette vie d'errance et de dangers à son enfant et elle était rentrée, résignée à le céder à l'adoption dès l'accouchement.

A présent, elle essayait d'aider les jeunes filles confrontées au même dilemme à trouver une autre solution.

— Cal est pédiatre, Lucy.

— Ah oui ? Je ne m'en serais pas doutée.

— Je travaille aux urgences du Mercy Medical, dit-il sans relever le sarcasme.

— Vous ne vous occupez pas des soins normaux, le suivi postnatal, les maladies infantiles, les vaccins ?

— Pour les soins *normaux*, j'adresse les patients à mes collègues.

— Alors, à quoi servez-vous ?

— Si votre bébé souffre d'un traumatisme crânien ou d'une fièvre élevée, je serai là pour vous aider. Le suivi et les traitements au long cours ne relèvent pas de mes compétences.

Emily en prenait conscience seulement maintenant, mais même la spécialisation de Cal reflétait son refus de toute implication personnelle. Un urgentiste ne revoyait jamais les malades et les blessés qui passaient entre ses mains, et il n'avait pas à s'inquiéter de leur sort ni à s'investir émotionnellement.

A présent, cela n'avait plus d'importance, mais qu'il ne s'avise pas de faire du mal à leur fille. Tout ce qu'elle lui demandait, c'était de jouer son rôle de père auprès d'Annie au cas où cette grosseur se révélerait maligne.

— Où est Oscar, Lucy ? demanda-t-elle.

— Avec Patty.

— La colocataire de Lucy, expliqua Emily à l'intention de Cal. Elles partagent l'appartement voisin du mien. Tandis que l'une est en cours, l'autre garde les enfants. Leur emploi du temps est établi pour que ce soit chacune à tour de rôle.

— Un système efficace, commenta Cal. A condition que tout le monde joue le jeu.

Lucy le toisa avant de rendre le bébé à Emily.

— J'ai entendu ce type frapper à ta porte et je voulais juste m'assurer qu'il ne t'importunait pas.

— Tout va bien, dit Emily en serrant Annie contre elle pour l'empêcher de retourner vers sa baby-sitter. Mais merci d'être passée.

— De rien. On est solidaires, *nous*, ajouta Lucy avec un regard acéré en direction de Cal avant d'ouvrir la porte. A plus tard, Em.

Resté seul avec Emily, Cal ne cacha pas son ressentiment.

— Tu en as beaucoup, des protégées de ce genre ?

— Ne te fie pas aux apparences. C'est une enfant attachante.

— Attachante... Il va falloir que je te croie sur parole. Mais je suis d'accord avec toi sur le premier terme. Elle est assez jeune pour faire partie de mes patientes. J'espère que la formation qu'elle suit inclut des cours sur les méthodes de contraception.

Emily le fusilla du regard.

— Les gens qui vivent dans les beaux quartiers n'ont aucune idée des épreuves que traversent les moins privilégiés...

— Epargne-moi la rengaine de l'assistante sociale.

— Ce n'est pas une rengaine ! Mais je refuse de discuter de ça avec toi. Puisque tu considères Lucy comme une enfant, tu aurais au moins pu être gentil avec elle. Je ne t'avais jamais vu être délibérément grossier envers quelqu'un.

— C'est aussi la première fois que j'ai une petite fille qui me traite comme un pestiféré en me préférant une inconnue.

— Lucy n'est pas une inconnue pour Annie.

— Pour moi, elle l'est, rétorqua-t-il.

— Ta réaction est puérile.

— Je dis ce que je pense, Em.

— Insinuerais-tu que ce n'est pas mon cas ?

— Si tu te sens visée, c'est que tu as mauvaise conscience.

Emily sentit la colère monter en elle.

— As-tu l'intention de ressasser mes torts pendant cent sept ans ? Il existe tout de même des manières plus utiles de dépenser ton énergie, par exemple en apprenant à connaître ta fille. Qu'en penses-tu ?

— Il est grand temps que j'apprenne à la connaître.

— A la bonne heure.

Il posa les mains sur les hanches, à la manière d'un cow-boy prêt à dégainer.

— Et tu vas m'y aider.

— Comment ? s'enquit-elle, méfiante.

— En assistant à nos rencontres.

Il avait raison. Impossible de laisser sa petite fille en tête à tête avec Cal sous peine de les voir tous deux traumatisés.

— D'accord.

Après le départ de Cal, elle alla coucher sa fille puis s'effondra sur le canapé.

Encore une fois, elle avait péché par excès de naïveté en n'anticipant pas la demande de Cal. Quand elle était allée le trouver à l'hôpital, elle n'avait pensé qu'à Annie, sans prévoir les conséquences qu'entraînerait son geste.

Ironie du sort, ce qui les avait jadis séparés, Cal et elle, était cela même qui les obligeait aujourd'hui à se réunir.

Annie.

Emily avait autrefois fait l'expérience de la détresse et de la solitude, mais, contrairement à Cal, elle n'en avait pas gardé rancune contre le genre humain. Depuis, elle veillait simplement à s'entourer d'amis sincères et véritables, et à présent, contrainte et forcée, elle devait admettre Cal dans leur cercle…

La situation l'exigeait. Elle ne le faisait pas de gaieté de cœur, tout comme lui d'ailleurs. S'il avait accepté, c'était uniquement pour Annie.

Mais elle avait beau se raisonner, se répéter qu'il fallait en passer par là pour le bien de sa fille, la perspective de passer du temps avec le briseur de cœurs patenté de l'hôpital ne l'enchantait guère.

3.

Annie dans ses bras, Emily se dirigea vers l'entrée du cabinet de gynécologie tandis que Cal, en parfait chevalier servant, les suivait avec le sac de couches.

Décidément, elle ne se corrigerait jamais de son côté fleur bleue, songea-t-elle, car une telle catégorie d'individus n'existait pas. Si un homme se montrait galant et attentionné envers vous, c'était parce qu'il voulait quelque chose, lui avait enseigné jadis la dure loi de la rue.

Pour l'heure, Cal ne lui avait rien demandé, bien au contraire. La veille, lors de sa seconde visite à l'appartement, il lui avait proposé de l'argent pour la dédommager des onze mois où elle avait dû élever Annie seule.

De l'argent ! Indignée, Emily avait déchiré en mille morceaux le chèque qui représentait à ses yeux un affront, une manière déguisée de douter de son honnêteté.

« Ton motif avouable est de trouver quelqu'un pour veiller sur Annie, avait-il eu l'air de sous-entendre. Mais je suis sûr que quelques dollars en prime seront les bienvenus. »

Comme pour prouver qu'il ne lui faisait pas confiance, il avait ensuite sorti le Coton-Tige pour effectuer le prélèvement d'ADN dans la bouche de la fillette qui, hurlant à s'en déchirer les tympans, ne l'en avait détesté que davantage.

Le rendez-vous d'Emily avec le Dr Hamilton était à 9 heures et ils avaient dix minutes d'avance. Relativement fraîche pour un matin de juillet, la cour du bâtiment présentait une variété de palmiers, de cactus et de plantes du désert arborant de magnifiques fleurs.

Emily désigna la dernière porte sur la droite.

— L'entrée du cabinet. Sans doute va-t-il falloir attendre.

— Je suis médecin. Je connais la musique.

— Tu travailles aux urgences alors que Rébecca Hamilton est une gynécologue-obstétricienne dont le carnet de rendez-vous affiche complet pour les prochains mois ; ce n'est pas comparable. Je te parie que le délai d'attente sera d'au moins une demi-heure car ses rendez-vous sont souvent décalés à cause des accouchements. Les bébés viennent au monde quand ils l'ont décidé, sans se soucier des heures ouvrables ni des emplois du temps et des disponibilités des uns et des autres.

— A quelle heure Annie est-elle née ? s'enquit-il d'une voix placide.

Des lunettes de soleil cachaient l'expression de ses yeux, ce qui était tout aussi bien.

Emily caressa le dos de son enfant.

— A 7 heures du matin. Le travail s'était déclaré en milieu de nuit.

— Donc, ton Dr Hamilton a été tirée du lit. Pour ce qui est d'attendre, cela ne me dérange pas, je dispose de toute la matinée, poursuivit-il en la devançant vers la porte.

Elle le rattrapa, se sentant un peu embarrassée.

— En fait, ta présence m'arrange car tu pourras rester avec Annie pendant que Rébecca m'examinera. Ton rôle, si tu choisis de l'accepter, sera de veiller sur la sécurité de notre fille, et accessoirement de la distraire. Si elle ne veut pas rester dans tes bras, pose-la à terre. En règle générale, laisse-la faire ce qu'elle veut tant qu'elle ne dérange personne ni ne court pas le risque de se faire mal. Essaie de la divertir avec un jouet — j'ai apporté ses peluches favorites ainsi qu'une Thermos de jus de fruits et des biscuits. Ne t'inquiète pas pour les dégâts.

— Quels dégâts ?

— Tu le découvriras bien assez tôt.

— Hum, cela ne me rassure guère.

— Sais-tu changer une couche ?

— As-tu pensé à joindre un mode d'emploi dans le sac ?

Elle sourit malgré elle.

— Très drôle… Mais tu ne m'as pas répondu.

— Je m'en sortirai, je crois.

— Si Annie persiste à pleurer, sortez et allez vous asseoir dans la cour — d'habitude, Annie aime bien cet endroit. En dernier recours, si rien ne marche, va trouver Grace, l'infirmière à la réception, qui viendra me chercher.

— Compris.

Il réajusta sur son épaule la bandoulière du lourd sac qu'il portait sans effort, contrairement à Emily qui commençait à fatiguer avec Annie dans ses bras.

Elle aurait bien voulu la confier à Cal, sauf qu'il était inutile de déclencher un déluge de larmes avant que ce soit absolument nécessaire.

— Alors, allons-y, dit-elle en empruntant le chemin dallé. Autant nous débarrasser au plus vite de cette corvée.

Une corvée qui s'accompagnait d'une bonne dose d'angoisse car la grosseur au sein n'avait pas diminué.

La salle d'attente climatisée était occupée par une seule femme, ce qui signifiait soit que la doctoresse n'avait pas pris de retard, soit qu'il y avait eu un accouchement obligeant les autres patientes à reporter leurs rendez-vous. Dans un cas comme dans l'autre, c'était tout bénéfice pour eux.

Emily apposa sa signature assortie de l'heure d'arrivée sur le registre puis s'assit sur la banquette située près de l'entrée en installant Annie sur ses genoux tandis que Cal prenait place à côté d'elles.

— Votre petite fille est adorable, dit la dame qui devait être âgée d'une quarantaine d'années.

Bien qu'Emily ne soit pas d'humeur à bavarder, elle ne pouvait rester insensible à un compliment sur Annie.

— Merci. Je partage votre opinion.

— Elle et son papa se ressemblent comme deux gouttes d'eau.

Cal se contenta de hocher la tête.

— Quel âge a-t-elle ? poursuivit la femme en mal de conversation.

— Presque un an.

— Quelle jolie famille vous faites !

S'ils dégageaient des ondes « familiales », ils étaient mûrs pour les oscars. C'était leur première sortie à trois, dans un but qui n'avait rien de ludique.

Heureusement, l'arrivée de Grace Martinson, l'infirmière, les dispensa de répondre.

Vêtue d'une blouse opératoire bleue, la jolie jeune femme rousse leur sourit.

— Bonjour, Em. Je m'occupe de vous dans quelques instants. Madame Wilson, si vous voulez bien me suivre ?

Comme Mme Wilson se levait pour se diriger vers l'antichambre de la salle de consultation, Emily sentit l'angoisse monter d'un cran.

Ses recherches sur internet lui avaient appris que 80 % des grosseurs se révélaient bénignes, mais la chance n'avait jamais été de son côté…

A supposer qu'elle fasse partie des 20 % restants, qu'arriverait-il à son enfant ?

Sans s'en rendre compte, elle serra Annie si fort contre elle que l'enfant émit un gémissement de protestation.

Qui s'occuperait de son bébé ? Qui veillerait sur son sommeil, la nourrirait, soignerait ses petits bobos ?

La propre mère d'Emily n'avait guère été une mère modèle, mais elle avait été là. Enfin, plus ou moins…

A la dérobée, elle regarda Cal, séduisant en diable avec ses lunettes perchées sur le front et sa pose nonchalante. Cal qui devrait élever seul leur fille.

Dans quelques minutes, il allait avoir un apprentissage en accéléré de ce qui l'attendait peut-être. Avant qu'elle puisse lui donner ses dernières consignes, la porte s'ouvrit de nouveau.

— Prête, Emily ?

— Bien sûr.

Elle se leva, embrassa Annie puis la tendit à Cal. Comme elle le craignait, le bébé poussa aussitôt des cris aigus.

— Je vous la ramène aussitôt que possible, dit Grace à Cal.

Restée seule dans la salle d'examens numéro 1, Emily se déshabilla et enfila la blouse selon les instructions laissées par l'infirmière tout en espérant que les pleurs de son bébé finiraient par se calmer.

Ce fut le contraire qui se produisit et, bientôt, elle entendit la porte d'entrée s'ouvrir et se refermer. Selon ses conseils, Cal sortait avec Annie dans la cour car les jouets, le jus de fruits et les biscuits n'avaient de toute évidence pas produit l'effet escompté.

Emily avait l'impression d'être une mère indigne. Tout était sa faute. Sa fille ne serait pas en train de pleurer toutes les larmes de son corps si elle avait connu son père à la naissance.

A la culpabilité s'ajoutait la colère car elle détestait ne plus avoir le contrôle et être obligée de solliciter Cal. Plus encore, elle s'en voulait du soulagement qu'elle éprouvait de le savoir là…

Celle qui pâtissait le plus de la situation était Annie. Incapable de comprendre ce qui se passait, elle souffrait d'être livrée aux mains d'un parfait inconnu et il n'était pas étonnant qu'elle proteste. Mais il y avait peut-être une solution.

Tenant d'une main la blouse contre sa poitrine, Emily passa la tête dans le couloir pour s'adresser à Grace.

— Annie est déchaînée.

— Je sais.

Assise derrière le comptoir de la réception, Grace était aux premières loges pour entendre le concert de cris et de pleurs.

— Peut-elle me rejoindre en salle d'examens ?

— Si elle s'accroche à vous, cela risque de compliquer le travail du Dr Hamilton.

— Il suffira que je sois dans son champ de vision pour qu'elle se calme.

— Qui est le beau blond qui vous accompagne ?

— Le Dr Cal Westen.

— Le pédiatre des urgences du Mercy Medical ? Est-ce un ami à vous ?

Le terme ne convenait pas.

— Euh… En un sens. Si cela ne dérange pas Rébecca, j'aimerais bien qu'il assiste à la consultation.

— Que faites-vous de la confidentialité ?

— Je veux que Cal soit au courant de tout. Au cas où…

— D'accord, dit Grace. Je vais le chercher.

Emily alla s'asseoir sur la table d'examen. Quelques instants plus tard, elle entendit les pleurs d'Annie se rapprocher, puis Cal poussa la porte.

— Désolé, dit-il en lui tendant le bébé. Elle hurle dès que je l'approche.

— Ne t'excuse pas, tu n'y es pour rien.

Elle se mit à bercer la fillette contre elle.

— Puis-je avoir son biberon de jus d'orange ?

Cal le lui tendit et, dès qu'elle l'eut dans la bouche, Annie se mit à téter goulûment.

— Veux-tu que je te laisse ?

— Non, reste.

Epuisée par les pleurs, Annie s'assoupit.

— Maintenant, tu peux la prendre, murmura Emily à Cal. Il faudrait un tremblement de terre pour la réveiller.

Le transfert s'accomplit en douceur. Incrédule, Cal observait le bébé tranquillement endormi dans ses bras quand une jeune femme blonde vêtue d'une blouse blanche fit son entrée.

— Bonjour, Emily. Oh, pardon, ajouta-t-elle en baissant le ton à la vue de Cal et du bébé. Je ne savais pas qu'Annie dormait.

— Je vous présente Cal Westen. Il est médecin.

Rébecca le salua d'un signe de tête.

— Je vous connais de réputation, docteur Westen. Et je n'ai entendu que des compliments à votre sujet.

Puis elle se tourna vers Emily.

— Alors, vous avez eu besoin d'amener du soutien moral ?

— Si l'on veut… Cal est le père d'Annie.

— Je vois…, commenta Rébecca sans sourciller.

Sans doute avait-elle vu défiler les couples les plus improbables dans son cabinet.

— Bien, passons aux choses sérieuses.

Elle prit le pouls et la pression artérielle puis, se plaçant devant Cal, elle entrouvrit la blouse d'Emily pour examiner le sein gauche.

— Ah, voilà…, dit-elle, les sourcils froncés.

— Est-ce un cancer, docteur ?

— Rien n'autorise à le penser à ce stade. Il faut procéder à des examens pour déterminer la nature de ce nodule. Cela peut être un kyste sans aucune gravité ou un adénofibrome — une tumeur bénigne. Ou encore un papillome du mamelon, une lésion superficielle dans l'un des canaux galactophores qui servent à l'allaitement. Comme vous avez nourri Annie au sein, c'est le diagnostic que je poserais, mais qui demande confirmation par des tests.

— Une mammographie ? s'enquit Cal.

Rébecca lui jeta un coup d'œil par-dessus son épaule avant de reprendre à l'intention d'Emily.

— Je préfère commencer par une échographie qui déterminera si cette grosseur est une masse ou un inoffensif kyste rempli d'eau… Si cette dernière hypothèse se confirme, j'effectuerai une simple ponction à l'aiguille et on en restera là.

— Et dans le premier cas ?

— Une mammographie s'impose. Il s'agit d'un examen radiologique dont les clichés se manipulent désormais sur ordinateur pour une meilleure visualisation, expliqua-t-elle pour le bénéfice d'Emily. Les techniques d'imagerie médicale permettent d'agrandir l'image de la zone concernée et d'effectuer des coupes afin d'affiner le diagnostic.

— Pourra-t-on l'établir de manière certaine à l'issue de la mammographie ?

— Cet examen nous permettra au moins de procéder par élimination. Si ce n'est pas un kyste, il faudra pratiquer une biopsie.

— Une opération ? s'enquit Emily, guère rassurée.

— Non. En mode d'imagerie interventionnelle, on prélèvera des cellules du nodule à l'aide d'une aiguille, cellules que l'on enverra ensuite pour examen au labo d'anatomopathologie. Je vous répète qu'il n'y a absolument aucune raison de s'alarmer. Grace va vous prendre rendez-vous pour une échographie au Mercy Medical. Et défense de vous inquiéter, vous entendez ?

— D'accord.

Plus facile à dire qu'à faire, songea Emily en émergeant de la salle de consultation après s'être rhabillée. Cal avait d'ailleurs l'air aussi éprouvé qu'elle, sinon davantage.

— Ça va ? s'enquit-il.

— C'est à toi qu'il faut le demander.

Il regarda la petite fille endormie dans ses bras.

— Disons que la matinée n'a pas été de tout repos.

— Un bel euphémisme… Rentrons.

Elle aurait pu se rendre à ce rendez-vous seule, mais la présence de Cal lui avait apporté un précieux soutien pour lequel elle lui était infiniment reconnaissante, à tel point qu'elle se demandait si, malgré la séparation, elle ne continuait pas d'éprouver quelque chose à son égard.

Quand elle avait annoncé à Cal Westen qu'il était le père de son enfant, elle s'était crue guérie à jamais de lui. A présent, elle n'en était plus aussi sûre. Telles des braises couvant sous la cendre, les sentiments ne demandaient qu'à se ranimer…

Etant donné que Cal se méfiait d'elle comme de la peste, ce reliquat d'amour — s'il existait — serait à sens unique, comme avant leur séparation, comme pouvaient en témoigner les blessures à peine cicatrisées de son cœur.

Malgré le discours rassurant qu'il lui avait tenu, Cal ressentait une vive inquiétude pour Emily. Etait-elle atteinte d'un cancer ? Depuis leur visite chez la gynécologue, il ne pensait plus qu'à cela.

Quelques jours plus tard, comme il passait dans le quartier, il arrêta son coupé Mercedes devant son immeuble et se gara.

Son premier coup de sonnette resta sans réponse. Comme il insistait, la porte voisine de celle d'Emily s'ouvrit.

La tête rousse de Lucy Gates s'encadra dans l'embrasure, et il peut entendre en arrière-fond sonore des pleurs de bébé.

— Qu'est-ce que vous voulez ?

« Toujours aussi aimable », songea Cal.

— Je viens prendre des nouvelles d'Emily. Et d'Annie.

— Em n'est pas là.

— Savez-vous quand elle rentrera ?

— Patty ? cria Lucy en se retournant. Em t'a-t-elle dit pour combien de temps elle en aurait ?

Une réponse étouffée lui parvint du fond de l'appartement.

— Elle ne devrait pas tarder, reprit sèchement Lucy.

— Patty est votre colocataire ?

— Exact.

— Puis-je savoir qui pleure ?

« De quoi vous mêlez-vous ? » lut-il dans le regard de Lucy.

— Henry…, répliqua-t-elle du bout des lèvres.

— Et qui est Henry ?

— Le petit garçon de Patty. Il est malade.

— De quoi souffre-t-il ?

Elle haussa les épaules.

— Sans doute d'un rhume.

— A-t-il de la fièvre ?

— Un peu.

— Puis-je l'examiner ?

— Je croyais que vous ne vous occupiez que des urgences…

Comme sa colocataire lui parlait, elle s'interrompit pour écouter ce qu'elle lui disait.

— Vous êtes bien pédiatre, n'est-ce pas ? reprit-elle.

— Diplômé et certifié, dit Cal sans se formaliser de sa méfiance. Henry a-t-il un pédiatre ?

— Non. Quand les enfants ont un problème, nous les emmenons au dispensaire…

De nouveau, la voix de Patty se fit entendre et Lucy relaya le message

— Si vous voulez le voir, on n'a rien contre.

Puis elle ouvrit en grand la porte pour le laisser entrer.

A première vue, l'appartement était une copie conforme de celui d'Emily — une salle de séjour, une kitchenette et un petit couloir donnant accès à une chambre de part et d'autre. Les meubles étaient bon marché, du genre que l'on achète en kit, mais une jolie housse de canapé à l'imprimé floral et des coussins apportaient une note pimpante dans le salon dont les murs s'ornaient de photos d'enfants et de posters de personnages de dessins animés.

Il y avait des jouets éparpillés sur la moquette, mais l'endroit était d'une propreté irréprochable.

Une jeune fille blonde de l'âge de Lucy s'avança vers eux avec, dans les bras, un bébé reniflant et toussant.

— Bonjour, je suis Patty. Et voici Henry. Lucy dit que vous êtes médecin…

— En effet.

— Puisque vous êtes là, cela vous dérangerait-il d'examiner mon fils ?

Ses grands yeux bleus trahissaient son inquiétude. Pauvre petite, songea Cal. A son âge, elle devrait être en seconde ou en première, en train de s'entraîner pour le défilé de majorettes ouvrant le match de football de son lycée, pas mère célibataire partageant un appartement avec une autre collègue d'infortune.

— Pas du tout.

Un autre bébé, Oscar — il se souvenait de son nom —,

était allongé sur un édredon à même le sol, entouré de toutes sortes de peluches. Le petit bonhomme semblait bien nourri s'il fallait en croire les bras et jambes potelés dépassant de l'impeccable salopette en jean.

Cal s'approcha du petit malade.

— Bonjour, Henry. Alors, ça ne va pas fort ?

L'écoulement nasal était clair, ce qui excluait toute infection. Cal palpa doucement le cou à la recherche d'un éventuel gonflement des ganglions lymphatiques, mais tout semblait normal.

— Son front est chaud.

— Je viens de prendre sa température. 37,8 °C.

— Elle n'est pas trop élevée. Auriez-vous une lampe torche ?

Lucy lui jeta un regard plus intrigué qu'hostile.

— Pour quoi faire ?

— J'aimerais lui examiner la gorge et je verrai mieux avec de la lumière.

— On en a une dans la cuisine, dit Patty. Je vais la chercher.

— Allongez-le sur le canapé, demanda Cal lorsqu'elle revint. Quel âge a Henry ?

— Dix-huit mois.

Quand Cal se pencha sur lui, le bébé commença à pleurer, et à ouvrir la bouche, ce qui permit à Cal de diriger le faisceau lumineux au fond de la gorge où se distinguait une légère rougeur, sans doute un reste d'irritation dû à une sonde nasale posée alors qu'Henry était nouveau-né pour pallier quelque insuffisance respiratoire.

— Je n'ai pas d'otoscope, malheureusement…

— Un quoi ? demanda Lucy.

— C'est l'instrument qu'utilise le médecin du dispensaire pour examiner le conduit auditif, expliqua Patty.

— Henry souffre-t-il des oreilles ? Se les touche-t-il, tire-t-il dessus ?

— Je n'ai rien remarqué, répliqua Patty en prenant la menotte de son fils tout en lui caressant le front. Il a eu une otite à six mois, et je suis très vigilante, depuis. Non, il n'est pas dans son assiette, voilà tout.

En l'absence d'un stéthoscope, Cal colla son oreille sur la poitrine du garçonnet.

— Je ne décèle aucun signe d'encombrement ni de difficulté respiratoire.

A l'issue de l'examen, Patty reprit le bébé dans ses bras.

— Alors, il n'a rien, docteur ?

— Je crois qu'il ne s'agit que d'un rhume.

— C'est ce que j'avais dit, intervint Lucy d'un ton vindicatif.

Sa colocataire lui lança un regard d'avertissement.

— Quel médicament me conseillez-vous ?

— Un décongestionnant nasal combiné à un léger antalgique devrait l'aider à se sentir mieux. Un antibiotique ne servira à rien contre ce rhume puisqu'il a été transmis par un virus.

Virus qu'Henry avait sans doute déjà transmis à son petit camarade.

— Oscar montre-t-il les mêmes symptômes ?

— Pas encore, dit Lucy. Mais je le surveille. On essaie de les séparer autant que possible.

— C'est préférable. Lavez-vous très souvent les mains, et, surtout, ne lui donnez pas d'antibiotiques car il développera une tolérance qui les rendra inefficaces lorsqu'il en aura vraiment besoin. Et puis, forcez-le à boire même s'il n'a pas soif. De l'eau, du jus de fruits, du soda dilué… Assurez-vous qu'il mouille ses couches ; cela signifiera qu'il est bien hydraté.

— J'y veille déjà.

— Si la fièvre augmente, amenez-le-moi aux urgences du Mercy Medical.

— On ne risque pas, dit Lucy.

— Pourquoi ?

— Nous n'avons pas de couverture sociale, expliqua Patty. Si l'un de nos enfants devait un jour aller aux urgences, je me demande comment nous ferions.

— Emily saura, dit Lucy. Elle trouve toujours un moyen de nous sauver.

— Je ne sais pas ce que nous deviendrions sans elle, renchérit Patty.

Les deux jeunes mères célibataires parlaient d'Emily Summers comme si elle avait des ailes, un halo et marchait sur l'eau, mais Cal savait qu'il n'en était rien. Les anges ne vous cachaient pas votre paternité. Le fait qu'elle n'ait pas menti sur cette grosseur au sein ne l'absolvait pas du reste, de tous les mois de la vie de sa fille qu'elle lui avait volés.

A cet instant, on frappa à la porte et Lucy alla ouvrir.

— Salut, Em.

— Comment va Henry ?

— Le médecin pense qu'il s'agit d'un rhume.

— Le médecin ?

Emily s'avança dans le vestibule, sa fille dans les bras.

— Cal ?

— Bonjour, Em.

— Que fais-tu ici ?

— Je passais dans le quartier.

— Bien sûr…

Son ton indiquait qu'elle n'était pas dupe.

Sans entrer dans la salle de séjour, elle tendit un sac en papier à Lucy.

— Voici le Doliprane.

— Merci.

— J'espère qu'Henry va vite se remettre. Vous m'excuserez, les filles, mais il faut que cette petite demoiselle rentre chez elle, ajouta-t-elle en reculant vers la porte.

Cal se leva à son tour.

Sur le seuil, il se retourna vers les adolescentes.

— Si vous avez des questions…

— Merci, docteur, dit Patty. C'est très gentil d'avoir examiné mon fils.

— De rien.

Il suivit Emily dans l'appartement voisin. Comme elle se baissait pour ramasser un jouet, il eut tout loisir d'admirer sa jolie silhouette.

Dans sa robe de coton blanc sans manches et ses sandales plates, elle ressemblait à un ange si on oubliait les soyeuses boucles brunes qui encadraient son visage. Il se rappela qu'il avait coutume d'enfouir les mains dans sa chevelure durant leurs ébats, et, malgré lui, il fut saisi de l'envie de l'attirer à lui, comme par le passé, mais l'expression d'Emily l'en dissuada.

— Que fais-tu ici ? répéta-t-elle. Nous savons tous deux que ce quartier n'est pas ton terrain de chasse habituel.

— Je suis venu voir Annie.

« Et toi », songea-t-il.

Elle posa l'enfant par terre.

— Tu aurais pu téléphoner pour prévenir.

Sauf que dix minutes avant, il ignorait lui-même qu'il viendrait.

— J'y penserai la prochaine fois.

Les traits d'Emily se détendirent.

— Merci d'avoir examiné Henry. Patty et Lucy parviennent à peine à joindre les deux bouts avec les allocations et les bons alimentaires qu'elles perçoivent. Sans Partenariat Bébés, elles seraient dans un foyer de l'aide sociale. A condition qu'il y ait de la place, bien sûr. Sinon, cela aurait été la rue…

Ses yeux s'assombrirent.

— Leur budget ne leur permet pas de souscrire à une mutuelle de santé.

— Elles me l'ont dit.

— Et elles n'ont pas non plus les moyens de payer des consultations médicales.

— Où sont les pères des enfants ?

— Le père d'Oscar s'est volatilisé quand il a appris la grossesse de Lucy, contrairement à Jonas Blackford, le papa d'Henry, qui aide Patty comme il le peut avec son maigre salaire d'employé d'hôtel. Il suit des cours du soir afin de pouvoir leur offrir un avenir meilleur et passe tous les jours à l'appartement après son travail pour voir son fils. Ils ne sont pas mariés, mais font de leur mieux pour élever leur enfant ensemble, ce qui mérite le respect.

Etait-ce un message qu'elle lui adressait de manière détournée ? Elever un enfant hors mariage n'avait rien de déshonorant, il le savait, bien que ses parents lui aient enseigné qu'il fallait toujours réparer ses fautes.

Le regard fixé sur lui, Annie mâchouillait une clé en

plastique jaune fixé à d'autres de toutes les couleurs. Puis, la sortant de sa bouche, elle jeta le trousseau sur le sol, ce qui parut la surprendre elle-même car elle sursauta avant de se mettre à ramper à quatre pattes dans leur direction.

Elle agrippa la robe de sa mère et se mit debout tout en jetant à Cal un regard circonspect, mais c'était la première fois qu'elle s'approchait de lui de son plein gré, nota-t-il.

Soucieux de ne pas l'effaroucher, il fit celui qui ne remarquait rien.

— Annie semble bien s'entendre avec Lucy.

— Avec Patty aussi. Les filles me servent de baby-sitter quand je vais faire des courses ou si le Sunrise Medical m'appelle pour une urgence.

— Moi aussi, je pourrais t'aider à garder Annie.

— Ton travail t'occupe déjà à plein-temps. Mais c'est gentil d'y avoir songé.

Il sourit à Annie qui le fixait comme s'il était une bête curieuse. Soudain, sans crier gare, elle lui rendit son sourire, et un sentiment de joie mêlée de tendresse envahit Cal.

Maintenant, dans son esprit, il ne subsistait plus aucun doute sur sa filiation et il était déterminé à tout faire pour protéger sa petite fille.

— Henry est contagieux. Il faudrait empêcher Annie de le côtoyer.

— Je sais, mais c'est difficile d'éviter le contact entre eux. Annie adore ses petits voisins. Ils sont tous les trois comme frères et sœur.

Que devait-il en penser ? A première vue, rien de bon, mais ne jugeait-il pas sur la base d'a priori ?

Quelques instants plus tard, il s'entendit formuler une proposition surprenante.

— Toi et Annie, vous devriez emménager chez moi.

4.

Interdite, Emily fixa Cal.

— Je dois être plus fatiguée que je ne le croyais car tu ne devineras jamais ce que j'ai cru entendre.

— Tu as bien entendu. Cela me semble une bonne idée que vous vous installiez chez moi.

Fut une époque où elle aurait tout donné pour une telle invitation mais, à présent, cela la contrariait plus qu'autre chose.

— Je sais ce qui te gêne, poursuivit-il comme elle restait silencieuse.

— Parce que, en plus, tu lis dans mes pensées ?

Il ne releva pas le sarcasme.

— Tu es persuadée que c'est uniquement pour Annie que je te le propose.

— Alors là, tu te trompes sur toute la ligne. Mais maintenant que tu le mentionnes…

— J'ai une grande maison.

— Figure-toi que je m'en souviens car je fréquentais assidûment l'endroit jadis. A moins que tu ne l'aies oublié.

— Bien sûr que non, dit-il sans la quitter des yeux.

N'était-ce pas toi qui me disais autrefois que la demeure était bien trop grande pour un célibataire ?

A ce moment-là, ses neurones fonctionnaient au ralenti, car elle croyait en un avenir avec Cal.

— Et je le maintiens.

— Et je suis d'accord avec toi, dit-il avec ce sourire si séduisant. J'ajouterai que mon quartier de Spanish Trail est des plus agréables.

« Contrairement à l'endroit où *tu* vis », sous-entendait-il sans doute.

— Alors que moi, je loge dans les bas-fonds ? demanda-t-elle, les bras croisés.

— Ce n'est pas ce que j'ai dit.

— C'est ce que j'ai compris. Tu ne veux pas qu'Annie ait de « mauvaises fréquentations ».

Des années auparavant, Emily avait été étiquetée comme telle par des parents qui ne voulaient pas que leurs filles traînent en compagnie de l'adolescente rebelle et enceinte qu'elle avait été. Encore maintenant, il restait quelque chose en elle de cette jeune fille humiliée, condamnée à errer seule dans les rues.

— Pas du tout. Mais tu ne peux nier que Spanish Trail offre des avantages — des parcs, des espaces de jeux pour les enfants, de l'air pur. Chez moi, Annie serait à l'abri des microbes…

— Le monde est plein de microbes. Notre organisme en fabrique même des milliers tous les jours. Ne te l'a-t-on pas enseigné en cours de microbiologie de première année ?

— Il y a différents types de microbes. Pourquoi l'exposer inutilement aux germes d'enfants malades ? Et c'est le médecin qui parle.

A deux doigts de s'emporter, Emily se retint car la demande de Cal était motivée par son désir de protéger leur fille, ce qui la touchait profondément. Avec un peu de pratique, il ferait un père formidable qui saurait prendre soin de leur enfant, si elle ne pouvait un jour plus le faire pour raison de santé.

En toute objectivité, sa proposition méritait d'être étudiée. Malheureusement, elle était incapable d'impartialité en ce qui concernait Cal Westen.

— Le voudrais-je que je ne pourrais quitter cette résidence. J'anime Partenariat Bébés et je me dois d'être disponible en permanence pour les bénéficiaires du programme.

— Ne pourrais-tu l'être de chez moi ?

— Non. Tu habites à l'autre bout de la ville. Actuellement, quand Lucy ou Patty ont besoin de moi, il leur suffit d'ouvrir leur porte et de venir frapper à la mienne. Si je quittais mon appartement, elles se sentiraient perdues.

— Tout de même, Annie n'est-elle pas plus importante que tes protégées ?

Mains sur les hanches, il regardait la fillette qui gazouillait gaiement en jouant avec une poupée.

— Elle est la personne la plus importante au monde à mes yeux et je ne ferais jamais rien qui puisse nuire à ses intérêts. Mais ces adolescentes et leurs bébés comptent également beaucoup pour moi. Elles ont besoin d'être guidées et soutenues, et elles me vouent une confiance totale que je me refuse à trahir. Leurs familles les ont rejetées et elles n'ont que moi. Et puis, j'ai la conviction que le travail que j'accomplis auprès d'elles est d'utilité publique : ce programme les responsabilise et leur permet, grâce à l'accès aux études, de devenir des membres à part entière de la société au lieu de demeurer des assistées toute leur vie. En parallèle, elles peuvent élever leurs bébés sans en être séparées.

Emily, elle, n'avait pas eu cette possibilité. Paradoxalement, elle avait cédé son fils à l'adoption par amour car elle n'avait pu supporter l'idée que son petit dorme dans la rue et ne mange pas à sa faim. Afin qu'il ait un toit au-dessus de sa tête, elle s'était sacrifiée.

Un soupir échappa à Cal.

— Je ne te connaissais pas une telle éloquence. Tu prends vraiment à cœur les problèmes de ces gamines…

— Complètement.

— Pourquoi ?

« Pour des raisons personnelles », songea-t-elle.

Le souvenir du jour où elle avait signé le document de renoncement à ses droits maternels la hantait encore. C'était la seule solution possible, elle le savait, et pourtant elle ne cessait de se demander, depuis, si son petit garçon allait bien, s'il lui en voulait.

Pensait-il qu'elle ne l'avait pas aimé ? Ressentait-il de la colère contre cette mère biologique qui l'avait abandonné ? Avait-il idée de ce qu'il aurait enduré si elle n'avait pas pris cette décision ?

Depuis, elle œuvrait pour que plus aucune jeune fille ne se trouve obligée de se résigner à ce choix déchirant.

— Parce qu'il faut bien que quelqu'un le fasse, répondit-elle seulement.

— C'est comme la médecine d'urgence, commenta-t-il. Lorsqu'il a fallu choisir ma spécialité, je n'ai pas hésité un seul instant.

— Parce que tu aimes la poussée d'adrénaline des urgences…

— Il n'y a pas que cela. Les enfants que je prends en charge ont des parents qui s'investissent à fond auprès d'eux et qui remueraient ciel et terre pour qu'ils aillent mieux. Moi, je me contente de prodiguer mes soins, et je ne revois jamais mes patients

— Ce qui est le souhait de tout médecin, dit-elle sans le regarder.

— Tout à fait. Et cela fonctionne très bien tant que les parents jouent pleinement leur rôle, ce qui est le cas dans la grande majorité. Ils seraient prêts à déménager dans un autre Etat si cela pouvait procurer un environnement favorable à leur enfant asthmatique, ou s'endetter à vie pour payer une transplantation cardiaque ou des soins onéreux.

Pour en avoir parlé avec Cal autrefois, Emily savait qu'il se faisait un devoir de sauver tous les enfants dont la vie était en jeu et qu'il ne comprendrait pas qu'elle ait pu abandonner son bébé pour la même raison.

— Ton but est de sauver les patients dont le pronostic vital est engagé. Le mien est d'aider ces adolescentes sur le long terme et je ne les abandonnerai pas, conclut-elle d'un ton ferme.

— Même si cet environnement est néfaste pour Annie ?

Un soupir excédé échappa à Emily.

— Si tu penses que je suis une mauvaise mère, dis-le tout de suite.

— Ne le prends pas pour une attaque personnelle.

— Comment dois-je l'interpréter, alors ? Tu m'accuses de faire passer ma fille en second. Sache que mes actions ont toujours été guidées par l'intérêt d'Annie, y compris ma démarche de venir te trouver pour le cas où il m'arriverait malheur. Un geste que je commence à regretter, d'ailleurs…

— Pourquoi ?

— Tu t'immisces dans ma vie.

— En me révélant l'existence de mon enfant, tu te doutais bien que je voudrais m'impliquer…

— Pas forcément. Beaucoup d'hommes fuient leurs responsabilités.

Tel ce garçon à qui Emily avait annoncé qu'elle était enceinte et qui avait pris ses jambes à son cou… A quinze ans, elle avait alors pleinement compris le sens du mot solitude.

— Je ne suis pas comme le père du bébé de Lucy.

— C'est vrai. Toi, tu n'hésites pas à passer à l'improviste…

Elle se gardait bien de lui confier à quel point elle avait été heureuse de le voir, ce qui expliquait qu'elle soit sur la défensive.

— Si j'avais appelé, aurais-tu inventé un prétexte pour me dissuader de venir ? Afin de me cacher, par exemple, un détail que je n'étais pas censé voir ?

— Cette question illustre la piètre opinion que tu as de moi. Tu ne me fais aucune confiance. Quand je t'ai dit qu'Annie était ta fille, tu ne m'as pas crue. Ni pour la grosseur au sein.

— A ma place, n'aurais-tu pas éprouvé une certaine méfiance ?

Sans doute, mais elle se garderait bien de l'admettre.

— Je refuse de passer mon temps à me justifier. Je ne suis pas une menteuse, Cal.

— Sauf par omission.

— Nul n'est parfait. N'a-t-on pas le droit à l'erreur dans ton monde ?

— Tu m'intentes un mauvais procès.

— Et toi, tu m'espionnes et tu me surveilles.

— C'est ma prérogative de père. Toi, tu surveilles bien tes voisines.

— Pour la bonne cause, répliqua-t-elle avec agacement. Je refuse de les abandonner.

— Et moi, je refuse d'abandonner Annie. N'est-ce pas pour cela que tu es venue me trouver ?

— Oui.

— Alors, tu ne peux pas avoir le beurre et l'argent du beurre, me dire qu'elle existe puis me tenir à distance. J'assumerai mes responsabilités, mais je veux avoir mon mot à dire. Et je ferai valoir mes droits.

— D'accord.

Il ouvrit de grands yeux.

— Tu cèdes sans même te battre ?

— A ton avis, qu'est-ce que je viens de faire ?

A cet instant, Annie s'accrocha de nouveau à la robe d'Emily pour se mettre debout.

— Alors, mon poussin, les conversations des adultes t'ennuient, n'est-ce pas ? dit Emily en la prenant sur ses genoux.

Au fond d'elle-même, elle sentait que Cal avait raison. Elle avait obtenu son indépendance de haute lutte et n'avait plus jamais voulu dépendre de quelqu'un, jusqu'à sa rencontre avec Cal…

Hélas, l'attirance qu'elle éprouvait jadis envers lui ne s'était pas éteinte, loin de là, pour la bonne raison qu'elle n'était jamais parvenue à l'oublier. Sans doute parce qu'il était le père de son enfant.

Place au pragmatisme. Puisqu'ils étaient tous les deux responsables d'Annie et que Cal semblait décidé à assumer son rôle de père, il leur fallait conclure un pacte de non-agression, sinon de coexistence pacifique.

Mais pas de cohabitation. Elle n'était pas prête à franchir ce pas.

Il sourit à Annie qui semblait désormais plus curieuse que méfiante à son égard.

— On fait la paix ?

— Excellente idée, répondit Emily.

Pourvu qu'elle n'ait pas à le regretter.

Il ne lui en faudrait pas beaucoup pour retomber amoureuse de Cal et cela l'effrayait davantage que de se retrouver seule.

Depuis ses retrouvailles avec Cal, Emily ne voyait plus de raison d'éviter le Mercy Medical alors qu'auparavant, elle préférait y envoyer ses collègues lorsque les services sociaux étaient requis pour un signalement de maltraitance ou l'hospitalisation d'une personne démunie ou sans domicile fixe.

Ce matin, on l'avait appelée aux urgences pour un petit malade dont les parents étaient privés de couverture sociale, et, malgré les circonstances, elle ne pouvait s'empêcher de se sentir heureuse à la pensée de revoir Cal sur son lieu de travail.

Elle franchit les portes coulissantes et s'approcha du comptoir d'accueil où il se trouvait justement accoudé, en train de parler à Rhonda, l'infirmière en chef.

— Bonjour, Rhonda. Bonjours, Cal.

La plantureuse surveillante la toisa.

— Le badge que vous portez indique que vous êtes là en qualité d'assistante sociale.

— Mais oui. Je viens pour l'un de vos patients.

— Qui garde Annie ? demanda Cal. Lucy ou Patty ?

— Ni l'une ni l'autre, elles travaillent toutes les deux. Annie est à la crèche.

— Et Oscar et Henry ?

— Ils sont avec elle. La crèche emploie en fait leurs mamans en intérim. Ginger Davis, la fondatrice de Nourrices à Domicile, a conçu un programme qui permet aux jeunes mamans de bénéficier d'un tarif réduit pour faire garder leurs enfants en échange de quelques heures de bénévolat.

Cal ne dit rien, mais son visage se chargeait d'exprimer son mécontentement.

— Vous ne deviez pas aller déjeuner, Rhonda ?

— J'ai encore quelques minutes, à moins que…

Elle les regarda tour à tour.

— Allez-y maintenant pendant que c'est le calme plat dans la salle d'attente, ordonna Cal. L'état du petit asthmatique est stabilisé ; je vais le maintenir en observation quelques heures avant de signer son bon de sortie.

— On ne le garde pas pour la nuit ?

— Pas cette fois. C'est sa troisième visite aux urgences en dix jours. C'est à ce sujet que je voulais te parler, ajouta-t-il en se tournant vers Emily.

— Je t'écoute.

— A tout à l'heure, docteur Westen, dit Rhonda en s'éloignant sans un regard pour Emily qui se rappelait, qu'à une époque, elles avaient entretenu des relations cordiales.

— Bon appétit, dit-elle.

L'assistante de Cal s'éloigna comme si elle n'avait pas entendu.

— Résume-moi le dossier de ton patient.

Le regard de Cal s'assombrit.

— Il nous arrive chaque fois en état de crise aiguë. Aujourd'hui, on a pu éviter l'admission de justesse en le mettant sous respirateur artificiel.

— Que puis-je faire pour t'aider ?

— Le garçonnet n'a plus accès aux corticoïdes et bêtastimulants qui traitaient ses épisodes d'insuffisance respiratoire depuis que le papa a perdu son emploi et qu'il a dû résilier la mutuelle qui couvrait les dépenses de santé de la famille.

— Concrètement, de quoi a besoin le patient ?

— Il faut qu'il sache prévenir ses dyspnées. Les parents doivent comprendre que les médicaments de base comme les bronchodilatateurs sont nécessaires pour enrayer des crises qui, sinon, une fois sur deux, doivent être traitées à l'hôpital, ce qui est traumatisant pour l'enfant. Il faut prendre aussi en compte les dépenses que cela entraîne, notre but principal demeurant avant tout d'empêcher une déficience respiratoire aiguë ou des complications pulmonaires.

Emily réfléchit un instant.

— Il y a des réunions d'information sur l'asthme au dispensaire fréquenté par Henry et Oscar. Elles sont animées par un pédiatre spécialisé en pneumologie, qui effectue des examens de spirométrie mesurant les volumes et débits pulmonaires et donne aussi des consultations ainsi que des conseils aux parents pour gérer au mieux la maladie de leurs enfants afin que ceux-ci puissent mener une vie normale.

— Quel est le nom de ce médecin ?

— Nick Damien.

— J'ai travaillé avec lui. Il est très compétent. Ses consultations sont-elles payantes ?

— Le Dr Damien et le personnel qui l'assiste à l'occasion sont tous bénévoles et le dispensaire prodigue des soins gratuits aux plus démunis tandis que les autres sont soumis à une grille de tarification indexée sur leurs revenus, le principe étant de faire payer les gens selon leurs moyens. Il me reste à étudier la question avec les parents.

— Parfait.

— Je vais de ce pas demander une copie du dossier médical puis je m'entretiendrai avec eux.

Comme elle tournait les talons pour s'éloigner, elle sentit la main de Cal se poser sur son bras.

— Attends, Em. Puisque tu es là, j'aimerais te parler de quelque chose qui me tient à cœur.

— Bien sûr, pas de problème.

On aurait dit une collégienne, désireuse de plaire à son professeur, songea-t-elle, contrariée contre elle-même. Ou encore un chien à plat ventre devant son maître.

Les bras croisés sur son torse, Cal s'adossa au comptoir de la réception.

— Je sais que tu es contre l'idée d'emménager sous mon toit avec Annie. Alors, j'ai réfléchi à une autre solution. Que dirais-tu si je…

— Je t'arrête tout de suite, dit-elle en levant une main. Il est hors de question que tu viennes habiter à l'appartement. De quoi aurions-nous l'air ? Et que diraient Patty et Lucy à qui je suis censée donner le bon exemple en voyant que j'accueille un homme chez moi ?

— Bon, bon, je prends bonne note de ton refus…

Contre toute attente, il se mit à rire.

— En fait, poursuivit-il, ce n'est pas du tout ce que j'avais en tête. Mon idée était de donner une fête pour le premier anniversaire d'Annie. Une fête avec mes parents. Chez moi…

Il l'observa quelques instants avant de reprendre la parole :

— Pense pis que pendre de moi, cela m'arrange.

Une déclaration qui la surprit au plus haut point.

— Que veux-tu dire ?

— Quand tu te sentiras coupable de m'avoir mal jugé, tu seras prête à m'accorder tout ce que je demande.

— Je ne te savais pas un esprit aussi calculateur…

— Avant de dire non, prends le temps d'y réfléchir.

Son raisonnement se tenait, hélas. Elle avait beaucoup à se faire pardonner. Mais baisser sa garde devant Cal n'était pas chose facile.

— Il me faudra *beaucoup* y réfléchir car tu admettras que ta position actuelle n'est guère compatible avec ton militantisme de jadis en faveur du célibat.

— Combien de temps vas-tu encore me punir pour avoir tenu de tels propos ?

— Je ne fais qu'énoncer la vérité. Nous avons tous deux commis des erreurs. A présent, Annie nous oblige à faire table rase du passé… Très franchement, j'avais envisagé de fêter son anniversaire en compagnie de Patty, Lucy et de leurs garçons, Oscar et Henry, qui sont comme ses frères.

— Ils seront tous les bienvenus chez moi. Mes parents seront là, ainsi que mon frère. Il est temps qu'Annie connaisse son papy, sa mamy et le reste de sa famille.

« Une belle épreuve en perspective », songea Emily.

Rhonda, la cheville ouvrière des urgences, ne la portait déjà pas dans son cœur pour avoir séduit leur chef et Emily imaginait sans peine la réaction des parents de Cal à son égard.

Une ex-petite amie qui surgissait, deux ans après, pour annoncer à leur fils qu'il était le père de son enfant n'inspirait a priori pas une confiance excessive…

D'un autre côté, Annie avait le droit de connaître toute sa famille.

— Cela me semble un peu tôt pour…

— Argument non recevable, votre honneur. J'ai raté les onze premiers mois de la vie de ma fille, et ses grands-parents se languissent de la connaître.

— C'est vrai ? Tu leur en as parlé ?

— Le soir de ma première visite chez toi. Alors, tu acceptes ?

— Pour Annie.

— A la bonne heure ! Je vais pouvoir lancer mes invitations.

— Et moi, je ferais mieux de m'occuper du dossier de ton petit patient asthmatique.

Côte à côte, ils se dirigèrent vers le guichet des admissions.

— As-tu pris rendez-vous pour l'échographie ? demanda-t-il soudain en se tournant vers elle.

— Oui. C'est le lendemain de l'anniversaire d'Annie.

— Dans deux semaines, donc. Ne peuvent-ils te recevoir plus tôt ?

— Le service est débordé et, très franchement, cela m'arrange. Rébecca dit que ce délai n'y changera rien, surtout s'il s'agit d'une grosseur bénigne comme elle le croit. Et au cas où il s'agisse d'autre chose, je ne tiens pas à le savoir avant l'anniversaire d'Annie. Ensuite, on avisera.

— D'accord.

L'inquiétude se lisait dans le regard de Cal. En urgentiste qui se respecte, il voulait sauver tout le monde, mais peut-être se souciait-il aussi sincèrement de sa santé… Sans doute, même, mais pour la seule et unique raison qu'elle était la mère de son enfant alors qu'elle aurait tant voulu que ce soit pour un motif plus personnel.

Mais elle se raisonna. Il avait accepté de jouer son rôle de père auprès de leur petite fille, ce qui était déjà inespéré. Après lui avoir caché pendant des mois sa paternité, elle n'était pas en droit d'attendre davantage.

5.

Parvenue au bout de Tropicana Avenue, Emily tourna dans Spanish Trail et s'arrêta à la barrière qui barrait l'accès du quartier résidentiel. Elle déclina son identité au vigile en uniforme qui vérifia sa liste avant de la laisser pénétrer dans l'enceinte.

Voilà deux semaines qu'elle appréhendait ce dimanche, depuis la minute où elle avait accepté de fêter l'anniversaire d'Annie chez Cal avec la famille Westen. Maintenant, elle était en route pour se rendre à ce rendez-vous de tous les dangers.

Dans ce quartier, des maisons de style ranch et des résidences huppées côtoyaient des demeures de millionnaires, la villa de Cal se rangeant dans cette dernière catégorie. Accolée au terrain de golf, elle offrait une vue imprenable sur la Mojave Valley.

Emily se souvenait parfaitement du chemin, comme si elle lui avait rendu visite la veille.

Bien que propre comme un sou neuf et parfaitement entretenue, sa vieille Ford Sierra semblait incongrue au milieu des Lexus, Mercedes et autres limousines de marques étrangères garées dans les allées.

Ayant fréquenté assidûment ce quartier à une époque, elle s'y sentait pour la première fois comme une intruse que la police risquait d'arrêter à chaque carrefour pour lui demander la raison de sa présence dans ces rues. Bien entendu, ce sentiment était en corrélation directe avec sa peur de revoir la famille de Cal.

Elle se gara devant la grande villa blanche à deux étages couronnée d'un toit de tuiles. Chef-d'œuvre d'architecte paysager, le jardin alternait des étendues de pelouse grasse et des rocailles où poussaient palmiers et plantes du désert.

Ouvrant la portière passager, elle défit la ceinture du siège bébé et sourit à sa fille qui émergeait de son sommeil en se frottant les yeux.

— Je suis bien contente que tu te sois reposée, ma chérie, car cela va être un grand jour pour toi. Tu as un an et tu vas faire la connaissance de tes grands-parents et de ton oncle Brad.

— Pa ?

— Oui, papa sera là. Nous sommes devant sa maison.

Un merveilleux endroit pour y élever un enfant, sauf qu'Emily avait décliné l'offre.

— Maman a de bonnes raisons, poursuivit-elle comme si la fillette pouvait la comprendre. Elles ne sautent pas aux yeux, c'est vrai, mais fais confiance à maman.

— Pa ? insista Annie, un doigt potelé pointé vers la maison.

— Oui, oui, on va le retrouver.

Le sac de couches sur l'épaule, elle prit le bébé dans ses bras et entreprit de remonter l'allée en reconnaissant au passage le 4x4 des parents de Cal et la décapotable Mercedes de son frère.

« Courage », s'exhorta-t-elle. Elle en sortirait vivante.

Arrivée devant la porte à double battant encastré de panneaux de verre ciselé, elle appuya sur la sonnette et arrêta à temps la main de sa fille qui s'apprêtait à l'imiter.

La porte s'ouvrit et Cal apparut sur le seuil.

Annie lui sourit sans réserve.

— Pa !

— Bonjour, mon rayon de soleil.

Il prit Annie dans ses bras et l'embrassa avec tendresse comme s'il en avait une longue habitude.

— Comment va mon poussin ?

— En pleine forme, répondit Emily.

— Et où sont Patty, Lucy et les garçons ?

— Ils n'ont pas pu venir.

Inutile de lui dire pourquoi. L'invitation de Cal avait été dictée par la seule pitié et les protégées d'Emily l'avaient déclinée en des termes assez virulents, surtout Lucy.

« Monsieur le médecin veut inviter les pauvres chez lui pour se donner bonne conscience, mais ce ne sera pas nous. Qu'il aille se trouver d'autres brebis égarées ! »

Emily s'était donc résignée à affronter la famille Westen sans soutien.

— Dommage... Peut-être une autre fois. Les enfants auraient adoré la piscine.

Il prit le sac de couches puis s'effaça pour laisser entrer Emily.

— Mes parents et mon frère sont déjà là.

— J'avais remarqué, dit-elle, l'estomac noué.

Le vestibule était aussi grand que dans ses souvenirs. Mais c'était la salle de séjour avec la cuisine en enfilade qui avait sa préférence. Dès qu'elle l'avait vue, elle avait eu le coup de foudre. Un peu comme pour Cal.

Un bar de bois verni entouré de six hauts tabourets séparait la cuisine du salon où une grande table rectangulaire en acajou supportait une pile de cadeaux emballés de papier rose.

Carol, Ken et Brad Westen se tenaient devant le bar. Plus jeune que Cal, son frère était tout aussi blond et beau, dans un style un peu plus agressif.

— Bonjour, Emily, dit Carol avec un sourire un peu crispé.

Elles se serrèrent la main.

Ken s'avança à son tour.

— Ravi de vous revoir.

Proche de la soixantaine, il avait beaucoup de prestance et ses cheveux argentés ne faisaient qu'ajouter à son élégance.

Le frère de Cal s'éclaircit la gorge.

— Bonjour, Em.

— Bonjour, Brad.

Puis elle se tut. Mieux valait en dire le moins possible tant qu'elle ne serait pas fixée sur leurs intentions à son égard.

Pour les avoir jadis rencontrés à maintes reprises, elle savait qu'ils pouvaient se montrer très chaleureux et n'en ressentait que plus douloureusement la réserve qu'ils lui témoignaient aujourd'hui.

— Voici Annie, dit Cal, un accent de fierté dans la voix.

— Quel joli bébé, commenta Carol, les yeux embués de larmes. Cal m'a expliqué le choix du prénom — Ann et Marie. C'est très gentil à vous de l'avoir appelée par mon second prénom et celui de votre mère. Acceptera-t-elle que je la prenne dans mes bras ?

— Elle est un peu timide, répondit Cal. J'ai dû lui offrir quelques cadeaux pour me faire accepter. Ma fille a la fibre matérialiste.

Emily jeta un regard appuyé autour de la pièce luxueusement meublée.

— On se demande de qui elle la tient.

— Touché, frangin…, commenta Brad en riant.

Un tendre sourire aux lèvres, Carol tendit les bras vers Annie.

— Bonjour, ma chérie. Tu veux bien que mamy te fasse un câlin ?

N'opposant aucune résistance, Annie se laissa prendre et embrasser par sa grand-mère.

— Elle est adorable !

— Je n'en reviens pas…, dit Cal. Avec moi, elle a poussé des cris d'orfraie la première fois.

— Parce que tu es un homme, répliqua Emily. Elle est sur ses gardes avec la gent masculine.

— Et elle a bien raison.

Un commentaire chaudement approuvé par papy et oncle Brad.

— Aimerait-elle se baigner dans la piscine ? demanda Carol.

— Oh oui, si j'en juge par le plaisir qu'elle prend à barboter dans sa baignoire. En prévision, je me suis permis d'apporter son maillot de bain, sa crème de protection solaire et son chapeau.

Cal donna le sac de couches à sa mère.

— A toi de jouer, maman.

— Vous permettez, Emily ?

— Bien sûr.

Ils suivirent tous Carol et Annie vers le petit pavillon près de la piscine. Pendant que ses hôtes se changeaient, Emily alla s'asseoir dans le patio au milieu d'une débauche de lauriers-roses, bougainvillées et hibiscus rafraîchis en permanence par la rosée des brumisateurs.

Ken lui offrit un jus de fruits puis prit place à côté d'elle tandis que Carol et ses fils entraient dans l'eau avec le bébé.

— Comment vous portez-vous, Emily ?

— Très bien. Et vous ?

— Ça va. Ma femme essaie de me faire lever le pied pour partir en croisière. Cela devrait se concrétiser maintenant que j'ai engagé un associé supplémentaire au cabinet.

Sa spécialité était la médecine interne, ses deux fils, médecins comme lui, ayant opté pour des voies différentes.

— Avez-vous une destination en tête ?

— L'Alaska. On s'était toujours promis d'y aller un été pour fuir la fournaise de Las Vegas. Embarquement en septembre au port de San Diego.

— C'est merveilleux.

— Pas autant que de découvrir que nous avions une petite-fille.

Décelait-elle un léger reproche dans sa voix ? Peut-être se l'imaginait-elle car nulle hostilité ne brillait dans le regard de Ken.

— A ce sujet, monsieur Westen, je voudrais vous expliquer…

— Cal l'a fait. Il nous a dit qu'au moment où vous vous apprêtiez à lui annoncer votre grossesse, il s'était lancé dans un discours sur les vertus du célibat.

— C'est la stricte vérité.

— Vous semblez surprise qu'il nous l'ait rapportée objectivement ?

— Un peu. Un autre l'aurait volontiers déformée à mon détriment.

— Pas mon Cal. Il lui arrive d'être de mauvaise foi, mais il sait reconnaître ses erreurs, quitte à s'aliéner la sympathie de certains.

— J'avais mes raisons, vous savez, pour cacher pendant aussi longtemps sa paternité à Cal. Dans mon passé, il y a eu des choses… Je préfère ne pas en parler.

— Libre à vous. Cal aussi a un passé.

Emily serrait si fort la canette de jus d'orange qu'elle sentait l'aluminium s'incurver sous ses doigts.

— Comme tout le monde, non ?

— Mon fils a eu son lot de malheurs. Vous a-t-il parlé de son mariage ?

Cal, marié ? Le don Juan du Mercy s'était un jour passé la corde au cou ? Lors de leur rencontre, il s'était présenté à elle comme célibataire, et elle en avait conclu qu'il l'avait toujours été.

— Non, jamais.

Ken sirota une gorgée de soda avant de reprendre.

— Cela ne me surprend guère. Il garde un mauvais souvenir de cette époque.

— Que s'est-il passé ?

Elle se demandait ce que lui avait fait son épouse pour qu'il fuie ensuite tout engagement sentimental.

— C'est à lui de vous le dire ou pas, Emily.

Dévorée par la curiosité, elle regarda Cal jouer avec Annie dans l'eau, tous deux riant aux éclats.

— Quoi qu'il en soit, reprit-elle, j'aurais dû tout lui dire à la naissance de son enfant. Mon intention n'était pas de lui faire du mal, ni à vous et à Mme Westen.

— Je ne vous cacherai pas que nous vous en avons voulu de nous avoir privés des premiers mois de notre petite-fille, mais, dans l'intérêt de celle-ci, nous avons décidé d'effacer nos griefs et d'aller de l'avant.

— En serez-vous capables ?

— Le temps nous le dira.

— En tout cas, j'apprécie votre franchise.

En lieu et place de l'hostilité ouverte et des récriminations qu'elle craignait, elle recevait de la compréhension. La famille de Cal s'efforçait de l'accepter. Quant à Annie, ils l'avaient adoptée d'emblée. Mais elle était la fille de Cal. La chair de leur chair.

S'il lui arrivait malheur, la famille Westen au grand complet veillerait sur Annie, et cette certitude rassurait Emily. Pour la première fois depuis qu'elle avait découvert la grosseur dans son sein, elle se sentait l'esprit en paix.

Quoi que le sort lui réserve, sa petite fille aurait la famille qu'Emily avait rêvé d'avoir toute sa vie.

Entre autres rêves. L'un d'eux consistant à retrouver une place dans le cœur de Cal, à se brûler de nouveau au feu de ses baisers, de ses caresses...

Si l'avenir d'Annie était assuré, le sien demeurait bien incertain car elle n'avait aucune idée de ce qui allait se passer entre eux.

6.

Le lendemain de l'anniversaire d'Annie, se tint la réunion de travail mensuelle au cours de laquelle Cal et ses deux collègues pédiatres urgentistes faisaient le point. D'habitude, il y participait activement, mais pas aujourd'hui car il ne cessait de penser aux événements de la veille.

Après le départ d'Emily et d'Annie, son père et lui avaient eu une longue discussion. Pour le bien de l'enfant, il fallait pardonner et oublier, lui avait dit en substance Ken.

— Pas question, marmonna Cal.

— C'est bien ce que je disais ! s'exclama Mitch Tenney. Il est ailleurs… Il n'écoute même pas ce que l'on dit !

Cal se redressa.

— Bien sûr que si.

— Menteur. Sinon, tu aurais réagi à l'annonce de l'ouverture de la troisième antenne hospitalo-universitaire du Mercy.

— De quoi parles-tu ?

Il regarda Jake Andrews, son collègue assis de l'autre côté de la table. C'était ce dernier qui avait tout fait pour le convaincre ainsi que Mitch de rejoindre les urgences pour y créer l'unité de traumatologie pédiatrique.

Outre qu'ils travaillaient dans le même service, tous les trois étaient amis depuis qu'ils avaient fait leur internat ensemble au Cedar Sinaï Hospital de Las Vegas. Cal et Mitch étaient consultants à plein-temps et Jake se partageait entre l'hôpital de jour et le bloc opératoire.

L'air sévère, Mitch désigna le feuillet de présentation de l'ordre du jour.

— On a du pain sur la planche. Essaie de te concentrer, s'il te plaît.

— Oui, chef, dit Cal en esquissant un salut militaire.

L'année dernière, le radical Dr Tenney qui disait tout haut ce qu'il pensait sans se soucier de froisser les susceptibilités s'était attiré nombre d'inimitiés, à commencer par celle de l'administrateur en chef du Mercy Medical qui avait même songé à résilier son contrat.

Depuis, les choses s'étaient réglées à l'amiable grâce à la médiation d'un tiers.

— Bon, passons au second sujet, dit Jake. Le recrutement de deux médecins pour la nouvelle antenne universitaire. On a intérêt à les trouver vite, sinon, il faudra payer de nos personnes, et dire adieu à ce qu'il nous reste de vie privée.

La vie « privée » de Cal se résumant à néant actuellement, il lui aurait dit adieu sans remords s'il n'y avait eu Annie. Il devait réserver du temps pour sa fille.

— On n'a qu'à approcher les confrères du Cedar Sinaï et de l'hôpital du comté.

— Qui s'en charge ? s'enquit Jake.

— Toi. Après tout, tu as le flair pour dénicher des perles comme moi et Cal.

— Ce que j'ai toujours aimé chez toi, c'est ta modestie.

— C'est décidé, tu te chargeras du recrutement, avec l'aide de Cal.

— Si cela ne vous dérange pas, je préférerais rester en dehors de l'opération, dit ce dernier.

Il n'avait pas eu l'intention d'évoquer sa situation personnelle, mais il devait penser à Annie. Or, les entretiens d'embauche empiéteraient sur les plages de repos qu'il pensait consacrer au bébé.

— Laissez-moi vous expliquer pourquoi…

— Pas besoin d'être grand clerc pour deviner que cela réduirait ton temps libre et tes sorties en compagnie des femmes.

— Une, en particulier.

— Oh ho ! Tu ne butines plus de fleur en fleur ? J'aimerais bien connaître celle qui est parvenue à te convertir à la monogamie.

— Ce n'est pas encore une femme. En fait, je vous parle de ma fille qui vient de fêter son premier anniversaire.

Ses associés en restèrent un instant sans voix, ce qui ne se produisait pour ainsi dire jamais.

— Peux-tu répéter ? demanda Jake. J'ai cru t'entendre dire que tu avais une fille d'un an.

— Elle s'appelle Annie.

— Et je suppose qu'elle a une mère ? intervint Mitch.

— Emily Summers.

La stupéfaction se lut dans les yeux de ses amis.

— J'ai toujours aimé Emily, reprit Mitch. Quand vous avez rompu, je me suis demandé ce que tu avais fait pour la perdre.

— Pourquoi serait-ce moi le fautif ?

— Parce qu'on te connaît. Maintenant que vous êtes de nouveau ensemble, je comprends que tu n'ailles plus chercher fortune ailleurs.

— Tu te trompes. Nous ne sommes pas ensemble. Il y a deux semaines, elle est venue m'annoncer que j'étais le père de son enfant…

Bien entendu, il préféra rester silencieux sur les raisons médicales qui l'avaient poussée à le faire.

— … J'attends les résultats du test ADN, mais je suis d'ores et déjà convaincu qu'il s'agit de ma fille. Cette petite a tout d'une Westen.

— Eh bien, je n'en reviens pas, observa Mitch. Moi qui suis marié, tu m'as battu au poteau.

Cal était tout aussi étonné, pour une autre raison : que ses amis ne s'indignent pas du comportement d'Emily. Qu'elle lui ait menti, caché l'existence de leur fille, ne semblait pas les choquer… Non, ils se réjouissaient simplement qu'elle soit de retour dans sa vie.

Le pire, c'était que lui aussi s'en félicitait. Même s'il se maudissait de ressentir la même attirance envers elle que jadis, et en dépit de ce qu'elle lui avait fait.

De crainte de réveiller Annie, Cal frappa à la porte de l'appartement au lieu de sonner.

Etrange qu'une si petite personne puisse transformer aussi radicalement sa vie, l'investir d'une responsabilité qui ne lui pesait même pas.

La porte s'ouvrit et Emily apparut sur le seuil, vêtue d'un short blanc qui dévoilait ses longues jambes fuselées et d'un petit caraco rose dont le décolleté laissait entrevoir le doux galbe de ses seins.

S'efforçant de se ressaisir, Cal s'arracha à la contemplation de cette peau dorée pour observer le visage de la jeune femme.

— Bonjour…

Sa voix trahissait son émoi, et il pria le ciel qu'elle ne s'en rende pas compte.

Elle mit un doigt sur ses lèvres.

— Annie vient de s'endormir.

Pourtant guère destiné à produire un effet érotique, son murmure fit bourdonner le sang aux oreilles de Cal. Dieu merci, c'était un bruit qui ne réveillerait pas sa fille.

— Va-t-elle bien ?

— Oui. Elle tombe toujours de sommeil après une journée à la crèche.

— Moi qui venais la voir…

Maintenant, il n'avait plus aucune raison de rester alors que toutes les fibres de son corps réclamaient le contact d'Emily.

— Eh bien, il ne me reste plus qu'à m'en aller.

— Attends, Cal, il y a quelque chose que je voudrais te dire. C'est important et, en fait, cela tombe bien qu'Annie dorme car nous pourrons parler à loisir sans être interrompus. Entre.

Après avoir refermé la porte, elle lui fit signe de passer dans la salle de séjour où ils restèrent debout face à face.

— Je suis allée voir un avocat aujourd'hui.

Ce n'était pas ce qu'il espérait.

— Pourquoi ? Y a-t-il un problème ?

— Non. Je voulais juste que tu saches que je fais le nécessaire pour t'accorder tes droits parentaux. Au retour des résultats du test ADN, nous les transmettrons au dossier.

— Inutile… Je n'ai plus aucun doute sur la filiation d'Annie.

— Je sais, mais je tiens à ce que tout soit en règle. L'avocat va faire le nécessaire pour inscrire ton nom sur le certificat de naissance. Nous serons ensuite convoqués devant un juge qui prononcera la garde conjointe.

— Merci d'avoir entrepris cette démarche.

— C'est normal. Au début, je t'ai mal jugé car je m'attendais sans doute au pire, mais peu importe le passé. Il faut à présent faire au mieux pour notre fille.

Cal avait hésité à aborder l'aspect légal des choses de peur d'effaroucher Emily, et il se réjouissait donc qu'elle ait pris l'initiative sans pression de sa part, et avec une telle diligence, de surcroît.

Un grand sourire aux lèvres, il resta quelques instants à la contempler avant de la serrer contre lui.

— J'apprécie beaucoup ce que tu viens de faire.

L'émotion lui nouait la gorge. Aurait-il réagi de la sorte, deux ans auparavant, si elle lui avait annoncé qu'elle était enceinte ?

Probablement pas. Une femme lui avait jadis dit ces mots qui s'étaient révélés un mensonge.

Mais son corps ne mentait pas en lui signifiant avec insistance son désir d'Emily.

Elle était à sa place dans ses bras. Seigneur, comme elle lui avait manqué !

Il plongea son regard dans ses yeux puis, lentement, approcha sa bouche de la sienne. Plus que consentante, elle lui offrit ses lèvres dont il s'empara avec fougue.

Emportés par la passion, ils se prodiguaient des caresses

de plus en plus hardies lorsque des pleurs leur parvinrent du bout du couloir.

Emily s'écarta de Cal.

— Annie... Quand elle s'endort en fin d'après-midi, elle ne fait généralement qu'une sieste. Je vais aller la voir.

Rajustant son caraco, elle s'éloigna vers la chambre du bébé, laissant Cal avec son désir. Et ses questions.

Mais pourquoi laissait-il ses sens prendre le pas sur la raison ? Le souvenir de celle qui lui avait menti dans le passé n'avait de toute évidence pas servi à tenir à distance cette autre menteuse.

Assise sur la balancelle de la chambre de sa fille, Emily lui donnait le biberon sous le regard de Cal, installé en face sur la méridienne.

Vingt minutes auparavant, ils avaient été sur le point de faire l'amour mais, à présent, papa, maman et bébé partageaient une intimité d'une autre sorte, solide, normale, familiale.

C'était un moment qu'elle n'aurait jamais cru vivre avec Cal. En plus d'assumer son rôle de père, peut-être voulait-il renouer avec elle, et pas seulement pour des intermèdes torrides comme celui de tout à l'heure ?

— Alors, tu amènes toujours Annie à Spanish Lane samedi pour une partie de baignade ?

— Bien sûr. Elle adore ta piscine.

Le biberon terminé, Emily essuya les traces de lait autour de la petite bouche. Pour lui éviter de se lever, Cal lui prit la bouteille des mains.

— Merci.

— Vas-tu la remettre dans son berceau ?

— Tout à l'heure, quand elle se sera rendormie dans mes bras. Sinon, elle risque de repartir tout de suite pour une sieste puis de se réveiller et de ne plus vouloir dormir de la nuit.

Il secoua la tête.

— C'est incroyable…

— Quoi donc ?

— Tout ce que tu sais sur ses habitudes, ses goûts, sa personnalité. Quelle que soit la situation, tu y feras face. Il n'y a qu'une mère pour savoir que son enfant ne pourra pas s'endormir tant que les planètes ne seront pas alignées.

— Crois-moi, c'est moins poétique que cela. Après avoir englouti leur biberon, les bébés font dodo, voilà tout… Et si je parais veiller si scrupuleusement au bien-être d'Annie, c'est surtout par paresse et égoïsme.

— Il va falloir que tu m'expliques…

— Quand Annie est heureuse, mon travail en est facilité. Pour ne pas être entraînée dans d'interminables séances repas, il suffit de lui servir ce qu'elle aime tout en demeurant dans le registre des aliments sains ; de nombreuses siestes assurent des journées sans pleurs, ou presque, et pour le reste, c'est une question de bon sens.

— L'amour joue tout de même aussi un petit rôle dans l'affaire, non ?

— Pas du tout ! dit-elle avec un éclat de rire avant de reprendre son sérieux. Oui, évidemment, c'est la clé de tout. Mais quel parent n'aimerait pas son bébé ?

— Certaines personnes sont pourtant dénuées de sentiment maternel ou paternel… Comment s'est déroulé l'accouchement ?

— Eh bien, le travail a commencé — il a duré entre parenthèses douze heures —, les contractions se sont enchaînées, j'ai poussé et Annie est sortie.

— C'est cela, moque-toi de moi. Ce que je voulais savoir, c'est si quelqu'un était là pour te soutenir

Elle comprit que c'était une manière détournée de lui demander si elle avait un petit ami à l'époque.

— Sophia m'avait accompagnée.

— Qui est-ce ?

— Une collègue assistante sociale et amie. Elle m'a conduite à l'hôpital lorsque j'ai perdu les eaux et est restée jusqu'après l'accouchement.

Elle ne jugea pas utile de mentionner que c'était Sophia qui l'avait convaincue de contacter Cal après la découverte de la grosseur au sein.

— Et ta mère ?

Naguère, elle avait fait allusion à la relation distante qu'elle entretenait avec sa mère sans entrer dans les détails.

— Maman est décédée avant la naissance d'Annie. Une fin prévisible.

— Etait-elle malade ?

— Oui. Et son alcoolisme chronique n'arrangeait rien. D'aussi longtemps que je m'en souvienne, le whisky a toujours constitué son aliment de base.

— Je suis désolé.

— Pour elle ? Elle ne le mérite pas.

Tant de dureté de sa part parut le surprendre.

— Tu peux m'en parler, tu sais…

— De quoi ?

— De la colère que tu éprouves toujours contre elle.

— Elle est partie. Il n'y a plus rien à dire.

— Toi qui es constamment à l'écoute des autres, cela

te fera du bien d'inverser les rôles, Em. Ne t'en déplaise, je sais moi aussi prêter une oreille attentive aux problèmes de mes semblables.

— Allons bon, le briseur des cœurs des urgences dévoile son côté féminin !

— Plaisante tant que tu voudras. C'est un mécanisme de défense.

Il posa le biberon sur le sol puis joignit les mains tel un psychanalyste attentif.

— Pour ta gouverne, sache qu'une consultation médicale commence toujours par l'écoute du patient ; c'est la manière la plus sûre de ne pas se tromper sur le diagnostic.

Juste au moment où elle commençait à se sentir en confiance avec Cal, il fallait qu'il aille déterrer un passé qu'elle s'efforçait d'oublier.

— Je n'ai pas envie de t'infliger l'histoire de mes malheurs.

— Dis plutôt que tu n'as pas envie d'en parler.

— Quelle perspicacité !

— Confie-toi. Tu te sentiras mieux ensuite.

— Deux aspirines me feront le même effet. Je t'appellerai demain.

Il sourit.

— Tu essaies de gagner du temps, Em.

— En plein dans le mille, encore une fois.

Elle installa Annie plus confortablement sur ses genoux.

— Pourquoi insistes-tu, Cal ? ajouta-t-elle.

— Cela te libérera de cette souffrance que tu gardes en toi depuis des années.

Emily embrassa les cheveux de sa fille avant de regarder Cal.

Peut-être avait-il raison. En tant que médecin, pédiatre de surcroît, il était certainement en mesure de comprendre la raison du choix douloureux auquel elle s'était résignée jadis. Elle décida de tout lui dire.

— A quinze ans, je suis tombée enceinte.

La déclaration le laissa bouche bée et elle ne fit rien pour combler le silence qui planait.

— Que s'est-il passé ? dit-il enfin.

— Ma mère m'a prévenue qu'elle n'avait pas les moyens de nourrir une bouche supplémentaire. Il n'était pas question de revenir à la maison avec le bébé après l'accouchement. Bref, elle m'a posé un ultimatum : abandonner l'enfant à l'adoption ou trouver un autre toit.

— Alors, tu l'as abandonné ?

La réprobation contenue dans la voix de Cal la fit frémir.

— J'ai préféré m'enfuir.

— Chez des amis ? Où était le père du bébé ?

— Après lui avoir annoncé que j'étais enceinte, je ne l'ai plus revu. Quant à mon père, il a toujours brillé par son absence. A l'époque, être élevée par une mère célibataire qui tentait de noyer ses problèmes dans l'alcool ne vous aidait pas à vous insérer dans la société ni à vous faire des amis. Quand on est différent des autres, nul ne sollicite votre compagnie.

— Où es-tu allée ?

Un tremblement la parcourut. Depuis cette époque, elle recherchait la chaleur du désert et détestait les semaines de froid glacial que les dépliants touristiques vantant les beautés du Nevada se gardaient bien de mentionner.

— Nulle part. J'ai vécu dans la rue.

— Je ne comprends pas…

— Alors, laisse-moi te mettre les points sur les i, Cal : j'étais sans domicile fixe. Pour me nourrir, je fouillais les poubelles à la sortie des restaurants et il m'est arrivé de voler dans les supermarchés lorsque j'avais des crampes d'estomac à force d'avoir faim.

— Et le bébé ? Les échographies, les soins prénataux ?

Un rire amer échappa à Emily.

— Décidément, tu n'as toujours pas compris. Je n'avais pas de quoi me loger ni acheter à manger, alors où serais-je allée trouver l'argent pour consulter un gynécologue ?

— Qu'as-tu fait ?

— J'ai rencontré un homme qui m'a pris sous sa protection.

Le regard de Cal s'assombrit.

— Un… proxénète ?

Elle hocha la tête.

— Il m'a installée dans une chambre d'hôtel et m'a envoyé mon premier client. Mais je n'ai pas pu et je me suis enfuie…

— Qu'est devenu le bébé ?

Emily serra Annie contre elle tandis que ses yeux se voilaient de larmes.

— J'aimais mon petit garçon. Il était la seule chose innocente et pure que j'avais en ce monde, mais la pensée qu'il aurait faim et froid m'était insupportable. Un bébé sans toit au-dessus de sa tête, sans berceau, ni vêtements ni famille… Alors, je suis rentrée à la maison, si l'on peut appeler ainsi un terrain de caravaning situé près de l'échangeur de l'autoroute.

— Et ?

— Ma mère a accepté de me reprendre à la seule condition que je cède le bébé à l'adoption. Je suis retournée à l'école où toutes les filles me traitaient comme une pestiférée car les parents leur défendaient de traîner avec la brebis galeuse que j'étais. Quant aux garçons, je constituais la proie rêvée pour eux. C'était sans risques, puisque, après tout, j'étais déjà enceinte…

Elle avait connu une solitude poignante à cette époque, son seul bonheur étant ce petit être qui grandissait dans son ventre.

Deux jours après l'accouchement, quand une dame des services sociaux le lui avait retiré, c'était comme si on lui avait ouvert la poitrine pour lui arracher le cœur.

— Pourquoi ne m'en as-tu jamais parlé ?

— Par honte, et peur de ta réaction.

— Tout de même, il devait y avoir d'autres solutions. Tu aurais pu ignorer l'ultimatum de ta mère.

— Accoucher et ramener le bébé à la maison ? On voit bien que tu ne connaissais pas ma mère. Quand je l'ai menacée de m'en aller si elle m'obligeait à abandonner mon bébé, elle a fait ma valise et l'a déposée devant la porte.

— Impossible qu'une mère se comporte ainsi…

De toute évidence, il ne la croyait pas.

— Tu as des parents aimants, qui sont solidaires de toi en toutes circonstances. Ce n'est, hélas, pas le cas pour tous les enfants.

— En dernier recours, tu aurais pu aller dans un foyer pour jeunes mères célibataires.

— Je ne savais pas où m'adresser et je n'avais personne pour m'aider. N'oublie pas que je n'étais guère plus qu'une enfant moi-même. Tout ce que je voyais, c'était que je ne pourrais pas élever mon bébé dans la rue, alors je l'ai cédé à l'adoption, contrainte et forcée. Ce qui explique pourquoi je me dévoue aujourd'hui corps et âme à la cause de Partenariat Bébés afin de donner à ces filles la chance que je n'ai pas eue.

Visiblement bouleversé, Cal se leva et passa une main dans ses cheveux.

— Je croyais te connaître, mais je me trompais.

Emily coucha sa fille maintenant endormie dans son berceau et recouvrit ses jambes du petit édredon rose orné d'oursons. Puis, sans un mot, elle sortit pour retourner dans la salle de séjour. Une telle colère grondait en elle qu'elle préférait ne rien dire.

Quelques instants plus tard, Cal la rejoignit.

— Je ferais mieux d'y aller.

— D'accord. Mais d'abord, j'aimerais dire un mot.

Les mains sur les hanches, il attendit.

— Ta réaction me déçoit, Cal. Sais-tu ce que c'est d'errer, adolescente, dans les rues, sans point de chute ni personne vers qui se tourner ? Comment oses-tu jouer les pères vertueux ?

— Tu aurais dû m'en parler.

— La sincérité, l'échange de secrets, petits ou grands, sont de mise pour un couple « normal », ce que nous n'avons jamais été. Tu as toujours insisté sur ton refus des engagements et tu me paraissais la dernière personne à qui je pouvais faire ce genre de confidences. Si je suis venue te trouver, c'est uniquement à cause de cette grosseur au sein qui menace mon avenir et celui d'Annie, et tu as accepté d'assumer ton rôle de père, ce qui ne t'autorise en rien à t'ériger en juge de mon passé… J'ai fait du mieux que je pouvais dans les circonstances. Et je ne suis plus cette jeune fille sans défense, pour preuve notre bébé. En ce qui concerne Annie, tu peux compter sur mon entière coopération et mon respect de ton droit de visite et de tes prérogatives de père. Un enfant nous lie, mais cela ne te donne pas le droit de décider pour moi.

— Message reçu…

Après le départ de Cal, Emily s'effondra sur le canapé en s'efforçant de refouler ses larmes.

Cal était de retour dans sa vie, juste au moment où elle commençait à en maîtriser le cours.

Faisant fi de ses hésitations, elle lui avait confié son secret le plus douloureux, et elle avait fait une grosse erreur.

Cal aussi en avait commise une en affirmant que cela lui ferait du bien d'ouvrir son cœur car, en lieu et place du soulagement qu'elle aurait dû ressentir, cette confession ne faisait que raviver ses blessures.

7.

Le calme plat régnait aux urgences, ce que Cal déplorait car il aurait voulu s'abîmer dans le travail pour oublier ses tourments personnels et ne plus penser qu'à ses petits patients.

Emily l'avait accusé de la juger sévèrement, de manquer de tolérance envers ses mensonges et ses manipulations. Comme si on pouvait les excuser.

D'autant qu'elle n'en était pas à son coup d'essai. Elle lui avait caché l'existence de leur fille et, maintenant, il apprenait que, dans son passé, elle s'était rendue coupable de l'abandon d'un bébé. Au pied du mur, elle se voyait contrainte d'avouer ses secrets, ce qui ne plaidait guère en sa faveur.

Assis dans la salle de repos devant une tasse de café, Cal était en train de ruminer ses griefs à l'égard d'Emily quand Rhonda Levin entra.

— Besoin de moi sur le pont ? s'enquit-il.

— Du calme, doc, dit l'infirmière en jetant un coup d'œil las à la table jonchée de morceaux de bagels, de beignets à moitié mangés et de gobelets vides. Je viens juste mettre un peu d'ordre dans cette porcherie.

— Oh…

— Vous semblez déçu que les polytraumatisés se fassent rares.

— Si je dis oui, je vais passer pour un monstre. Comme le mari violent à qui on demande s'il a cessé de battre sa femme… Quelle que soit la réponse, elle vous condamne d'avance.

— L'emploi de cette analogie montre que votre moral est au plus bas. Et quand le chef broie du noir, ce sont les subalternes qui en pâtissent.

— Que suis-je censé comprendre ?

— Que des infirmières et aides-soignants sont venus se plaindre auprès de moi de vos sautes d'humeur et de votre agressivité. Depuis votre arrivée ce matin, vous n'êtes pas à prendre avec des pincettes. J'en déduis que quelque chose vous tourmente…

Les mains posées sur la table, Rhonda le fusillait d'un regard sans complaisance.

— Est-ce Emily qui vous cause des problèmes ? ajouta-t-elle.

Sur le point de lui conseiller de se mêler de ses affaires, il se ravisa. Rhonda avait raison, il n'avait pas à se venger de ses déboires personnels sur ses collaborateurs.

Si un autre collègue s'était avisé de lui poser une telle question, il l'aurait vertement remis à sa place, mais Rhonda, en plus d'exercer l'écrasante responsabilité de surveillante de jour aux urgences, était une amie, ce qui l'autorisait à s'immiscer dans sa vie privée.

— Elle et moi avons un enfant ensemble, une petite fille prénommée Annie, avoua-t-il. Le jour où vous avez vu Emily aux urgences, elle venait me l'annoncer.

— Vous parlez d'une nouvelle… Tout le monde le sait.

— Comment cela ?

— Par Mitch. Au cas où vous ne l'auriez pas remarqué, on est dans un hôpital où les nouvelles intéressantes circulent aussi vite que le virus de la grippe H1N1.

— Puis-je vous poser une question, Rhonda ? Que pensez-vous d'une femme qui abandonne son enfant ?

— Dans la rue ou sur les marches d'une église ?

— Bien sûr que non. Je fais allusion à ces mères qui cèdent leurs nouveau-nés à des orphelinats de l'Etat en vue d'une adoption par des tiers.

L'infirmière en chef sembla réfléchir un instant.

— Tout dépend des situations dans lesquelles ces mères se trouvent... Parfois, il vaut mieux céder son bébé à des gens motivés qui le désirent plutôt que de le garder, contrainte et forcée, et de le rendre malheureux. Les enfants battus qui passent tous les mois dans nos salles de soins seraient bien mieux auprès de parents adoptifs qu'avec leurs géniteurs.

— Et dans le cas d'une mère célibataire adolescente ?

— S'agit-il de quelqu'un que vous connaissez ?

C'était le secret d'Emily, pas le sien, et comme l'avait souligné Rhonda, les murs avaient des oreilles, aussi jugea-t-il prudent d'esquiver la question.

— Je pense à ça parce que Emily dirige un programme d'aide aux mères adolescentes rejetées par leur entourage et qui n'ont nulle part où aller. En échange d'un logement gratuit, celles-ci s'engagent à étudier tout en servant à tour de rôle de baby-sitters aux enfants de leurs colocataires. Emily les encadre et les conseille.

— Une démarche louable... Pour en revenir à votre question, je serais encline à l'indulgence. Toutes les adolescentes n'ont pas la chance de trouver une Emily sur leur chemin.

Sans aide, comment acheter des couches, des petits pots, soigner son enfant, le faire vacciner ? En fait ce sont des enfants qui élèvent d'autres enfants… Cela ne me paraît de toute façon guère souhaitable. Les adultes ont déjà assez de mal à le faire, alors, imaginez le défi de devenir responsable d'une petite vie alors que la vôtre commence à peine.

Jadis, Cal avait été confronté à ce problème avant de découvrir que le bébé annoncé n'était qu'un leurre.

Depuis, ses collègues servaient parfois d'exutoire à sa colère, et il ne se limitait pas qu'aux urgences puisqu'il s'en était pris hier soir à Emily.

Grâce au point de vue de Rhonda, il commençait à considérer le comportement d'Emily sous un autre angle, et à lui concéder des circonstances atténuantes.

— Alors, vous êtes d'avis que les mères adolescentes devraient céder leurs bébés à l'adoption ?

— Je n'ai pas dit cela. Il est impossible d'avoir une opinion tranchée à ce sujet ; certaines jeunes filles mûres pour leur âge seront parfaitement capables, et désireuses, d'élever leur enfant, mais ce sera une minorité. Quant aux autres, il leur faut sans doute beaucoup de courage pour prendre la décision de s'en séparer. J'ai énormément de respect pour ces femmes qui décident de se sacrifier pour le bien-être de leurs petits.

— Du courage pour abandonner leur enfant ?

— Bien sûr. Imaginez une jeune fille qui n'a pas les moyens de nourrir son bébé ni de lui fournir le confort de base, c'est une incroyable preuve d'amour de sa part que de le donner à un couple qui ne peut avoir d'enfants, ajouta-t-elle, sa bouche se crispant.

— On dirait que vous parlez en connaissance de cause, Rhonda.

Elle esquissa un pâle sourire.

— Je n'ai jamais pu mener une grossesse à terme.

— Vous vouliez des enfants ?

— C'était mon vœu le plus cher, mais mon mari ne voulait pas adopter. Il me disait que vivre avec moi lui suffisait et le rendait parfaitement heureux et, finalement, nous l'avons été, heureux, et cela dure encore.

— Tant mieux pour vous.

— Tout cela pour vous dire qu'une femme qui abandonne son enfant ne mérite pas forcément l'opprobre. Mais j'aimerais bien savoir à quoi rime votre question. Votre petite Annie n'a pas été abandonnée, que je sache. Elle a sa maman qui l'adore. Et, maintenant, vous…

— C'était juste par curiosité, pour avoir votre opinion.

— Puisque vous me l'avez demandée, je vais aller jusqu'au bout. A la trentaine bien sonnée, vous continuez à sortir avec des jeunettes tout juste majeures, pour une raison que je devine…

— Et que vous allez sans doute me dire.

Il retenait son agacement afin de ménager la susceptibilité de Rhonda.

— En fréquentant ces filles, vous empêchez une femme plus mûre de vous approcher, une femme qui exigerait une relation sérieuse, durable, un réel engagement de votre part…

— Je n'aurai pas l'hypocrisie de nier. Mes « amies » sont sur la même longueur d'onde que moi, et cela fonctionne très bien ainsi. Ma vie actuelle me convient parfaitement.

Ce qui n'était pas l'exacte vérité car, depuis la réapparition d'Emily, il n'en était plus aussi sûr.

— A mon avis, vous faites l'autruche, commenta Rhonda.

— Ce qui signifie ?

— Que vous refusez de voir la vérité en face et de saisir votre chance de bonheur là où elle se trouve. Attention à ne pas finir vieux et seul, docteur Westen…

Elle se dirigea vers la porte, l'ouvrit puis se retourna pour ajouter :

— Si vous ne réglez pas votre problème, votre vie sera un beau gâchis.

Elle l'était déjà.

Il s'était attaché à un bébé fantôme à cause des mensonges de son épouse. Emily avait été la seule qu'il avait regretté de perdre, jusqu'à ce qu'il apprenne qu'elle aussi lui avait menti.

Bien sûr, il serait toujours là pour leur fille, et pour Emily dans la mesure où cela servirait l'intérêt d'Annie.

Si la solitude était le prix à payer, il s'en accommoderait. Il avait appris à ses dépens qu'il valait mieux vivre célibataire que d'être pris dans les filets d'une manipulatrice. Emily était la seconde femme à se jouer de lui et il n'y en aurait pas une troisième.

En route pour Spanish Lane, le samedi suivant, Emily s'adressa des reproches tout au long du trajet. Que n'avait-elle écouté son instinct qui lui soufflait que Cal ne comprendrait pas pourquoi elle avait abandonné son premier enfant ?

A présent, il la considérait comme un monstre. Au fond,

peut-être cela valait-il mieux… Car il se chargerait de mettre de la distance entre eux, ce dont elle était incapable.

Elle ne l'avait pas revu depuis cette soirée fatidique du début de la semaine. Ils s'étaient embrassés, avaient été à deux doigts de passer la nuit ensemble puis, l'instant d'après, il lui tournait le dos pour s'en aller.

Cette séance de baignade tombait mal en de telles circonstances, mais elle s'était engagée à amener Annie et elle n'avait qu'une parole.

Un jour viendrait où elle pourrait déposer Annie à la villa puis s'en aller, mais il était encore trop tôt car papa et bébé avaient besoin de faire plus ample connaissance.

Non, aujourd'hui, elle serait obligée de rester en compagnie de Cal et de supporter son air réprobateur.

Vraiment, leur baiser avait été une erreur… Ce qui ne l'empêchait pas d'en souhaiter un autre.

Elle engagea sa voiture dans l'allée. Comme elle se garait devant le porche, la porte d'entrée s'ouvrit et Cal vint à leur rencontre.

« Que Dieu me vienne en aide », murmura Emily.

— Désolée d'être en retard, dit-elle en se penchant vers le siège arrière pour détacher Annie.

— Ce n'est pas grave.

— La sieste d'Annie a duré plus longtemps que prévu et je n'ai pas voulu la réveiller de peur qu'elle soit grognon et que cela gâche l'après-midi de tout le monde.

Elle se redressa, la tête blonde d'Annie appuyée sur son épaule et, ô surprise, vit un sourire sur le visage de Cal en lieu et place du masque de froideur qu'elle s'attendait à y trouver.

« Ne t'emballe pas. Il sourit de soulagement car il croyait que tu ne viendrais pas. »

— Comment va ma puce ? dit-il en embrassant Annie.

Dans le processus, il frôla la joue d'Emily qui sentit le sang s'emballer dans ses veines.

— Encore un peu somnolente, mais elle débordera d'énergie dès qu'elle sera dans l'eau.

— Em, au sujet de ce qui s'est passé l'autre jour chez toi…

— Le baiser ? C'était un moment d'égarement.

Si seulement elle pouvait l'effacer, comme un paragraphe de traitement de texte. Le pire, c'était qu'il croyait peut-être qu'elle ne pouvait lui résister.

— Cela faisait si longtemps que personne ne m'avait touchée que je serais tombée dans les bras du premier venu, ajouta-t-elle.

— Vraiment ?

— Mais oui.

— Je vois…

— Ne sois pas vexé, Cal. Au moins, je suis franche.

Tentée d'ajouter que de tels moments d'égarement ne se reproduiraient plus, elle se ravisa car elle venait de l'assurer de sa franchise.

— En fait, je ne faisais pas allusion au baiser, mais à la conversation qui a suivi, dit-il.

— Oh…

Lui réservait-il d'autres reproches ?

— Il t'a fallu du courage pour te confier à moi et, en retour, je n'ai guère été à la hauteur. J'ai réagi comme un imbécile.

— Eh bien, une telle admission dans la bouche du

Dr Westen a de quoi surprendre. D'habitude, tu n'es pas du genre à faire amende honorable.

— Merci de me faciliter les choses..., ironisa-t-il. J'apprécie ta compassion.

— Œil pour œil, dent pour dent.

N'ayant montré aucune compassion pour elle lors de sa confession, il méritait qu'elle lui rende la pareille.

— Je me suis mal conduit.

Eh bien, elle allait de surprise en surprise.

— C'est vrai.

— Je te prie de m'excuser.

Ses oreilles ne lui jouaient pas des tours. Il venait bel et bien de lui demander de l'excuser !

— Puis-je savoir ce qui t'a fait changer d'avis ?

— Rhonda. On en a discuté. Pas de ton histoire personnelle, mais des jeunes mères célibataires en général..., ajouta-t-il en hâte, voyant sans doute son expression alarmée. Et j'ai compris que je n'avais pas le droit de te juger. Cela n'arrivera plus.

— J'en prends bonne note.

Cal chatouilla le nez d'Annie, ce qui la fit rire, et détendit un peu l'atmosphère.

— Prêtes pour la baignade ?

— Bien sûr.

Cal se déshabilla au bord de la piscine tandis qu'Emily et Annie se changeaient dans le pavillon.

A la sortie, elle installa sa fille sur une chaise longue et appliqua une crème de protection solaire sur son petit corps potelé.

Quand elle eut terminé, elle se tourna vers Cal.

— Besoin de crème ?

A peine eut-elle prononcé ces mots qu'elle comprit son erreur.

— Je veux bien. Merci, dit-il avant de lui présenter son dos.

Elle déposa une grosse noix d'écran total sur ses paumes puis entreprit d'enduire la peau douce et bronzée des épaules et du dos en s'efforçant de se concentrer sur ses gestes et non sur les sensations que ce massage provoquait en elle.

— A ton tour, dit-il en lui prenant le tube.

Il se plaça derrière elle et ses mains entreprirent de faire pénétrer la crème sur son cou, ses épaules, ses hanches. Afin de ne priver aucun endroit de protection, il souleva les bretelles du Bikini et le contact de ses doigts fit courir de délicieux frisons sur la peau d'Emily.

— Froid ? s'enquit-il avec un sourire.

— Tu me connais, dit-elle de son ton le plus désinvolte. Il ne fait jamais assez chaud pour moi.

— Je me rappelle.

Il reboucha le tube puis prit d'autorité Annie dans ses bras pour descendre dans la piscine par les marches du petit bassin. La fillette tapa la surface de l'eau de ses poings et rit en s'éclaboussant.

Plutôt que de les rejoindre, Emily s'assit au bord de la piscine, les jambes dans l'eau.

— Je vais inscrire Annie à des cours de natation. Comme elle va passer pas mal de temps ici, il vaut mieux qu'elle soit à l'aise dans l'eau.

L'étonnement s'inscrivit sur le visage de Cal.

— Tu es prête à la laisser seule avec moi ?

— Bien sûr. Tu es son père.

— Je sais, mais… Quelle responsabilité, tout de même…

— N'était-ce pas ce que tu voulais ?

— Oui. Je serai content de la garder pendant que tu travailles, et ce n'est pas en raison d'une quelconque défiance vis-à-vis de la crèche.

— Inutile de te justifier. Comme nous travaillons tous deux, il faudra accorder nos horaires.

Tenant l'enfant sous le menton et sous le ventre, il l'aida à flotter dans l'eau.

— Entièrement d'accord avec toi pour les leçons de natation. Aux urgences, on voit tous les jours des tout-petits victimes de noyade. Je ne veux jamais avoir à dire : « Si seulement nous avions fait attention, pris davantage de précautions. »

— Tu as raison.

Non sans amertume, Emily songea que sa propre vie était une succession de « si seulement » qui s'accumulaient en un tas énorme de regrets.

Si seulement elle n'était pas tombée dans les bras de cet adolescent à quinze ans… Si seulement elle avait dit à Cal qu'elle était enceinte au lieu de lui faire un procès d'intention sur la base d'une déclaration de principe…

Or, les actes étaient plus importants que les mots, et tous les actes de Cal, depuis qu'il avait découvert l'existence d'Annie, indiquaient sa volonté de s'investir auprès d'elle. Quel dommage qu'il ne veuille pas également s'investir auprès de la mère…

En le voyant jouer avec Annie, Emily sentit son cœur se serrer.

Depuis qu'il s'était excusé pour sa réaction de l'autre jour, elle ne l'en aimait que davantage. Il était un bon père doublé d'un homme intègre, et elle aurait tellement aimé pouvoir retourner vers lui. Sauf qu'il ne voulait plus d'elle.

Si elle ne lui avait pas caché la vérité aussi longtemps, ils auraient peut-être eu une seconde chance de bonheur.

Il avait reconnu l'avoir jugée trop sévèrement, ce qui ne signifiait pas qu'il lui pardonnait.

8.

Cal jeta un coup d'œil dans la chambre d'Emily pour voir si Annie et elle dormaient.

Constatant que c'était le cas, il referma doucement la porte.

Dans la matinée, il avait conduit Emily au service de chirurgie ambulatoire du Mercy pour l'ablation de la grosseur au sein. L'échographie n'ayant pas pu permettre d'en déterminer la nature, le médecin avait pris la décision de l'extraire avec l'accord de Cal.

Il était resté avec Annie dans la salle d'attente pendant l'opération. Au retour à l'appartement, Emily avait accusé le contrecoup de l'anesthésie associé au stress des jours précédents et, sur l'insistance de Cal, elle avait fini par accepter d'aller se reposer, ou plutôt de partager la sieste d'Annie comme il le lui avait présenté.

Toutes les deux dormaient maintenant à poings fermés, et il se demanda comment il allait occuper son temps tout en veillant sur elles. Pas question de partir tant qu'il ne s'était pas assuré qu'Emily était parfaitement remise de l'opération et capable d'assumer leur feu follet de fille, songea-t-il jetant un coup d'œil dans la salle de séjour.

Invoquait-il cette excuse pour rester ? Bien sûr que non, se raisonna-t-il. S'il se souciait de la santé d'Emily, c'était avant tout pour leur fille.

A cet instant, on frappa à la porte et, quand il ouvrit, il découvrit Patty sur le seuil, Henry dans les bras.

— Bonjour, docteur Westen.

— Bonjour, Patty. Ce petit bonhomme a l'air guéri de son rhume, dit-il en prenant le garçonnet dans ses bras.

— Oh oui, ce n'est plus qu'un mauvais souvenir. Je venais aux nouvelles. Emily nous a dit qu'on l'opérait ce matin. Puis-je la voir ?

— Elle est en train de dormir. Mais elle va très bien, ajouta-t-il devant l'expression inquiète de la jeune fille.

— S'agissait-il d'un cancer ?

— Le médecin ne croit pas.

— Il faudrait en être sûr. La mère d'Emily est morte d'un cancer du sein.

Emily ne lui en avait rien dit. Décidément, il n'était pas au bout de ses surprises avec elle. Combien de secrets lui cachait-elle encore ?

— Le laboratoire va pratiquer une biopsie et m'informer du résultat.

Il avait passé quelques coups de fil à des collègues pour faire traiter le dossier d'Emily en priorité. En fait, le labo aurait déjà dû l'appeler, mais il se garda bien de le dire à l'adolescente afin de ne pas l'angoisser davantage.

— Tenez-moi au courant, d'accord ? Lucy et moi, nous considérons Emily comme notre grande sœur.

— Lucy va bien ?

— Euh… oui. Son petit ami a refait surface il y a deux semaines.

— Le papa d'Oscar ?

Patty hocha la tête.

— Il veut désormais assumer ses responsabilités, prétend-il…

— Vous n'en semblez pas convaincue ?

— J'espère pour Lucy qu'il dit la vérité, mais, à mon avis, il se manifeste un peu tard. C'est tout au long de sa grossesse et à la naissance d'Oscar que Lucy avait besoin d'aide.

— Peut-être avait-il une bonne raison de ne pas être là, dit-il, pensant à sa propre situation.

Avant que Patty puisse répondre, Emily surgit dans le vestibule avec Annie dans les bras. La première pensée de Cal fut que ce n'était pas prudent car le médecin avait interdit à Emily tout effort tant que les points de suture ne seraient pas cicatrisés. Il s'apprêtait à le lui dire quand Annie se mit à pleurer en tendant les bras vers lui.

— Elle veut que tu la prennes.

Un sourire aux lèvres, il rendit Henry à sa mère et cala la fillette sur son avant-bras.

— La jalousie est un vilain défaut, mademoiselle Annie.

En son for intérieur, il jubilait. Le fait que sa fille ne supporte pas de le voir câliner un autre bébé montrait qu'elle s'attachait à lui.

— Comment te sens-tu, Em ? demanda-t-il.

— Pas trop mal, dit-elle en bougeant l'épaule engourdie par l'anesthésie. Je suis contente que ce soit terminé.

— Moi aussi.

Ses mots furent étouffés par la sonnerie de son portable et il appuya sur la touche pour répondre.

— Allô ?

— Cal, c'est Dennis…

— As-tu le résultat de la biopsie ?

— La masse était bénigne. Aucun signe de cellules anormales. On avait affaire à une inoffensive papillomatose du mamelon.

Le soulagement envahit Cal quand il entendit la réponse du technicien de laboratoire.

— Merci, Dennis.

Il referma le mobile puis se tourna vers Emily.

— C'était bénin.

— Dieu soit loué ! s'écria Patty. Je t'embrasserais bien, Em, si je ne craignais pas de te faire mal.

Elle ôtait les mots de la bouche de Cal. Les effusions étaient déconseillées pour une postopérée.

— Il faut fêter cela.

— Que suggères-tu ? s'enquit Emily.

— Un barbecue, sur ton balcon. Je me charge d'apporter hamburgers, hot dogs et tous les condiments nécessaires. Bien entendu, vous êtes invitée ainsi que Henry, Lucy et Oscar, ajouta-t-il en se tournant vers Patty.

En quittant le palier, Cal jeta un coup d'œil par-dessus son épaule. Lucy venait de rejoindre sa colocataire et elles riaient tout en empêchant leurs bébés de faire des bêtises.

Quoi qu'il puisse en penser, ces brebis égarées constituaient la famille d'élection d'Emily.

Lui avait eu ses parents et son frère, mais la dynamique de leur famille ne fonctionnait pas de la même manière et chacun gérait ses problèmes sans se reposer sur les autres et sur des critères moraux très stricts.

C'était ce sens aigu du bien et du mal qui l'avait poussé à épouser Lori quand elle avait prétendu être enceinte, ce qui avait entraîné une autre série de problèmes avec lesquels il avait dû se débattre — les mensonges de sa femme, sa mythomanie, ses fausses tentatives de suicide qui étaient autant de chantages pour le garder auprès d'elle.

Emily aidait ses protégées car, ayant elle-même traversé les mêmes épreuves, elle les comprenait. Lucy et Patty avaient besoin d'elle.

Depuis son entrée dans l'âge adulte, Cal avait appris à ne dépendre de personne, mais la fréquentation assidue d'Emily était en train de le métamorphoser. Il fallait y mettre un terme avant que la tendance s'accentue.

Maintenant que le problème de santé d'Emily était réglé, il valait mieux qu'il prenne ses distances avec elle, et ne plus être que le père d'Annie.

Pour éviter d'avoir un jour le cœur brisé par la mère d'Annie.

Le lundi suivant, Emily gara sa voiture sur le parking du Mercy Medical et se précipita vers l'entrée des urgences. Alors qu'elle se trouvait un quart d'heure plus tôt au siège de Nourrices à Domicile pour l'examen d'un dossier délicat, elle avait reçu un coup de fil d'une Patty paniquée. Henry avait fait une chute et il s'était ouvert le cuir chevelu qui saignait abondamment.

Malgré les réticences de l'adolescente — elle n'avait pas de couverture maladie —, Emily lui avait demandé d'aller aux urgences où Cal prendrait en charge le petit garçon. Puis elle avait appelé Cal pour le prévenir de l'arrivée de la mère et de l'enfant.

Dans le hall bondé, Emily chercha du regard sa protégée

sans la trouver. Sans doute avait-elle suivi son bébé en salle de soins. A moins qu'ils ne soient encore sur la route, bloqués dans les embouteillages, quelque part entre Tropicana Avenue et Flamingo Road.

Afin de se renseigner, elle prenait place dans la file devant le comptoir d'accueil quand elle vit Cal déboucher des portes battantes.

Sans un mot, il la prit par le coude pour l'entraîner dans un coin, à l'écart des malades et des familles.

— As-tu vu Patty et Henry ?

Il hocha la tête.

— Jonas Blackford, le père du bébé, les accompagnait. J'ai prodigué les premiers soins à Henry. On est en train de lui faire passer un scanner ainsi qu'un électroencéphalogramme.

L'estomac d'Emily se noua.

— C'est plus grave qu'une bosse à la tête, n'est-ce pas ? Patty m'a dit qu'il perdait beaucoup de sang.

— Les blessures crâniennes saignent toujours beaucoup, sans qu'il y ait forcément de commotion ou de traumatisme cérébral. Mais…

— Je sens que tu me caches quelque chose, Cal. Pourquoi tous ces tests ?

— Pour s'assurer qu'il n'y a pas d'hémorragie intracrânienne et empêcher la formation d'un caillot qui entraînerait de graves complications. Henry ne réagit pas normalement et semble apathique, ce qui pourrait indiquer une légère commotion. A aucun moment, il n'a perdu conscience, mais…

— Je déteste ce mot.

— Disons que ce n'est pas le bambin débordant d'énergie qui nous a tous épuisés lors du barbecue, dit-il. Par acquit de conscience, j'ai préféré ordonner tous les examens nécessaires.

— T'ont-ils raconté ce qui s'était passé ?

— Il courait, a trébuché sur un jouet et s'est cogné la tête contre le pied d'une table. Des points de suture seront nécessaires.

— Patty et Jonas tiennent-ils le coup ?

— Ils s'efforcent de garder leur calme pour ne pas effrayer Henry, mais la peur se lit dans leurs yeux.

Et dans ceux de Cal également, songea-t-elle. Ce qui était nouveau.

— Toi aussi, tu t'inquiètes pour lui, n'est-ce pas ? A présent que tu es père, tu comprends mieux ce que ressentent les parents des enfants qui souffrent.

— C'est vrai. Depuis qu'Annie est entrée dans ma vie, je m'imagine sans cesse à leur place.

Jadis, Emily avait vécu la même expérience. A cause du bébé qu'elle avait abandonné, elle avait développé une sensibilité aiguë et une faculté de compassion qu'elle ne possédait pas auparavant.

Contre l'avis de leurs familles, Patty et Jonas essayaient d'élever leur petit garçon en faisant au mieux, et sans doute, à cause de cet accident, craignaient-ils d'être assaillis de reproches du genre « On vous l'avait bien dit ».

Mais c'était avant tout l'amour qu'ils éprouvaient pour Henry qui les guidait dans tous les gestes de leur vie. Ils voulaient lui donner une vie parfaite, le protéger de tout chagrin et de toute douleur — une quête impossible.

A cet instant, une jeune femme vêtue de la blouse bleue des infirmières de bloc poussa les portes battantes donnant accès aux salles de déchoquage.

— Docteur Westen ?

— Oui, Gretchen ?

— Le petit Blackford vient de redescendre de radiologie.

— Merci. Dites aux parents que j'arrive.

— Dans combien de temps aurons-nous les résultats, Cal ? demanda Emily.

— Une demi-heure maximum. Veux-tu voir Henry ?

— Je n'osais pas te le demander.

Empruntant un labyrinthe de couloirs réservés au personnel, il la conduisit jusqu'au box de soins où se trouvait le petit garçon.

— Reste avec eux. Je reviendrai dès que possible.

Assise au bord du lit, Patty tenait Henry contre elle, son T-shirt blanc maculé de taches brunâtres qui étaient sans doute du sang séché. Debout à côté d'eux, Jonas affichait un visage angoissé.

A l'entrée d'Emily dans le box, Patty leva vers elle des yeux remplis de larmes.

— Emily…

— Comment va-t-il ?

— Ce n'est pas la grande forme.

— Bonjour, mon grand, dit Emily en s'asseyant à côté de la jeune maman et en posant une main sur la jambe potelée de l'enfant. Alors, on cause des frayeurs à ses parents ?

— Depuis qu'il sait marcher, il court de plus en plus vite dans l'appartement, se cogne aux meubles, expliqua Jonas. Cela devait se produire un jour…

— Il va avoir besoin de points de suture, dit Patty.

Une perspective qui l'effrayait manifestement.

— Je suis vraiment désolée que cela vous arrive. Mais

dans votre malheur, vous savez au moins qu'il est en bonnes mains. Cal est un pédiatre d'exception.

A cet instant, Cal souleva le rideau du box et Emily, pleine d'espoir, se tourna vers lui, imitée par les parents.

— Henry n'a rien, annonça-t-il. Pas de commotion ni d'hémorragie. Pour une fois, il faut se réjouir que ce petit ait la tête dure comme du bois.

— Dieu soit loué ! s'exclama Patty en prenant la main de Jonas.

— Pour plus de précaution, j'aimerais toutefois le garder en observation cette nuit.

Les jeunes parents échangèrent un regard inquiet.

— Ne pourrions-nous le faire à la maison ? Il vous suffit de nous indiquer les symptômes à surveiller.

L'air embarrassé, Cal se frotta la nuque.

— C'est parce que vous n'avez pas de couverture médicale, n'est-ce pas ?

— A votre avis ? demanda Jonas, un peu agressif. Ne vous méprenez pas, doc, on veut que notre fils reçoive les soins nécessaires. Le problème, c'est que je ne sais déjà pas comment payer toute la batterie de tests que vous avez ordonnés.

— On trouvera un moyen. Croyez-moi, il est plus sage qu'il reste à l'hôpital jusqu'à demain matin.

— Dans ce cas, on vous signera une décharge. Patty et moi vous sommes reconnaissants pour votre aide, doc, et on respecte votre opinion, mais nous nous chargerons de veiller sur notre fils cette nuit.

— Je ne peux vous interdire de le ramener, mais sachez que vous le ferez contre l'avis médical.

Son ton était empreint de sévérité, mais la sollicitude

qui brillait dans son regard montrait qu'il comprenait leur dilemme.

— On doit pouvoir trouver un compromis, intervint Emily. Si Henry dort à l'appartement, il y aura tout de même quatre adultes pour veiller sur lui à tour de rôle. Comme l'a suggéré Patty, tu n'as qu'à nous donner des consignes précises. En cas de problème ou de questions, je t'appellerai aussitôt sur ton portable.

— Non, aucun de vous n'est médecin. Alors voilà ce que je vous propose, poursuivit Cal en jetant un coup d'œil à sa montre. Ma garde va se terminer dans une dizaine de minutes ; attendez-moi et je vais rentrer avec vous pour passer la nuit au chevet d'Henry.

Patty et Jonas le fixèrent, interdits.

— Pourquoi feriez-vous cela ? demanda le jeune homme.

— Parce que Henry est le meilleur ami de ma fille.

Ce qui montrait à quel point il tenait à celle-ci, songea Emily, bouleversée.

— Rien ne vous y oblige, doc, reprit Jonas, manifestement peu habitué à ce qu'on lui tende la main.

— Je ne fais que mon travail. C'est la seule solution que je vois. Et, même si vous refusez, je viendrai quand même. Je connais l'adresse.

Très émue, Emily s'éclaircit la gorge.

— Quant au coût de la visite aux urgences, je ferai le nécessaire pour qu'il soit pris en charge par les services sociaux.

— Bien entendu, je ne vous facturerai pas mes heures de présence chez vous, reprit Cal.

Les larmes aux yeux, Patty le regarda.

— Nous ne voulons pas la charité.

— Ah ça, non ! renchérit Jonas.

— Ce n'est pas la charité que je vous offre, mais mon amitié, répliqua Cal. Et, entre amis, on s'entraide.

Henry commença à s'agiter sur les genoux de sa mère.

— Ah, on dirait qu'il va mieux. Je vais lui poser les points de suture. Sous anesthésie locale, s'empressa-t-il d'ajouter pour rassurer Patty. Votre petit bonhomme ne sentira rien.

Comme il sortait pour aller chercher le chariot de suture, Emily le suivit dans le couloir.

— Cal ?

— Oui ?

— Merci.

— Pour quoi ?

— Comme si tu ne le savais pas. Pour quelle raison le fais-tu vraiment ?

— Comme si tu ne le savais pas, répondit-il.

— Non, je n'en ai aucune idée.

Peut-être ne voulait-elle pas le savoir. Ou plutôt, ne pas espérer.

— Depuis que tu es revenue dans ma vie, il m'est difficile de regarder les malheurs des autres, en observateur, sans faire quelque chose pour les aider.

Cela ressemblait à s'y méprendre à un compliment.

— Tu es mon héros.

Les mots avaient jailli de sa bouche avant qu'elle puisse les retenir.

Il sembla sincèrement surpris.

— Malgré ma méfiance à ton égard et ma manie de juger à tout-va ?

— Les héros ne sont pas des êtres parfaits, c'est d'ailleurs ce qui rend leurs actes d'héroïsme exceptionnels, répondit-elle avec un haussement d'épaules. Malgré leurs défauts, ils font ce que le devoir leur dicte.

— Bon, je ferais mieux de m'en aller avant que tu changes d'avis.

Cette fois, elle ne tenta pas de le suivre. Il laissait entendre qu'il aidait le jeune couple pour elle. Que devait-elle comprendre ? Qu'il le faisait par admiration pour son travail d'assistante sociale ? Ou par amour pour elle ?

Non, il ne fallait pas rêver. Sans confiance, il n'y avait pas d'amour possible. Or, il ne lui faisait pas confiance.

Mais, dans ce cas, pourquoi offrait-il de soigner gratuitement, sur ses heures de repos, le petit Henry ?

Décidément, au moment où elle croyait enfin avoir cerné sa personnalité, il mélangeait de nouveau les cartes pour changer la donne.

9.

Le lendemain, au terme d'une longue nuit de veille au chevet du petit malade, Cal proposa à Emily de la déposer à son lieu de travail, le Sunrise Medical Center.

— La capacité de résilience des enfants m'étonnera toujours, lui dit-il en chemin. Henry ne tenait pas en place ce matin. Désormais, inutile de s'inquiéter pour lui. En revanche, Patty et Jonas vont avoir fort à faire pour tempérer son énergie.

— Son appétit au petit déjeuner faisait plaisir à voir. Hormis les points de suture sur son front, il ne reste plus aucune trace de l'accident. Mais, dis-moi, tu as changé de véhicule ?

— Ah, tout de même, tu as remarqué…

Quelques jours auparavant, il avait troqué son coupé Mercedes contre un 4x4 Lexus.

— Il n'y avait pas de place pour le siège bébé d'Annie dans la décapotable. Là, elle aura tout le confort.

— C'est une voiture familiale…, commenta-t-elle, une note de mélancolie dans la voix.

Famille. Le mot revenait souvent dans la bouche d'Emily ces derniers temps, songea-t-il non sans quelque inquiétude.

Afin de ne pas s'engager dans une conversation à hauts risques, le plus simple était encore de ne pas relever.

Il était prêt à être un père pour Annie qui le remplissait de joie et de fierté. Quant à Emily, il s'efforcerait de faire la paix avec elle mais, pour le reste, il ne savait pas lui-même où il en était.

Seule certitude : son désir pour elle. Mais comment bâtir une relation solide sur un élément aussi ténu ?

Chaque fois qu'elle pensait à Cal, Emily se sentait envahie d'un sentiment de culpabilité. Et de regret. Si seulement elle avait persisté dans sa décision de lui avouer sa grossesse deux ans auparavant, ils seraient peut-être mariés et heureux à présent. Au lieu de cela, ils entretenaient une relation bancale où ils n'étaient ni amants ni amis, Annie étant le seul lien qui les unissait.

Un soir, pour chasser ces pensées déprimantes, elle se lança dans des corvées ménagères après le coucher de sa fille. Vêtue d'un short et d'un débardeur, elle entreprit de nettoyer à fond la salle de bains avant de s'attaquer au réfrigérateur, dont elle dut faire l'inventaire, jetant d'abord à la poubelle toutes les denrées qui y avaient séjourné depuis plus de dix jours.

En soulevant le couvercle d'un carton, elle plissa le nez de dégoût. Ce qui avait été des raviolis chinois lorsque Cal les avait apportés s'était transformé en un bouillon de culture qui avait sa place dans un laboratoire du centre des maladies infectieuses de Houston. Les reliquats de la soirée barbecue organisée par Cal ne valaient guère mieux…

Elle sourit au souvenir des taquineries qu'elle lui avait adressées quand il était arrivé avec un grand sac contenant une dizaine de hamburgers et autant de hot dogs.

« Tu veux nourrir l'immeuble ? »

Il lui avait répliqué qu'elle n'aurait pas besoin de faire les courses pour la semaine.

Son cœur se serra lorsqu'elle vit la bouteille de bière ouverte qu'il avait oubliée. Comme elle caressait le goulot de l'index, elle revit sa grande silhouette emplissant la kitchenette. Il arborait alors ce sourire qui la faisait chavirer tout en la plongeant dans un désespoir sans nom.

Les doigts serrés à en briser la bouteille, elle s'abandonna un instant à sa douleur puis elle alla vider la bière éventée dans l'évier.

« Tu es la plus grande idiote que la terre ait jamais portée. »

Tous les magazines féminins abondaient de conseils sur la manière de s'attacher un homme beau, intelligent, attentionné... Et elle qui avait eu la chance de pêcher la perle rare, elle l'avait laissée retomber dans la mer par peur d'être rejetée.

« Une lâche, stupide et pathétique, voilà ce que tu es, Emily Summers. »

Lâche, pathétique *et* immature.

Sortant dans le couloir, elle alla regarder par la porte entrebâillée de la chambre d'Annie.

Indifférente au fait que sa mère soit la dernière des idiotes doublée d'une lâche immature, la fillette dormait du sommeil du juste. Plus tard, peut-être lui en voudrait-elle...

Il fallait espérer en tout cas que sa fille la respecterait davantage qu'elle-même n'avait respecté sa propre mère. Le fait que Cal s'investisse auprès d'Annie garantirait l'équilibre de l'enfant et, avec un peu de chance, son bonheur, même si tous trois ne formeraient jamais la famille idéale.

Quand 10 heures sonnèrent à l'horloge, elle décida d'aller se coucher. Pourvu qu'elle soit assez fatiguée pour dormir…

Elle était en train d'éteindre dans le salon quand elle entendit frapper doucement à la porte d'entrée. A cette heure tardive, ce ne pouvait être que Lucy ou Patty en quête d'un conseil ou d'un cachet d'aspirine et qui ne voulaient pas sonner pour réveiller Annie.

Tournant le verrou, Emily ouvrit la porte et, en lieu et place de ses voisines, trouva l'amateur de raviolis chinois et de bière, Cal.

— Désolé, il est tard. Mais j'ai vu de la lumière à tes fenêtres.

Cela ne lui ressemblait pas de venir à l'improviste, sans téléphoner. Son visage portait des signes inhabituels de fatigue. Ou de stress.

— Y a-t-il un problème ?

— Non. Je sais qu'Annie dort, mais je ne la réveillerai pas. Je voulais juste la voir…

Il se tut et elle eut l'impression que c'était juste avant que sa voix ne se brise. Et ce n'était pas tout. Son expression était celle d'un homme désemparé, qui avait perdu ses repères.

— Que se passe-t-il, Cal ?

— Je n'en ai que pour une minute, dit-il.

Surprise qu'il ne réponde pas à sa question, elle le suivit dans la chambre du bébé.

A la lueur de la veilleuse, elle vit la détresse dans ses yeux tandis qu'il caressait les boucles blondes de leur fille. Quand celle-ci, poussant un soupir dans son sommeil, se retourna sur le ventre, Cal lui posa une main sur le dos et la regarda monter et redescendre au rythme de la respiration de l'enfant.

Puis il s'écarta du berceau, se retourna sur le seuil pour un dernier coup d'œil avant de sortir dans le couloir.

— Merci de ta coopération, Em.

— Attends pour me remercier...

Lui permettre de voir Annie était la moindre des choses. Quand on se sentait coupable comme elle, on débordait de bonne volonté pour se racheter. Mais, tout de même, c'était la première fois que Cal venait aussi tard, la mine aussi bouleversée.

— Je veux savoir ce qu'il t'arrive.

Il se retourna.

— Qu'est-ce qui te fait croire qu'il m'est arrivé quelque chose ?

— Et dire que je pensais qu'un médecin était plus intelligent que la moyenne.

Un rire amer échappa à Cal.

— Pas tellement plus.

Comme il se dirigeait vers la porte, elle le devança pour se mettre en travers de son chemin.

— Pas si vite. Je ne te laisserai pas partir avant que tu m'aies dit ce qui ne va pas.

— Et si je refuse ?

— J'ai les moyens de te faire parler, répliqua-t-elle, lui arrachant un sourire. Alors, dis-moi pourquoi tu voulais à tout prix voir Annie.

Prenant sans doute la mesure de sa détermination, il capitula.

— Je tenais à m'assurer qu'elle allait bien. Qu'elle était en bonne santé, respirait et dormait tranquillement.

Emily comprit aussitôt.

— Tu as perdu un patient, c'est ça ?

Il hocha la tête sans la regarder.

— Une fillette de trois ans. Grièvement blessée dans un accident de la route, crâne et thorax défoncés.

— Oh, Cal, je suis désolée.

— Nous étions parvenus à la stabiliser aux urgences, mais elle est morte en salle d'opération, tandis que Jake tentait de réparer les lésions cervicales…

Des larmes brillèrent dans ses yeux.

— La petite était assise dans un siège enfant, la ceinture de sécurité attachée, et les parents n'ont commis aucune imprudence. Leur 4x4 s'est fait emboutir par un chauffard qui a grillé un feu rouge.

— C'est la faute de cet homme, pas la tienne.

— Non. Je n'ai pas fait ce qu'il fallait, j'ai dû omettre un détail, sinon, nous ne l'aurions pas perdue.

— Tu n'es pas Dieu.

— Crois-tu que je ne le sache pas ? Si j'étais tout-puissant, je serais capable de protéger les enfants, et d'empêcher les adultes de mal se conduire. Les mensonges, les manipulations, tout ce qui viole les règles de la vie en société, n'existeraient plus. Si j'étais Dieu, je pourrais empêcher les innocents de souffrir.

Il discourait sur des généralités, mais la flamme intense qui brûlait dans son regard indiquait à Emily que le sujet lui tenait profondément à cœur. Au-delà de la mort de cette fillette, c'étaient les malheurs survenant à tous les innocents qu'il déplorait. Et peut-être les siens.

— Tu es un homme bien et un médecin consciencieux. Tu n'as rien à te reprocher.

Ce qui ne parut pas le rasséréner.

— Je déteste perdre.

— On ne peut pas toujours gagner.

Comprenant qu'elle ne pourrait le consoler par des mots, Emily l'enlaça, et elle sentit le cœur de Cal cogner contre sa joue.

Il voulut la repousser, mais elle le serra fort contre elle jusqu'à ce qu'il se détende enfin.

— Em…, murmura-t-il en plongeant son regard dans le sien.

Quand leurs bouches se joignirent, Emily sentit le désir s'embraser dans ses veines et étouffer la voix de la raison qui lui soufflait que ce n'était pas une bonne idée.

— Si tu ne veux pas, Em, c'est maintenant qu'il faut le dire.

Elle secoua la tête.

— Tu n'entendras pas de protestation de ma part.

— Ce serait bien la première fois que tu ne protestes pas.

— Faux. Je suis une femme soumise.

Eclatant de rire, il la souleva dans ses bras pour l'emporter vers la chambre.

Au petit matin, Cal sentit Emily frissonner et remonta la couverture sur eux.

Il était venu voir Annie mais, au fond de lui, c'était d'Emily dont il avait eu besoin pour effacer, le temps d'une nuit, le chagrin de perdre un patient.

Une erreur qu'il regretterait assurément plus tard. Pour l'heure, avec Emily lovée contre lui, il vivait le moment présent.

— Comment te sens-tu ? s'enquit-elle en déposant un baiser sur son épaule.

Bien entendu, elle ne parlait pas de leurs performances sous la couette, alors que lui n'avait aucune envie d'évoquer un autre sujet.

— Je mentirais en disant mal.

— Penses-tu toujours à la petite accidentée de la route ?

Il haussa les épaules.

— On ne s'habitue jamais à voir une vie fauchée à la naissance

— Cal, je…

— De grâce, Emily, épargne-moi l'introspection.

— Tu m'as bien obligée l'autre jour à parler et exposer mes secrets, mais moi, je dois me contenter d'être la femme avec qui on fait l'amour ?

— Je n'ai jamais dit cela.

— Ton refus de te confier le sous-entend.

— Bon, alors, vas-y. Pose-moi toutes les questions que tu voudras.

— Tout à l'heure, tu m'as dit que tu détestais perdre.

— C'est vrai. Perdre un patient représente un échec pour un médecin, mais il n'y a pas que ça. J'ai l'esprit compétitif dans tous les domaines. Au lycée, quand je jouais au football, il fallait que mon équipe gagne. En classe, j'étais déçu d'avoir 14 ou 15 sur 20, il me fallait l'excellence. Pareil dans l'exercice de mon métier. Etre médecin, pour moi, cela signifie sauver des vies.

— Et être marié ? demanda-t-elle.

— Que veux-tu dire ?

— Quels sont selon toi les critères de réussite d'un

mariage ? Ton père m'a révélé que tu t'étais marié autrefois, mais, quand j'ai voulu en savoir davantage, il m'a dit de te poser la question. Je suis donc son conseil.

Cal regarda autour de lui. L'édredon à l'imprimé floral rose et lavande, le papier peint aux couleurs pastel, les rideaux bordés de dentelle, tout indiquait qu'on était en territoire féminin.

Un territoire où il n'aurait jamais dû mettre les pieds.

Il rejeta la couverture et se leva pour enfiler son pantalon. Quelques minutes plus tard, vêtue d'un peignoir jaune qui lui arrivait à mi-cuisses, Emily le rejoignit dans la salle de séjour.

— On dirait que j'ai touché un point sensible, dit-elle.

— Je n'aime pas évoquer cette période.

— Si tu le faisais, cela t'aiderait peut-être à exorciser tes mauvais souvenirs, Cal.

— Malheureusement, ce n'est pas aussi simple que cela.

— N'est-ce pas toi qui m'avais conseillé de parler de mes problèmes pour me sentir mieux ?

Peut-être avait-elle raison. De toute façon, il était grand temps de lui raconter ses déboires de jadis afin qu'elle comprenne les raisons de sa méfiance envers les femmes et ne le prenne plus pour un misogyne.

Prenant une profonde inspiration, il se lança dans son récit.

— C'est arrivé lorsque j'avais dix-neuf ans. J'étais l'attaquant vedette de l'équipe de football du lycée et elle était reine de beauté et capitaine des majorettes. Le couple rêvé, du moins en apparence.

— Que s'est-il passé ?

— On est sortis ensemble durant l'année de terminale. Je voulais devenir médecin, comme mon père — c'est une tradition dans la famille. Lori le savait et, à l'approche de la fin d'année, elle m'a promis de s'inscrire dans la même université que moi afin que nous ne soyons pas séparés.

— Ce qui se conçoit.

— Son dossier a été rejeté car ses notes n'étaient pas assez bonnes.

— Alors, tu l'as épousée pour que vous puissiez vivre ensemble ?

— Pas exactement. Juste avant la fin de l'année, elle m'a avoué être enceinte.

— Je vois…

Mais, selon Cal, son froncement de sourcils disait le contraire.

— En plus du gène de la médecine, les Westen ont hérité d'une autre caractéristique : le sens du devoir, reprit-il. Depuis tout petit, on m'a appris à me comporter en garçon responsable et à réparer mes fautes. Chaque fois que je me suis écarté de cette ligne de conduite — en jouant avec des pétards ou avec une carabine à air comprimé volée dans l'armoire de mon père —, je m'en suis mordu les doigts. A l'adolescence, j'avais appris ma leçon. Réparer ma faute consistait en l'occurrence à épouser la fille qui portait mon enfant. Ce que j'ai fait.

— Qu'est devenu l'enfant ?

Il sentit son estomac se nouer tandis que les souvenirs affluaient en masse, et que sa colère renaissait de plus belle.

— Il n'y en avait pas. C'était une invention de Lori.

— Pour se faire épouser ?

— Exactement.

— Je suppose que vous avez divorcé ?

— Si seulement je l'avais fait tout de suite. Mais le sens de l'honneur des Westen a encore frappé. Dans ma famille, les vœux de mariage sont pris au sérieux et on ne divorce pas. D'autant que Lori m'avait promis de ne plus jamais me mentir, alors, je suis resté avec elle. Mes études de médecine ne me laissaient toutefois pas beaucoup de temps à consacrer à ma femme.

— Elle était malheureuse ?

— Sans doute, bien qu'elle ne se soit jamais plainte ouvertement. Au lieu de cela, elle a fait une tentative de suicide.

— Oh, Cal… S'en est-elle sortie ?

— Bien sûr. Et toutes les autres fois où elle a pris des comprimés puis appelé les secours d'urgence.

— Alors, tu as pris la décision de la quitter ?

— Non, car j'avais trop peur de la pousser à commettre l'irréparable, pour de bon, cette fois. Je n'aurais pu vivre avec ce poids sur la conscience. Finalement, quand j'ai commencé mon internat au Cedar Sinaï Hospital de Las Vegas, Lori m'a quitté d'elle-même. Du jour au lendemain, elle m'a annoncé qu'elle en avait assez et elle est partie.

— Après toutes ses comédies et ses mensonges, tu as dû te sentir soulagé ?

— Même pas. J'ai mis longtemps à surmonter mon sentiment d'échec, et je me suis promis de ne plus jamais me faire piéger par une femme.

— Ce qui explique ta méfiance lorsque je suis venue te trouver.

— J'étais convaincu que tu étais une Lori bis, essayant de me berner… Naguère, j'ai commencé à aimer un enfant qui n'existait pas et, cette fois, c'était le contraire : une petite fille portant mes gènes vivait à quelques kilomètres de chez moi et je ne connaissais pas son existence.

Le sang monta aux joues d'Emily.

— Pardonne-moi, Cal.

— Je croyais que tu avais décidé de ne plus t'excuser ?

— Il n'y a que les imbéciles qui ne changent pas d'avis, dit-elle, espérant le faire sourire, mais en vain.

— Tu comprendras que, désormais, je n'aspire plus qu'à la vérité, ajouta-t-il en ouvrant la porte. Toute la vérité et rien que la vérité.

Puis il s'éloigna dans la cour.

10.

Emily gara sa voiture à l'étage inférieur du parking du casino de Green Valley Ranch et sortit par la coursive extérieure pour entrer dans le bâtiment et se rendre au Grand Café où elle avait rendez-vous avec Sophia.

Elle pressa le pas à travers la galerie marchande puis les interminables allées de bandits manchots et se présenta enfin à l'hôtesse d'accueil du restaurant qui lui indiqua la table, heureusement à l'écart des clameurs de celles de black jack et de roulette, où l'attendait déjà son amie.

— Désolée, je suis en retard, dit-elle en s'asseyant en face d'elle.

— Ça ne fait rien. J'ai commandé ta boisson.

Un verre d'eau minérale gazeuse agrémentée d'une rondelle de citron… Depuis le temps qu'elles se connaissaient, elles n'ignoraient rien des goûts l'une de l'autre.

Elles passèrent leurs commandes — épi de maïs grillé pour Emily et salade composée pour Sophia — puis se mirent à bavarder.

— Tout va bien à la crèche ? s'enquit Emily.

— Oui, les enfants sont adorables. Il y a juste une chose…

Les yeux gris de Sophia s'assombrirent quand elle ajouta :

— Puis-je te poser une question ?

— Bien sûr.

— Patty a-t-elle des problèmes en ce moment ?

— Pas que je sache. Entre son bébé, ses études, son travail à mi-temps et le père de son enfant, elle est parfois un peu débordée. Pourquoi me demandes-tu ça ?

— Entre elle et Jonas, cela se passe bien ?

— Aux dernières nouvelles, oui.

Si quelqu'un avait des difficultés en matière de relations avec les hommes, c'était elle, Emily. Elle avait eu la faiblesse de céder de nouveau au père de son enfant et de passer la nuit en sa compagnie avant de se faire rejeter en beauté le lendemain matin.

Mais elle préférait ne pas y songer car ce souvenir lui faisait trop mal.

Se concentrer sur les soucis d'une tierce personne lui permettait de ne pas penser à sa faillite personnelle.

— Qu'est-ce qui te fait croire que Patty et Jonas traversent une mauvaise passe, Sophia ?

— Mon bureau est voisin de la salle de repos du personnel de la crèche, et j'ai surpris une conversation téléphonique entre Patty et Jonas — elle a prononcé son nom plusieurs fois. Ils se disputaient. Il n'y a pas que ça, d'ailleurs… Patty semble distraite, ces derniers temps. Quelque chose la préoccupe, de toute évidence.

— Cela affecte-t-il son travail ?

— Non. Elle est parfaite avec les enfants, dit Sophia en sirotant une gorgée de vin rosé. Si je t'en parle, c'est uniquement parce que je m'inquiète pour elle.

— Veux-tu que je lui en touche un mot ?

— Surtout pas, elle risque de se braquer. Si tu veux me rendre service, garde un œil sur elle.

— Promis.

La serveuse apporta leurs commandes et Sophia attaqua sa salade avec un bel entrain, contrairement à Emily qui picora quelques grains de maïs et une rondelle de tomate. Depuis la dernière visite de Cal à son domicile, elle avait perdu l'appétit.

— Dis-moi, cela fait longtemps que je n'ai pas vu ma petite filleule, reprit Sophia. Pourquoi ne l'as-tu pas amenée ce soir ?

— Son père la garde. Cela me semble une bonne idée qu'ils passent du temps ensemble…

— Parce que tu te sens coupable vis-à-vis de lui ?

— Non. Parce qu'il est un père exemplaire.

— Et entre toi et lui, comment les choses se présentent-elles ?

— Oh, tu sais…

— J'ai compris. Tu m'avais fait la même réponse il y a deux ans, ce qui n'est pas pour me rassurer.

— Cal et moi sommes parents d'un enfant. Voilà notre seul lien.

— Tu as couché de nouveau avec lui, n'est-ce pas ?

Sophia avait toujours été redoutablement perspicace, et Emily répugnait à mentir à sa meilleure amie.

— Oui, mais ce n'est pas ce que tu crois.

A peine les eut-elle prononcées qu'elle prit conscience de la stupidité de ses paroles.

— Peu importe ce que je crois, répliqua Sophia. Si tu ne voulais pas, pourquoi n'as-tu pas dit non ?

— Ce n'est pas si simple.

— Une syllabe. Non… Entraîne-toi, c'est facile.

— Pour toi, peut-être. Mais rien n'a jamais été facile pour moi en ce qui concerne Cal Westen.

— Que s'est-il passé ?

— Il est arrivé l'autre soir à l'improviste, ce qui ne lui ressemble guère, pour voir Annie. Il venait de perdre une patiente aux urgences et était bouleversé.

— Ce qui se comprend.

— J'ai tenté de le consoler.

— En l'invitant dans ta chambre à coucher ?

— Nous n'avions rien prémédité. Je l'ai pris dans mes bras pour le réconforter puis les choses se sont enchaînées et nous nous sommes retrouvés je ne sais trop comment dans mon lit. Ne me fais pas la morale, s'il te plaît. Je sais que je n'aurais pas dû, mais c'était plus fort que moi.

— Ces moments de plaisir risquent parfois de coûter cher, mais puisque l'on ne peut revenir en arrière, inutile d'épiloguer là-dessus.

— Sophia, il m'a parlé de son passé.

Puis elle lui raconta tout, les mensonges de Lori, le mariage, les tentatives de suicide…

— Il a vécu un véritable cauchemar, commenta Sophia.

— A la lumière de ces confidences, je comprends mieux son refus de s'impliquer dans une nouvelle relation.

— Tu fais allusion au petit discours qu'il t'avait servi alors que tu tentais de lui dire que tu étais enceinte ? Cela l'explique peut-être, sans l'excuser, Em. Sa femme s'était jouée de lui, mais cela n'autorisait pas Cal à te traiter comme il l'a fait, uniquement comme une partenaire sexuelle.

— Tout de même, tu exagères. Notre relation ne se réduisait pas qu'à cela…

— En es-tu sûre ? Durant les six mois où tu es sortie avec lui jadis, t'a-t-il fait des confidences, a-t-il partagé son jardin secret avec toi ?

— Non. Il s'est assuré que j'étais célibataire, mais il évitait soigneusement de répondre à *mes* questions sur son passé ou de se laisser entraîner dans une conversation trop personnelle…

C'était la première fois qu'elle en prenait pleinement conscience. Bien qu'ils soient intimes physiquement, Cal l'avait toujours tenue à distance, en lisière de sa vie.

— Dès le départ, cela n'a jamais été sérieux entre nous, ajouta-t-elle. Il voulait coucher avec moi, sans aucun investissement émotionnel.

— Hélas, cela m'en a bien l'air.

Non que ce soit une révélation car, lorsqu'ils sortaient ensemble, Emily ne s'était jamais fait d'illusions sur les intentions de Cal. Mais l'énoncer froidement devant son amie la forçait à renoncer définitivement à ce rêve que toute femme nourrit dans son inconscient : celui d'aimer et d'être aimée en retour.

Elle qui culpabilisait tant d'avoir caché l'existence de leur enfant à Cal venait de comprendre que, de toute façon, avec ou sans ce mensonge par omission, elle n'aurait eu aucune chance de gagner son cœur.

L'air inquiet, Sophia l'observait.

— Ne me dis pas que tu es tombée amoureuse de lui ?

— Non.

— Ouf…

— Ce que je veux dire, c'est que je ne peux tomber

amoureuse de lui pour la bonne raison que je le suis déjà, que je n'ai jamais cessé de l'être.

— Oh, Em…

— Cette fois, qu'il le veuille ou non, nous sommes liés à vie à cause d'Annie. Cal et moi serons amenés à nous côtoyer régulièrement et sans doute verrai-je les femmes défiler dans sa vie, tout comme Annie les verra aussi… J'aurais voulu tellement mieux pour elle.

— Au moins, elle connaîtra son père et ne se posera pas de questions sur ses origines.

— C'est vrai, dit Emily avec un pâle sourire. Je suis bien placée pour savoir que la vie est un parcours semé d'embûches, mais je m'étais promis d'offrir une famille à mes enfants, deux parents unis. Un couple. Qu'est-il arrivé à mon rêve ?

— Tu es tombée amoureuse.

Au lieu du bonheur, elle avait eu le cœur brisé. En fait, il aurait mieux valu pour elle de continuer à tout ignorer du passé de Cal car, maintenant qu'elle savait la vérité, tout espoir de vie commune lui était interdit.

Et dire qu'elle avait même insisté pour qu'il se confie à elle.

11.

Après avoir mis Annie au lit, Cal s'assit dans le canapé du salon d'Emily, alluma la télévision et se mit à zapper de chaîne en chaîne.

Emily avait toujours été allergique à l'électronique et à l'informatique. C'était contrainte et forcée qu'elle avait naguère acheté un ordinateur que Cal lui avait installé.

Or, outre l'ordinateur, elle possédait maintenant une imprimante, une webcam, un lecteur DVD, un boîtier qui lui donnait un accès illimité au téléphone et à internet ainsi que quelques autres objets de haute technicité.

Qui les avait branchés et mis en service ?

Cela ne le regardait pas. Aurait-elle fréquenté une demi-douzaine d'hommes depuis leur séparation qu'il n'aurait rien à y redire.

Mais si le message avait été accepté par son cerveau, son cœur, lui, faisait toujours de la résistance.

Bien sûr, il aurait pu appeler l'une de ses nombreuses connaissances féminines pour terminer la soirée chez elle au retour d'Emily.

Sharon, Debbie ou Rowena se serait fait un plaisir de lui

changer les idées. Le problème, c'était qu'il ne se sentait bien qu'auprès d'Emily.

Après avoir éteint la télévision, il se pencha pour ramasser la demi-douzaine de coussins que sa fille avait jetés sur le sol avec force cris de joie. Le dernier d'une longue série, le jeu avait consisté à les lancer le plus loin possible.

Depuis deux mois, il avait accompli beaucoup de progrès en tant que père, et Annie se sentait désormais en confiance auprès de lui.

Ce soir, il y avait eu un moment critique néanmoins. Quand la fillette avait vu partir sa mère, elle avait éclaté en sanglots et Cal avait eu bien du mal à la calmer. Ensuite, il avait dû redoubler d'ingéniosité pour trouver des jeux au fur et à mesure qu'elle se lassait des dessins animés et des Lego.

Ce n'était pas une mince affaire que de distraire une fillette d'un an. Il en sortait épuisé. Et ravi.

Promenant son regard autour de la salle de séjour, il se rendit compte qu'il se sentait davantage chez lui ici que dans sa villa avec vue sur le terrain de golf.

L'endroit dégageait un charme simple et chaleureux avec son papier peint sans prétention, ses petits objets décoratifs qui ajoutaient des notes de couleur, tel le saladier en terre cuite du bar contenant pommes, oranges et bananes. Des photos, d'Annie principalement, ornaient toutes les surfaces horizontales et les murs.

Au fil des semaines, ce petit appartement était devenu sa maison d'élection, la seule où il voulait vivre. Au côté d'Emily.

Un énième coup d'œil à sa montre lui indiqua qu'il était 8 h 25. Avec qui Emily sortait-elle ce soir ? Elle lui avait simplement dit qu'elle allait dîner au restaurant.

Impossible qu'elle ait un petit ami, sinon, elle n'aurait jamais accepté de coucher avec lui. A moins qu'elle considère leur nuit passée ensemble comme un moment d'aberration qui s'était opportunément effacé de sa conscience.

En entendant le verrou s'ouvrir, il ralluma en hâte la télévision et s'adossa au canapé, les mains derrière la tête, en s'efforçant de prendre son air le plus décontracté. S'il y parvenait, il mériterait un oscar…

La porte s'ouvrit et Emily entra.

— Bonsoir. Tout s'est bien passé ?

— Comme sur des roulettes. On s'est bien amusés.

— Après mon départ, a-t-elle pleuré longtemps ?

Il se leva pour s'approcher d'elle.

— Oui, mais le jeu des coussins volants a constitué un excellent dérivatif.

— Je connais ce jeu, c'est l'un de ses préférés. Elle a dû t'épuiser ?

— Mais non. Alors, où es-tu allée dîner ?

— Au Grand Café de Green Valley Casino.

En compagnie de qui ? Le meilleur moyen de satisfaire sa curiosité était encore de lui poser directement la question qui le taraudait.

— Puis-je savoir avec qui ?

Elle le regarda et, bizarrement, recula.

— Sophia.

Une vague de soulagement envahit Cal. Maudite jalousie qui le faisait divaguer.

— Comment va-t-elle ?

— Très bien.

— Fêtiez-vous quelque chose de spécial ?

— Non ; c'était juste un dîner entre amies. Ecoute, Cal, c'est gentil d'avoir gardé Annie, mais…

Elle se tut, mais il comprit qu'il était temps qu'il s'en aille.

— En seconde partie de soirée, il y a un bon film sur HBO. On aurait pu le regarder ensemble.

— J'ai eu une longue journée, Cal…

Une façon polie de lui signifier son congé, et il n'avait à s'en prendre qu'à lui-même. Dans cette même pièce, il lui avait raconté ses déboires passés afin de mieux la repousser, mais il était déçu maintenant qu'elle prenait ses distances !

— D'accord, dit-il en prenant ses clés de voiture sur le comptoir. Je m'en vais.

« Pour rentrer dans ma grande maison vide. »

Une maison aussi ennuyeuse que les rediffusions d'été sur le petit écran.

— Merci pour le baby-sitting, dit-elle dans le vestibule. C'était bien agréable de sortir pour une fois sans sac de couches ni biberon. Mais ma puce m'a manqué.

« Et moi ? aurait-il voulu demander. T'ai-je manqué ? »

Une question qu'il se garderait bien de formuler. Emily semblait enfin avoir compris qu'il n'y avait rien à espérer de lui sur le plan sentimental, et ce serait stupide de sa part de réduire à néant tous les efforts qu'il avait faits pour obtenir ce résultat.

— Eh bien, je vais te laisser…

Quelqu'un frappa à la porte. L'air intrigué, Emily ouvrit pour trouver Patty sur le seuil.

— Oh, pardon…, dit la jeune fille en apercevant Cal. Je repasserai plus tard.

— Non, reste, Patty. Cal est sur le point de partir.

A cet instant, des pleurs leur parvinrent de la chambre d'Annie.

— Je m'occupe d'elle, proposa Cal. Faites comme si je n'étais pas là.

Tout en berçant sa fille contre lui, il entendit par la porte entrebâillée la conversation de Patty et d'Emily.

— Il faut que je t'avoue quelque chose, disait Patty. Quelque chose qui ne va pas te plaire…

Un sanglot brisa sa voix puis elle ajouta :

— Je suis enceinte.

— Oh, Patty, non…

— Je n'ai pas eu mes règles ce mois-ci, mais j'espérais que ce ne serait qu'une fausse alerte. Hélas, le test de grossesse est positif. S'il te plaît, ne sois pas fâchée contre moi.

— Je ne suis pas fâchée.

— J'ai enfreint le règlement et je risque d'être renvoyée du programme. Décidément, je n'ai rien appris de mes erreurs. Pourtant, je t'assure qu'on a fait très attention…

Les modes de contraception n'étaient pas fiables à 100 %, Cal en savait quelque chose, mais il ne le regrettait pas, songea-t-il en regardant l'adorable fillette qu'il tenait dans ses bras.

— Patty, Jonas sait-il que tu attends un enfant ?

— Je n'ai pas le courage de le lui annoncer.

— Il va pourtant le falloir.

— Tu vas me renvoyer. Et si Jonas apprend que je suis enceinte, il va me quitter comme le petit ami de Lucy.

— Jonas ne fera jamais une chose pareille, il t'aime. Je sais que ce sera difficile, mais il a le droit de connaître la vérité et il vaut mieux la lui dire sans délai. Crois-en ma propre expérience.

— Jonas ne comprendra pas.

— Sans doute sera-t-il en colère contre toi, Patty, mais il s'y fera. Il aime Henry et il aimera tout autant votre second enfant.

— Un bébé donne déjà un travail considérable, alors deux… Comment allons-nous faire ?

— Le réseau de Partenariat Bébés t'aidera. Et puis, il y a moi, Jonas, Lucy, Cal…

Il faisait donc partie de la petite famille qu'elle s'était recréée ? Au début, il avait voulu qu'Emily quitte son appartement, ce qu'elle avait refusé catégoriquement. Puis, tandis qu'il apprenait à connaître Annie, il avait peu à peu été accepté par le trio féminin.

Il recoucha une Annie endormie dans son berceau puis retourna dans le salon.

— J'ai entendu votre conversation. Patty, sachez qu'Emily a raison. Il faut toujours dire la vérité.

— C'est facile pour vous de donner des conseils…

Puis elle s'enfuit vers son appartement.

Emily secoua la tête d'un air consterné.

— Quel gâchis !

Cal partageait son avis. Et pas seulement pour ce qu'il venait d'entendre.

Emily adressa un sourire à l'homme aux cheveux argentés qui venait de sortir à sa suite de l'unité de soins intensifs où son épouse, en stade terminal d'un cancer des voies digestives, venait de recevoir une injection de chlorhydrate de morphine destinée à soulager la douleur.

— Monsieur Mendenhall, dit-elle en posant une main

sur son bras, je vous promets de trouver une place pour Esther dans l'unité de soins palliatifs du Mercy. Elle y sera bien soignée.

— C'est mon souhait le plus cher. Elle a veillé sur moi pendant cinquante ans, et, à présent, c'est à mon tour de prendre soin d'elle pour le temps qu'il nous reste ensemble.

— Je vais passer des coups de fil pour organiser le transfert au plus vite. Ne vous inquiétez pas.

— Je ne m'inquiète plus depuis longtemps, murmura-t-il, résigné.

Refermant le dossier, Emily s'éloigna. Elle était triste pour cet homme et cette femme qui avaient vécu un demi-siècle côte à côte et qui devraient bientôt se dire adieu.

Au moins, ils avaient passé toutes ces années ensemble alors qu'elle ne connaîtrait jamais le bonheur d'une vie commune avec Cal.

Les larmes aux yeux, elle passait devant le comptoir d'accueil quand elle entendit son nom.

— Emily !

Oh, non ! Ne pouvait-on être tranquille une seconde avec son chagrin ?

Refoulant ses larmes du mieux qu'elle put, elle se tourna vers celui qui l'avait appelée.

— Monsieur Westen ! Quelle surprise…

— Appelez-moi Ken, comme au bon vieux temps. Mais, dites-moi, vous pleurez… Qu'est-ce qui ne va pas ? J'espère qu'Annie n'est pas malade ?

— Non, non, elle va bien. Je l'ai déposée chez Cal étant donné qu'il n'était pas de garde aujourd'hui.

Ken l'entraîna vers un couloir désert.

— Maintenant que nous sommes à l'abri des oreilles indiscrètes, dites-moi ce qui vous chagrine.

— De combien d'heures disposez-vous ? demanda-t-elle, essayant de plaisanter pour gagner du temps.

— Autant qu'il le faudra. Je viens de voir un patient et je suis libre comme l'air pour le reste de l'après-midi. Alors, s'agit-il d'un souci d'ordre professionnel ?

Tel fils, tel père. Ils excellaient dans l'art de vous pousser dans vos retranchements.

— Je viens de parler au mari d'une malade en stade terminal.

— Je comprends que vous soyez bouleversée. Y a-t-il autre chose ?

— L'une de mes protégées, Patty, vient de se rendre compte qu'elle était enceinte, ce qui risque de compromettre ses études, voire sa participation à Partenariat Bébés.

— Pourquoi le prenez-vous tellement à cœur ?

— Parce que ces jeunes filles ne sont pas seulement des bénéficiaires du programme que je dirige, mais mes amies. J'ai essayé de leur enseigner qu'on apprend de ses erreurs à condition de ne pas les renouveler alors que je suis vraiment la dernière personne à pouvoir leur servir de modèle ! Elles, au moins, ont eu le courage de garder leurs bébés alors que j'ai abandonné le mien.

— Que me chantez-vous là ? Vous élevez Annie, il me semble, et plutôt bien.

Emily avait conscience de serrer le dossier de Mme Mendenhall contre sa poitrine, tel un bouclier.

— Je ne vous parle pas d'Annie, mais d'un petit garçon que j'ai cédé à l'adoption lorsque j'avais quinze ans. C'est ma mère qui m'a obligée à m'en séparer… Si je ne le faisais pas, elle menaçait de me jeter à la rue.

— Regrettez-vous votre geste ?

— Ce souvenir me poursuivra jusqu'à la fin de mes jours, mais je ne regrette rien dans le sens où je n'aurais pu offrir à cet enfant qu'errance et misère ; j'ai préféré m'effacer pour permettre à des parents adoptifs de lui donner la vie qu'il méritait. Aujourd'hui, il a douze ans, est à l'aube de l'âge adulte, et j'aimerais tant m'assurer qu'il va bien… Mais, dans les mêmes circonstances, je referais exactement la même chose, conclut-elle en soutenant le regard de son interlocuteur.

— Mais vous ne voulez pas que cela arrive aux jeunes filles que vous chapeautez.

Elle comprit que ce n'était pas une question.

— Je veux qu'elles aient le choix de garder leur bébé si elles le souhaitent.

— Dans ce cas, je suis sûr que vous aiderez votre amie Patty à prendre la bonne décision.

— De quel droit lui donnerais-je des conseils, moi qui ai commis la même erreur qu'elle, et à deux reprises !

— Pas vraiment. Votre seconde grossesse n'était pas programmée, mais vous étiez en situation d'assumer Annie, il me semble.

Emily n'en revenait pas. Au lieu de lui en vouloir pour les avoir privés des premiers mois de leur petite-fille, cet homme la comprenait, et, qui plus est, il prenait sa défense !

En fin de compte, l'adage « Tel père, tel fils » ne se vérifiait pas.

— Cal m'a parlé de son ex-femme.

Ken fronça les sourcils.

— Je me souviens du jour où il nous a annoncé que Lori était enceinte. Carol et moi lui avons tous deux conseillé de poursuivre ses études tandis que nous aiderions Lori, financièrement et pour le reste. Mais il a tenu à l'épouser avec le résultat que l'on sait.

— C'est un homme de devoir, qui agit selon ce que lui dicte sa conscience, même si cela va à l'encontre de ses désirs.

— Hum… Je ne m'étais jamais rendu compte auparavant que, lorsque vous parliez de Cal, votre visage s'éclairait, dit Ken, pensif.

Surprise, Emily se promit de se surveiller.

— En tant que père de ce garçon, je suis naturellement enclin à chanter ses louanges, reprit Ken. Néanmoins, je reste lucide ; il a des défauts, comme tout un chacun. Quand vous l'avez quitté, il était… Comment dire ?

Il réfléchit un instant.

— Disons, pour rester gentil, qu'il était devenu difficile à vivre, poursuivit-il. Mon fils, un macho s'il en est, n'a pas pu supporter d'être celui qui se faisait larguer parce que c'était d'habitude lui qui s'en allait.

— Il déteste perdre.

Elle avait blessé Cal dans son amour-propre, et elle lui avait de surcroît caché sa paternité. Une erreur qu'il ne lui pardonnerait de toute évidence jamais.

Le biper attaché à la ceinture de Ken vibra, et il consulta le message affiché sur le cadran digital.

— Il va falloir que j'y aille.

— Bien sûr. Désolée de vous avoir retardé avec mes problèmes.

— Pas du tout. C'est moi qui vous ai incitée à m'en parler. Tenez bon, Emily.

Avait-elle le choix ? songea-t-elle en le regardant s'éloigner.

L'avenir lui faisait peur. La mauvaise décision qu'elle avait prise deux ans auparavant la poursuivrait toute sa vie. Pour sa punition, elle devrait côtoyer Cal, le voir rendre visite à Annie, et continuer à l'aimer en secret tandis que lui en aimerait d'autres.

Mais n'avait-elle pas mérité ce qui lui arrivait ?

12.

Emily regarda Sophia dévorer une tranche de pizza napolitaine.

— Mmm…, dit Sophia, la bouche pleine. Rien de tel qu'une pizza et un verre de vin pour vous réconcilier avec la vie.

— C'est bien connu. Les graisses saturées et l'alcool, c'est souverain pour vous remonter le moral, répliqua Emily, ironique. Dommage que cela ne marche pas pour moi.

— Pourtant, tu as des raisons de te réjouir. Patty a parlé à Jonas. Il s'est d'abord mis en colère, mais tout a fini par s'arranger. Il y a du mariage dans l'air.

— Je sais, la date est même fixée, répondit Emily. Lucy et moi serons les demoiselles d'honneur et Annie portera le bouquet.

— J'espère être invitée !

En soupirant, Emily reposa son assiette sur la table basse. Elle n'avait pas faim.

Annie passait la nuit chez Cal. Quand Sophia avait appelé pour proposer une soirée « débauche de calories », Emily s'était empressée d'accepter car la perspective de rester seule à broyer du noir la déprimait au plus haut point.

A présent, elle le regrettait.

— Je ne suis pas de très bonne compagnie, ce soir.

— Je confirme. Si tu me disais ce qui te tracasse ?

— Au risque de plomber l'ambiance ?

— C'est déjà fait. Allez, confie-toi à ton amie Sophia.

— Eh bien, Annie n'est pas seulement avec Cal, mais avec les Westen au grand complet. Ils fêtent l'entrée officielle de ma fille dans leur famille — l'acte de naissance a été rectifié et la mention « père inconnu » remplacée par le nom de Cal. Aux yeux du monde, elle est désormais sa fille.

— Tu n'as pas voulu te joindre aux festivités ?

— Cal m'avait invitée, mais j'ai préféré décliner en prétextant un rhume.

— Ce n'est pas bien de mentir. En tout cas, tu fais des progrès car tu ne lui es pas retombée dans les bras.

— Comment le sais-tu ? Ce n'est tout de même pas écrit sur mon front !

— Tu as le regard triste.

— On voit que tu me connais bien.

Des larmes perlèrent au coin de ses paupières. Délaissant sa pizza, Sophia vint s'asseoir à côté d'elle.

— Ce Cal ne mérite pas que tu te meures d'amour pour lui. J'ai bien envie de lui dire le fond de ma pensée !

— Cela ne servira à rien.

— Je serai en tout cas soulagée… Il faut être obtus pour ne pas te pardonner.

Appuyée contre l'épaule de Sophia, Emily se mit à pleurer. Dans son malheur, elle avait la chance d'avoir une amie pour la soutenir. Peut-être, un jour, la douleur s'estomperait et elle serait capable d'assister, le nez collé contre la vitre, au bonheur de cette famille — père, fille, oncle et grands-parents. Un bonheur dont elle avait toujours rêvé et qu'elle avait laissé filer entre ses doigts.

Août céda la place à septembre, mais le thermomètre affichait toujours des températures estivales.

Après avoir couché Annie, Emily était en train d'hésiter entre passer la serpillière dans la cuisine ou mettre de l'ordre dans ses papiers quand on frappa à la porte.

A l'idée que ce soit Cal, elle sentit son cœur se mettre à battre la chamade.

Elle ouvrit et s'efforça de ne pas montrer sa déception à la vue de Patty et de Jonas.

— Entrez.

— Désolé de vous déranger, dit Jonas en suivant sa fiancée dans la salle de séjour. Patty a une grande nouvelle à vous annoncer.

— On va déménager !

— Vraiment ? Cette colocation actuelle impose bien des contraintes, certes, mais ne serait-ce pas préférable d'attendre de mettre un peu d'argent de côté ? suggéra Emily. Sincèrement, le moment me semble mal choisi avec ce second bébé qui va naître l'an prochain.

— Le loyer de notre nouveau logement sera très modique — vingt-cinq dollars par mois. Il s'agit d'une maison.

Emily écarquilla les yeux.

— Est-ce dans le cadre d'un nouveau programme d'aide dont je n'aurais pas été informée ?

Patty et Jonas échangèrent un sourire.

— Oui. Il est financé par la fondation Cal Westen qui œuvre pour le bénéfice des jeunes parents travailleurs pauvres.

— Je ne comprends pas.

— Le Dr Westen a acheté une maison et il va nous permettre d'y vivre jusqu'à ce que Jonas obtienne son diplôme et puisse subvenir à nos besoins.

— Eh bien... Je ne sais que dire.

— Au début, nous avons cru à une plaisanterie, reprit Patty. Mais Cal nous a dit de le considérer comme son cadeau de mariage.

— Ce sont ses propres mots..., ajouta Jonas. Alors, dans une semaine, nous serons mariés et nous aurons une maison, avec un jardin pour Henry et ses futurs frères et sœurs.

— C'est merveilleux ! Je tiens à être là pour la pendaison de crémaillère.

— Toi et Cal serez les premiers invités, dit Patty. Voilà, j'étais impatiente de te donner la nouvelle. Tu vois, tout finit par s'arranger.

Pour les autres, songea Emily lorsque ses voisins furent repartis. Bien sûr, elle était ravie pour Patty et Jonas qui méritaient d'être heureux, mais elle ne pouvait s'empêcher de s'apitoyer sur elle-même.

On frappa de nouveau à la porte. Patty avait-elle oublié de lui dire quelque chose ?

Elle alla ouvrir et sursauta à la vue de Cal.

— Bonsoir, puis-je entrer ?

— Bien sûr. Y a-t-il un problème ?

— Non. J'avais juste besoin de te voir.

— De voir Annie, rectifia-t-elle. Pour t'assurer qu'elle va bien.

Il secoua la tête.

— C'est pour toi que je viens.

Une première, songea-t-elle.

— Nous allons bien toutes les deux. Elle dort, mais tu sais que tu es le bienvenu à toute heure.

— Merci.

Il alla embrasser sa fille puis rejoignit Emily dans la salle de séjour.

— En fait, moi aussi, je suis contente de te voir car je voulais aborder avec toi le sujet des vacances de Thanksgiving pour nous répartir équitablement les gardes d'Annie, dit-elle d'emblée.

— Je te préviens, je ne te céderai pas une minute de mon temps de garde.

Elle sentit son estomac se nouer.

— Décidément, je serais toujours aussi naïve. Parce que tu as aidé Patty et Jonas, je t'ai cru revenu à de meilleures dispositions à mon égard. Au fait, merci tout de même pour eux.

— Je ne l'ai pas fait pour récolter des remerciements. Dernièrement, j'ai compris que le mot famille englobait bien plus que les gens qui partagent votre ADN. Patty et Jonas font partie de ta famille d'adoption, donc de la mienne.

Sans doute disait-il cela car elle était la mère de son enfant.

— Avoue que ton discours a bien changé depuis le jour où tu m'encourageais à quitter mes protégées et le quartier pour venir m'installer dans ta villa, dit-elle en dissimulant son amertume.

— Heureusement, tu ne m'as pas écouté. J'ai depuis appris beaucoup de tes voisines et de Jonas, ce jeune homme à peine sorti de l'adolescence qui assume ses responsabilités comme un homme. Ils méritaient vraiment un coup de pouce…

— Revenons-en à ces vacances. Un compromis devrait être possible sur les…

— Un instant, tu ne m'as pas laissé finir.

Elle soupira.

Dommage, car, pour sa part, elle avait hâte que ce face-à-face se termine.

— Je t'ai fait beaucoup de mal…

— Toi ? dit-elle, croyant avoir mal entendu.

— A l'époque où nous sortions ensemble, j'étais un coureur de jupons qui refusait de s'amender. Quand tu m'as quitté, j'ai essayé par tous les moyens de t'oublier. Ensuite, je t'ai traitée comme une menteuse, ce dont je te prie de m'excuser.

Emily avait tellement rêvé d'entendre ces mots qu'elle avait du mal à y croire.

— Alors, tu ne m'en veux plus ?

— Tu as le cœur pur et tu te dévoues entièrement pour ceux que tu aimes, contrairement à moi.

— Ton geste envers Patty et Jonas témoigne pourtant d'une rare générosité.

— C'est de l'égoïsme, Em. Je l'ai fait pour attirer ton attention, te prouver que, moi aussi, je savais m'engager. Afin que tu m'accordes une seconde chance…

Il se passa une main dans les cheveux.

— Dès la première fois où je t'ai vue, je suis tombé amoureux de toi. En me quittant, tu m'as brisé le cœur et je me suis juré de plus jamais souffrir ainsi. Alors, je me suis mis à collectionner les conquêtes. Comme Rhonda l'a souligné un jour avec son tact habituel, je prenais mes amies au berceau, ou presque…

Emily n'avait aucune envie d'entendre parler des femmes qui avaient défilé dans la vie de Cal après son départ.

— Ne te crois pas obligé de me parler de tout cela.

— J'ai *besoin* de t'ouvrir mon cœur. Quand tu es revenue dans ma vie, j'ai compris que je n'avais jamais cessé de t'aimer, et cela m'a fait peur. Alors, j'ai essayé par tous les moyens de te tenir à distance. Quel idiot j'ai été…

— Cal, je…

Il leva la main pour l'interrompre.

— Je promets désormais de ne plus douter de toi. Acceptes-tu de devenir ma femme, Emily ?

Elle en resta un instant sans voix.

— Eh bien, toi, tu n'y vas pas par quatre chemins, murmura-t-elle.

— Quand je veux quelque chose, je mets tout en œuvre pour l'obtenir.

— Tu me veux, moi ?

— Oh oui… M'aimes-tu, Emily ?

— Je mentirais en disant non.

— Alors, c'est oui ?

— Oui aux deux questions !

Ils échangèrent un baiser passionné qui les laissa tous deux un peu essoufflés.

— Il y a encore une chose, reprit Emily, heureuse, blottie contre Cal.

— Tout ce que tu voudras, ma chérie.

— Je vais venir vivre dans ta villa après notre mariage ?

— J'espère bien. Je vous veux, toi et Annie, auprès de moi.

Il s'écarta pour plonger son regard dans celui de la jeune femme.

— Tu t'inquiètes pour Partenariat Bébés, n'est-ce pas ? ajouta-t-il

— Oui. Mais je crois avoir trouvé la personne idéale pour me remplacer. Tu ne connais pas encore Sophia, mais tu ne pourras que l'aimer. Au début, elle risque d'être un peu froide à ton égard, mais cela ne durera pas.

— Tes amis seront les miens.

— L'appartement va avec le travail. Je le céderai donc à Sophia.

Elle promena un regard un peu mélancolique autour d'elle.

— Cet endroit me manquera, ajouta-t-elle. Mais je ne pourrais plus vivre sans toi…

— Et moi sans mes deux amours.

Comme il l'embrassait, Emily songea que sa joie serait totale si elle pouvait donner un frère ou une sœur à Annie. Le bébé du bonheur pourrait d'ailleurs naître au printemps s'ils s'y employaient dès maintenant…

JUDY DUARTE

Revanche sur le passé

COLLECTION BLANCHE

éditions Harlequin

Cet ouvrage a été publié en langue anglaise
sous le titre :
RACE TO THE ALTAR

Traduction française de
ANOUK

83-85, boulevard Vincent-Auriol, 75013 PARIS — Tél. : 01 42 16 63 63
Service Lectrices — Tél. : 01 45 82 47 47
www.harlequin.fr

1.

A l'accueil des urgences du centre hospitalier de Brighton Valley, Molly Edwards attendait avec impatience que Karen Wylie vienne la remplacer.

Habituellement, Molly ne travaillait pas dans ce service, et si d'aventure cela lui arrivait, elle évitait autant que possible que ce soit de nuit.

Hélas, ce soir-là, pas de chance… Sa collègue Karen avait été obligée de rentrer chez elle à cause d'un sérieux souci familial, et il avait fallu la remplacer aussi vite que possible. A un autre moment, la direction du personnel aurait peut-être trouvé une autre solution. Peut-être n'aurait-on pas fait appel à Molly, réputée pour son efficacité. Mais l'hôpital de Brighton Valley manquait d'infirmières, et aucune embauche n'était envisageable pour l'instant, faute de budget. La crise sévissait, et il fallait agir avec les moyens du bord.

Sollicitée, Molly n'avait bien sûr pas hésité, consciente que même si elle avait eu envie de refuser, elle n'avait pas vraiment le choix : le devoir avant tout… « De toute façon, Karen a promis de reprendre son poste au plus vite », se rappela-t-elle en consultant sa montre.

Elle constata avec étonnement qu'il était déjà 23 h 15. S'il existait un point positif aux urgences, c'est qu'on ne voyait pas le temps filer !

Pourtant, jusqu'à présent, la soirée avait été plutôt calme. Un peu plus tôt, l'équipe avait soigné deux hommes d'une trentaine d'années qui s'étaient battus après une partie de poker trop arrosée. Aucune blessure sérieuse, mais l'un d'eux s'étant plaint de douleurs poitrinaires, il avait été hospitalisé en cardiologie.

Un jeune enfant souffrant d'une forte fièvre avait également été admis. Par chance, son état s'était stabilisé, et il retournerait bientôt chez lui. Le Dr Betsy Nielson avait rassuré les parents, très inquiets : une fois la température maîtrisée, avait-elle expliqué, on écartait le risque de convulsion qui aurait pu menacer leur enfant ; à présent, ce dernier n'était plus en danger.

Le téléphone sonna soudain, tirant Molly de ses réflexions. Dawn McGregor, l'infirmière assise à côté d'elle, répondit aussitôt.

— Urgences, bonsoir…

Les sourcils froncés, Dawn nota rapidement quelques informations sur une feuille, marmonna un « à tout à l'heure » et raccrocha.

— Accident de la route, annonça-t-elle en esquissant une grimace. Un type qui conduisait une voiture de sport vient d'emboutir un camion. Le chauffeur est totalement indemne… Incroyable ! Il a été secoué, rien de plus. Il refuse d'être examiné et a signé une décharge. Mais l'automobiliste présente des blessures à la tête, de nombreuses contusions, et peut-être des fractures. Apparemment, il ne roulait pas si vite que ça, ce qui explique que le pire ait été évité. D'autant que deux enfants jouaient sur la route… D'ailleurs, l'un d'eux, un garçon, va aussi être admis.

Molly ne put réprimer une bouffée d'appréhension. A cause de son histoire personnelle, soigner des victimes d'accidents de la route, surtout aux urgences, restait pour elle à la limite du supportable.

Douze ans plus tôt, alors âgée de dix-sept ans, elle avait perdu ses parents et son frère dans un accident de voiture. Elle se trouvait également à bord du véhicule mais, par un bizarre tour du destin que Molly ne s'expliquait toujours pas, elle seule avait survécu.

Le drame s'était produit sur la nationale entre son lycée et le domicile de ses grands-parents : un chauffard avait brûlé un feu rouge et percuté de plein fouet la berline familiale. Le père de Molly était mort sur le coup ; sa mère, d'abord dans le coma, était décédée peu après. Jimmy, son jeune frère, s'était accroché à la vie pendant deux jours…

Quant à Molly, elle n'avait souffert que de blessures superficielles. De façon stupéfiante, le coin du siège arrière où elle somnolait, appuyée sur son coussin préféré, avait été épargné au moment de l'impact, pourtant d'une extrême violence. La plupart des gens y décelaient un miracle, mais Molly ne considérait pas la réalité ainsi. Les interrogations s'étaient succédé à son esprit, demeurant à jamais sans réponse. Pourquoi était-elle encore en vie ? Pourquoi elle et pas les autres membres de sa famille ?

Pendant longtemps, elle s'était confusément sentie responsable de cette tragédie. En effet, à l'époque, c'est elle qui avait insisté pour accompagner ses parents ce soir-là, alors qu'elle devait soutenir son équipe de football à l'occasion d'une rencontre avec l'équipe adverse. Elle était une « pom-pom girl » aussi fière qu'enthousiaste… Du coup, son père, sa mère et son frère étaient venus assister au match.

Si seulement…

Pendant le trajet, Molly avait dormi, si bien qu'elle n'avait pas vu venir l'accident. Après la collision, elle avait perdu connaissance, et était revenue à elle dans l'ambulance, découvrant alors l'effroyable vérité.

Au cours des mois suivants, elle avait eu toutes les peines du monde à accepter ce qui s'était produit. Quant à faire son deuil… Impossible. Elle n'avait réussi à garder la tête hors de l'eau que grâce à l'affection et au soutien inconditionnels de ses grands-parents.

Deux années plus tard, quand son grand-père avait souffert d'une crise cardiaque qui, par chance, ne lui avait pas été fatale, Molly avait été amenée à se rendre fréquemment à l'hôpital. Lors de ses visites, elle avait apprécié la gentillesse et le dévouement du personnel : ambulanciers, aides-soignantes, infirmières ou médecins, tous étaient compatissants, sympathiques, compétents… Engagés et motivés. C'est à ce moment-là qu'était née la vocation de Molly. Elle avait décidé de suivre une formation pour devenir infirmière afin, à son tour, d'aider et de soigner autrui. Ce choix professionnel lui avait donné un but dans la vie, une raison d'être.

Aujourd'hui, Molly ne se laissait plus happer dans le tourbillon des mauvais souvenirs de sa propre tragédie. Elle avait pris un certain recul. Néanmoins, elle était pleinement consciente de ce qui l'empêchait de travailler avec plus de régularité — et de tranquillité —, au service des urgences : les situations ainsi que l'ambiance, si particulière, lui rappelaient beaucoup trop cruellement la tragédie familiale qu'elle avait vécue.

Molly referma le dossier qu'elle étudiait et jeta un coup d'œil autour d'elle afin de vérifier si, enfin, Karen arrivait. Elle avait vraiment envie de rentrer chez elle et de dormir au moins un peu avant de reprendre son service à 6 heures du matin ! Mais pas de Karen en vue… Par conséquent, que cela lui plaise ou non, Molly devrait participer à la prise en charge du malheureux accidenté de la route. Elle devrait balayer ses appréhensions et assumer son devoir, voilà tout. Comme d'habitude.

— Quand arrive l'ambulance ? s'enquit-elle.

— Dans environ trois minutes, répondit sa collègue. Il y en a deux. L'une pour le conducteur, l'autre pour l'enfant et la mère qui l'accompagne.

— Je vais prévenir le Dr Nielson.

Plus elle serait active, moins elle subirait le contrecoup de ses émotions négatives, pensa Molly.

Dawn lui donna la feuille sur laquelle elle avait noté les données vitales des futurs patients : pressions artérielles, rythme respiratoire et cardiaque, ainsi que d'autres informations essentielles.

Molly rejoignit hâtivement le Dr Betsy Nielson qui finissait d'ausculter le petit garçon admis un peu plus tôt ce soir-là, et lui résuma rapidement la situation.

— Apparemment, il n'y a rien de grave, mais il faut anticiper un choc traumatique. Surtout pour le jeune patient, conclut-elle.

— Certainement.

Molly et le Dr Nielson — que Molly appelait simplement Betsy en dehors du travail —, se dirigèrent vers l'accueil. Quelques instants plus tard, les portes automatiques s'ouvrirent, laissant s'engouffrer deux infirmiers urgentistes qui amenaient le premier patient sur un brancard : un homme âgé d'une trentaine d'années. Immédiatement, l'ensemble du personnel s'activa.

S'étant attendue au pire, Molly ne fut pas prise au dépourvu en découvrant l'état de la victime, toujours inconsciente. Son arcade sourcilière était enflée, de même que ses paupières, et du sang lui recouvrait la moitié du visage. Ce n'était pas beau à voir, mais on pouvait néanmoins deviner qu'il s'agissait d'un homme séduisant.

Molly s'écarta d'un pas pendant que Dawn et Betsy procédaient à un premier examen.

— Dawn, découpez-lui ses vêtements, s'il vous plaît, intima Betsy. Ensuite, prévenez qu'on lui fait une IRM.

De son côté, Molly apporta le matériel chirurgical nécessaire aux premiers soins. Elle espérait toujours que Karen reviendrait, et qu'elle pourrait filer, quitter cette atmosphère qui l'incommodait… Mais, dans l'immédiat, elle devait assurer.

Joe Villa, l'ambulancier, lui tendit un sac en plastique contenant le portefeuille du patient.

— D'après sa carte d'identité, il s'appelle Chase Mayfield. C'est peut-être le célèbre pilote de course !

Molly esquissa une moue. Elle avait en horreur tout ce qui concernait les compétitions automobiles, la route et, de manière générale, la voiture : elle était devenue quasiment phobique depuis l'accident qui avait emporté sa famille, et elle circulait à pied ou en vélo chaque fois que c'était possible.

— Si c'est lui, il devra attendre un bon moment avant de reprendre le volant, intervint Sheila Conway, l'infirmière urgentiste en chef.

Intriguée, Molly sortit la carte d'identité du sachet plastifié.

Pour elle, Chase Mayfield était un parfait inconnu. La photo montrait un homme aux cheveux noirs un peu trop longs et en bataille, aux yeux qui, d'après le descriptif, étaient bleus. Il mesurait un mètre quatre-vingt-six, pesait soixante-quinze kilos, et était né le 17 octobre. Il aurait donc bientôt trente ans, calcula-t-elle, amusée par sa propre curiosité. Un moyen, sans aucun doute, de juguler l'anxiété engendrée par la situation. Il fallait qu'elle pense à autre chose, qu'elle oublie les urgences à sa manière…

— Au fait, l'enfant impliqué dans l'accident arrive dans quelques minutes, prévint Sheila. Il a une entaille profonde à la jambe gauche, peut-être une fracture au poignet, et il aura probablement besoin d'être recousu.

— Il a été heurté par la voiture de sport ? s'enquit Molly.

— Non, heureusement. D'après ce qu'on m'a expliqué, il était en vélo, et il cherchait sa petite sœur qui, elle-même, courait après un chat, expliqua sa collègue. La fillette va bien. Par chance, elle se trouvait loin du lieu de l'accident. Mais le conducteur de la voiture de sport a failli heurter son frère… Pour l'éviter, il a foncé sur le camion qui, lui, roulait trop vite. Témoin de la collision, l'enfant a perdu l'équilibre et est tombé de bicyclette. Tout ça s'est passé près d'un terrain vague où s'installent des caravanes de gens du voyage, ou des sans-abri, précisa-t-elle d'un air entendu.

— Un quartier pauvre, sans beaucoup de lumière, commenta Molly.

— Exact. Là-bas, il y a souvent des problèmes.

— Attention, le patient revient à lui, déclara alors Betsy, interrompant leur conversation.

Elle se pencha au-dessus de Chase Mayfield.

— Bonjour… Bonjour, Chase, répéta-t-elle doucement. Vous avez eu un accident, et vous êtes à l'hôpital. Je suis le Dr Nielson. Comment vous sentez-vous ?

L'homme cligna plusieurs fois des yeux avant de la fixer de ses prunelles d'un bleu intense.

— Pas terrible, murmura-t-il en grimaçant.

— Vos blessures ne sont pas graves, reprit gentiment Betsy, mais nous devons vous garder en unité de soins intensifs pour effectuer quelques examens.

Chase Mayfield poussa un léger gémissement et referma les paupières.

Betsy continua à lui nettoyer le visage. Après avoir prévenu le patient, elle entreprit de recoudre ses plaies. Chase ne broncha même pas, comme s'il ne sentait pas la douleur.

Dawn revint au moment où Betsy finissait une dizaine de sutures au-dessus de l'œil gauche de Chase.

— Tout est prêt pour l'IRM, annonça-t-elle. Et le garçon vient d'être admis.

— Je vais l'examiner dans une minute, dit Betsy.

L'homme gémit de nouveau.

— Chase ? appela Betsy.

Pas de réponse.

— Réveillez-vous, monsieur Mayfield !

Chase ouvrit un seul œil, le droit.

— Où…

— Vous êtes à l'hôpital, répéta Betsy. Vous avez eu un accident. Vous vous souvenez ?

Il sembla essayer de se rappeler.

— Oui…

— Pouvez-vous me dire ce qui s'est passé ?

Molly savait que Betsy ne s'intéressait pas réellement aux

détails de l'accident. Elle voulait juste évaluer le fonctionnement cognitif de son patient.

— Il y avait un chien… un enfant… un camion…

Il referma les yeux, soupira.

— J'ai dû choisir, murmura-t-il.

Il avait donc opté pour le camion, compléta Molly en son for intérieur.

— Bon choix, dit Betsy. Tout du moins pour l'enfant et le chien.

Chase marmonna quelque chose d'incompréhensible.

— D'après les rumeurs, poursuivit Betsy, vous seriez le célèbre pilote de course Chase Mayfield…

— Les rumeurs vont encore plus vite que moi.

Ainsi, c'était bien lui. Et, apparemment, il avait un certain sens de l'humour, pensa Molly.

Elle s'approcha.

— Docteur, Karen n'est toujours pas arrivée, donc je peux finir de le nettoyer et le préparer.

— Parfait, répondit Betsy avec un bref sourire. Ta proposition tombe à point nommé vu qu'un jeune patient m'attend… Merci.

— De rien.

Tandis que Betsy s'éloignait, Molly prit la relève. Chase rouvrit les yeux. De nouveau, la jeune femme fut frappée par le bleu de ses prunelles. Un bleu transparent, presque liquide comme le saphir sur la bague de sa mère, songea-t-elle fugitivement.

Plus troublée qu'elle ne l'aurait souhaité, elle ébaucha un sourire rassurant.

— Monsieur Mayfield, nous pourrions vous transférer à

l'hôpital de Houston, si vous le désirez. L'établissement est plus grand et vous seriez sans doute plus…

— Non.

Il lui attrapa le bras et le serra avec une telle force que Molly en eut presque le soufflé coupé. De surprise, elle se figea, la gorge sèche.

— Hors de question, déclara Chase. Je veux rester ici. Surtout, ne m'emmenez pas en ville, et surtout pas à Houston !

Betsy, qui n'avait pas encore quitté la salle, se retourna.

— Pas de problème, dit-elle. Nous vous garderons chez nous si vous le souhaitez.

— Je souhaite surtout de la… discrétion, précisa Chase d'une voix un peu enrouée, ce qui trahissait un évident épuisement. Evitez les journalistes… Utilisez mon deuxième prénom, Raymond, pour qu'ils ne sachent pas que je suis là.

Betsy jeta un bref coup d'œil à Molly.

— Entendu. Je transmets le message à l'administration, à l'accueil, et à tous les services concernés, assura-t-elle.

Puis elle s'adressa à Molly :

— Je te le confie. Je vais lui prescrire de la mépéridine, et je préviens l'unité de soins intensifs.

— D'accord.

Chase, qui avait de nouveau les yeux fermés, poussa un soupir.

— Voulez-vous que je prévienne quelqu'un ? demanda Molly avec gentillesse. On vous attend peut-être chez vous ?

— Non.

Il soupira de nouveau.

— Bon sang, j'ai mal à la tête…

— Le Dr Nielson vient de vous prescrire un analgésique très efficace. Je vais vous le chercher.

Dix minutes plus tard, après lui avoir administré le médicament par injection, Molly remplit le dossier d'admission de manière que M. Raymond Mayfield devienne le patient officiel.

Lorsqu'elle retourna au chevet de Chase, ce dernier était plongé dans un profond sommeil. Sa respiration restait régulière, ample, ce qui était bon signe. Il récupérait, songea Molly.

Elle entreprit de le laver et de le changer. Une brève exclamation de surprise lui échappa lorsqu'elle découvrit à quel point il était viril… Cet homme blessé lui faisait penser à un guépard. Il en possédait la force, la souplesse, et la vivacité qui, vraisemblablement, expliquait les circonstances heureuses de son accident. Même s'il conduisait trop vite, il avait réussi à éviter le pire.

Songeuse, la jeune femme l'observa un long moment. De curieuses pensées l'envahissaient, un mélange de souvenirs douloureux liés à la perte de sa famille, et d'interrogations sur le métier exercé par ce patient différent des autres. Comment pouvait-on être pilote de course ? Qu'est-ce qui incitait quelqu'un à mettre sa vie en danger pour le plaisir d'aller vite, toujours plus vite, et de gagner ?

Hochant la tête, elle se détourna. Chase Mayfield l'intriguait beaucoup…

Un peu trop.

2.

Quand Chase ouvrit les yeux, les rayons du soleil l'éblouirent. Il cligna des paupières et regarda autour de lui. Murs blancs, étagère blanche, stores vénitiens devant une grande fenêtre qui laissait passer la lumière… de midi. Car il devait bien être midi, pensa-t-il confusément en essayant de soulever la tête. Une douleur fulgurante au niveau de la nuque l'en empêcha et, étouffant un gémissement, il se renversa sur l'oreiller.

Il avait mal à la tête, mal aux jambes, mal… partout. Et bon sang, où se trouvait-il ?

Du coin de l'œil, il nota les équipements médicaux, l'écran de contrôle, la perfusion fixée à son bras gauche, et tout lui revint brutalement à l'esprit. Il était à l'hôpital…

Il avait eu un accident au volant de sa Corvette. En une fraction de seconde, il se remémora le choc avec le camion, sa peur panique d'avoir heurté l'enfant, les cris qui s'étaient élevés dans la nuit… Ensuite, il ne se souvenait plus de grand-chose mis à part du ravissant visage d'une jeune femme blonde, souriante, au regard clair, sérieux, qui lui avait parlé avec une infinie douceur. Un ange ?

A ce moment-là, la porte de sa chambre s'ouvrit, et un homme corpulent, en blouse blanche, pénétra dans la pièce.

— Bonjour, Raymond. Comment vous sentez-vous ?

Chase se racla la gorge avant de répondre.

— Moyennement bien.

— C'est normal. Vous avez passé une partie de la nuit en soins intensifs, mais, comme vous avez bien récupéré, on vous a installé au troisième étage.

— Au troisième étage ?

— En médecine interne. C'est bon signe, monsieur Mayfield. Bon, je viens vous faire une prise de sang. Votre bras, s'il vous plaît…

Chase souleva son bras droit, et le laissa aussitôt retomber sur le matelas.

— Impossible de le lever, marmonna-t-il en soupirant. Je suis complètement engourdi.

— C'est normal, répéta l'infirmier. On vous a administré du Demerol.

Il posa un plateau plastifié contenant différents tubes et une seringue, puis il prit un bandeau de caoutchouc afin de réaliser un garrot. Ensuite, il chercha la veine avant de piquer au bon endroit et d'aspirer le sang avec régularité.

— Et voilà, dit-il avec satisfaction quelques secondes plus tard. Ça va ?

— Pas trop, marmonna Chase.

Il sentait ses tempes pulser, et il avait l'impression que ses os avaient été pilonnés. En comparaison, une petite piqûre lui procurait l'effet d'une caresse !

— Reposez-vous. D'après votre fiche, vous êtes ici pendant environ une semaine, ajouta l'infirmier.

— Une semaine ? gémit Chase.

S'il s'était écouté, il aurait quitté les lieux sur-le-champ. Il avait tellement hâte de rentrer chez lui, à Houston… Mais là, il se sentait aussi fragile et affaibli qu'un nourrisson malade. Le comble… Lui, Chase Mayfield, se retrouvait obligé d'obéir et d'attendre d'être rétabli.

— Merci, dit-il en s'efforçant de sourire. Je vais essayer de dormir.

— Bonne idée. A plus tard.

Une fois qu'il eut les yeux fermés, Chase fut de nouveau assailli par les souvenirs. Il se rappela la dernière conversation qu'il avait eue avec Gerald Barden, son sponsor, juste avant l'accident. La discussion avait été très animée. Gerald Barden, magnat du pétrole texan, l'avait reçu dans son splendide ranch afin de « mettre les points sur les i », avait-il insisté, en compagnie des principaux membres de son équipe. Etant l'ex-beau-père de Chase — le jeune homme avait été brièvement marié avec Pamela Barden, future riche héritière —, Barden n'avait pas mâché ses mots :

— Achète-toi une conduite, fiston… Quel jeu de mots, hein ?

Il s'était esclaffé avant de reprendre :

— Je suis catégorique : cesse de te faire remarquer par les journalistes, et tout ira bien. Tu dois arrêter de fréquenter les boîtes de nuit, et de te livrer à toutes sortes d'excès, compris ? Pour nous, la famille compte beaucoup. Ainsi que l'honneur… Et si tu ne respectes pas ma demande, tu peux dire adieu à ma voiture, et à mon argent.

Chase l'avait toisé du regard. Il détestait que Barden l'appelle « fiston », comme s'ils étaient apparentés. En réalité, ce terme prouvait le paternalisme teinté de mépris que Barden manifestait à son égard.

— C'est un ultimatum ?

— On peut le considérer ainsi.

— Parfait. Message reçu. Je vais essayer de le garder à l'esprit.

— Tu as intérêt.

— Message reçu, avait répété Chase.

Se rappelant cet échange cinglant, Chase sentit un goût amer au fond de sa gorge. La situation n'était pas simple…

Gerald Barden était le père de son ex-femme, et son principal sponsor. Rien que ça… Quand il avait divorcé de Pamela Barden, Chase avait imaginé qu'il serait obligé de tirer un trait définitif sur le généreux parrainage financier du clan Barden, qui lui permettait de participer aux plus grandes compétitions automobiles, et d'en gagner la majorité en pilotant le bolide possédé par Gerald Barden lui-même. Un véhicule surpuissant, inégalé, à la pointe de la technologie… Au volant de cet engin, Chase, déjà réputé pour ses talents de pilote, devenait un champion quasiment imbattable.

Cependant, en dépit des circonstances, et aussi étonnant que cela puisse paraître, Gerald Barden avait émis le souhait de poursuivre son soutien. Mais à un prix de plus en plus fort… Chase devait se comporter conformément aux désirs de son sponsor — être sage comme une image, respectable, sans histoire… —, tout en remportant le maximum de courses.

Et que signifiait être « sage comme une image » pour un homme d'affaires tel que Barden ? C'était si simple… Il fallait être marié, avoir des enfants, réaliser quelques bonnes actions qui seraient remarquées et appréciées par les médias…

Pensant aux exigences de son sponsor, Chase éprouva une bouffée de colère mêlée d'impuissance. Il ne supportait pas les ultimatums. Et là, franchement, il ne répondait pas du tout aux desiderata de son bienfaiteur… Après tout, il venait d'avoir un accident de voiture, et il avait blessé un enfant !

Saisi d'une angoisse incontrôlable, il rouvrit brièvement les yeux, le temps de chercher le bouton d'appel et d'appuyer dessus avec insistance.

Il devait savoir ce qui s'était passé. Il devait prendre des nouvelles de la jeune victime… Pourvu que le pire ne soit pas arrivé, pria-t-il en son for intérieur. Ce serait la fin de tout. Le scandale serait terrible, de même que les sanctions. Sa carrière serait terminée… Quant à la culpabilité qu'il éprouverait, elle serait sans bornes.

— Bonjour ! lança une voix féminine et mélodieuse.

Chase ouvrit de nouveau les paupières. Une jolie infirmière aux cheveux blonds maintenus en chignon se penchait sur lui. Elle lui souriait, et son regard bleu-vert était profondément apaisant. Il la reconnut instantanément.

— C'est vous, mon ange gardien ?

Elle sourit de nouveau, visiblement amusée.

— Je m'appelle Molly, se contenta-t-elle de répondre. Comment vous sentez-vous ?

— Bonjour, Molly…

Il avait la voix enrouée, et son cœur battait trop vite. Des palpitations, sans aucun doute.

— Je suis très fatigué, avoua-t-il. Et je veux savoir comment se porte l'enfant… Celui qui était à vélo, et qui a été blessé dans l'accident.

— Rassurez-vous, il va bien. Quelques égratignures, rien de plus, précisa gentiment Molly.

— Plus de peur que de mal, alors…

— Tout à fait. Vous avez eu de bons réflexes… Félicitations.

Chase s'efforça de sourire. Cette jeune femme lui plaisait… Avec son regard lumineux, sa chevelure d'or et ses joues roses, veloutées, elle lui évoquait la douceur des pêches… Et le soleil. En plus, elle sentait bon, un mélange de vanille et de savon. Il ferma brièvement les paupières pour mieux s'imprégner de ce parfum.

— Merci. J'ai agi de mon mieux pour éviter le pire.

— Et vous avez réussi. Vous-même, vous vous en tirez plutôt bien, affirma Molly. Vos blessures sont superficielles.

Chase l'observa en silence quelques secondes, étonné, et même charmé par la tendresse naturelle de cette femme.

— Merci. J'ai eu une bonne étoile.

Elle acquiesça d'un air entendu.

— Au fait, est-ce que vous voulez qu'on prévienne vos proches de votre hospitalisation ? On vous a déjà posé cette question hier soir, mais vous n'étiez peut-être pas en état de…

— Non, la coupa-t-il. Je n'ai personne à prévenir.

Molly parut un peu surprise.

— Pas de parents, de frère, de sœur, de petite amie, de voisin…

— Personne.

— Bon. Et, chez vous, vous n'avez pas d'animal domestique à nourrir ? insista-t-elle.

— Non plus. Ni chien, ni chat, ni poisson rouge.

Il tourna la tête vers elle en dépit de la douleur que cela provoquait.

— Etes-vous extrêmement gentille ? Ou essayez-vous de manière subtile de savoir si j'ai des attaches ?

Mollyarqua un sourcil moqueur.

— Oh, vous croyez que je flirte avec vous ? Voyons, dans l'état où vous êtes, vous savez…

Elle conclut en esquissant une petite grimace, comme pour dire : « Vous rêvez ! Vous n'êtes pas franchement séduisant… »

Ses pommettes étant douloureuses, Chase lui adressa un semblant de sourire charmeur.

— Désolé d'avoir mal interprété vos paroles.

Curieusement, il sentit une pointe de déception l'envahir. Il se demanda même comment Molly le considérait.

— Maintenant, il faut faire votre toilette, reprit-elle. Vous avez besoin d'aide pour vous lever ?

Chase se souleva aussitôt, s'assit sur le bord du lit, et sentit un léger vertige le gagner. Il était toujours aussi faible.

— J'ai bien peur que oui, admit-il à regret. Donnez-moi la main…

Une vingtaine de minutes plus tard, tout en contemplant son patient qui venait de s'aliter de nouveau, Molly entendait une petite voix intérieure lui souffler maints qualificatifs à propos de Chase Mayfield.

C'était un vrai play-boy… Un séducteur doublé d'un casse-cou légèrement arrogant… Très sûr de lui, en tout cas, et un coureur dans tous les sens du terme !

Le trajet jusqu'à la salle de bains avait été épique. Chase n'avait cessé de plaisanter alors qu'il peinait à rester debout. Une fois dans la petite pièce, il avait insisté pour être seul… Mais il était tombé, et elle avait dû accourir afin de l'aider à se redresser et se positionner face au lavabo. Une fois de plus, la jeune femme avait admiré la virilité de cet homme, ce qui l'avait étrangement troublée. Il était vraiment très rare que le physique d'un patient ne la laisse pas indifférente !

Ensuite, elle s'était discrètement retirée, puis Chase l'ayant appelée, elle l'avait de nouveau soutenu pour qu'il regagne son lit sans encombre.

— Pourquoi me regardez-vous comme ça ? demanda-t-il d'un ton las. Vous me trouvez sacrément amoché, pas vrai ?

— Un peu, avoua-t-elle. Mais j'imagine sans peine le visage que vous avez en temps normal. D'autant que je l'ai vu sur votre photo d'identité.

— Ah…

— Oui. Je sais tout de vous ! poursuivit-elle en souriant. Enfin, presque tout… Les données essentielles, c'est-à-dire vitales.

Le regard bleu perçant de Chase se posa sur elle un long moment, comme pour la sonder.

— Par conséquent, vous connaissez mon âge, mon poids, ma taille, la vitesse de mon pouls…

— Votre vitesse de sédimentation… Mais pas la vitesse à laquelle vous alliez hier soir lors de votre accident !

Chase ne put s'empêcher d'éclater de rire. Il grimaça aussitôt, portant une main sur son ventre.

— Aïe… Mes muscles ont été froissés ?

— Vous avez des ecchymoses sur le torse et au niveau de l'estomac.

— C'est pourquoi j'ai mal en riant. Mais c'est votre faute. Avec votre humour…

Molly eut conscience qu'elle s'empourprait. Ce dialogue devenait surréaliste, songea-t-elle. Chase devait croire qu'elle flirtait avec lui ! Ce qui n'était même pas pensable… Ce serait antiprofessionnel au possible.

Et, pourtant, une pulsion incompréhensible l'incitait à poursuivre cet échange aussi amical que déroutant.

— Merci. J'apprécie également l'humour chez mes patients. Quand ils en ont, mon travail est un peu plus agréable… J'apprécie aussi que vous ayez tout fait pour éviter de blesser les enfants qui se trouvaient sur la route hier soir, poursuivit-elle. Puisqu'ils étaient deux, vous vous souvenez ? Un frère et une sœur. Grâce à vous, ils vont bien.

Contre toute attente, le visage de Chase se rembrunit.

— Je ne suis pas un héros pour autant, grommela-t-il. J'ai juste essayé d'éviter le pire.

Comme il clignait des yeux, Molly s'aperçut que la lumière du jour était trop forte. Elle se retourna, régla les volets des stores de manière à créer une douce pénombre.

— Vous êtes formidable, murmura-t-il. Vous venez de réaliser mon rêve.

— Votre rêve ?

— D'ombre et de douceur.

Il sourit, et des fossettes se creusèrent dans ses joues, le rendant soudain terriblement séduisant en dépit des pansements et blessures qui lui abîmaient le visage.

« Chase Mayfield est un parfait séducteur », pensa de nouveau Molly, tandis qu'une alarme rouge clignotait à son esprit. Mieux valait qu'elle garde ses distances.

— Est-ce que vous voulez un antidouleur ? demanda-t-elle, ramenant la conversation sur un terrain professionnel.

— Oui, mais pas celui que vous m'avez administré hier soir. Une vraie drogue, ce truc. J'arrive à peine à bouger mes bras.

Il était aussi résistant, diagnostiqua-t-elle. Un dur au cœur tendre ?

— Je comprends. Je vais vous trouver quelque chose de moins fort. Mais je ne voudrais pas que vous souffriez, ajouta-t-elle.

— Là, pour être franc, je me sentirais mieux si je pouvais dormir un peu.

— Bonne idée. Je reviendrai vous voir un peu plus tard.

Molly jeta un coup d'œil à l'écran de contrôle, nota que les constantes restaient dans la norme, et vérifia la perfusion. Tout étant en ordre et rassurant, elle se dirigea vers la porte.

Avant de quitter la pièce, elle jeta un dernier coup d'œil à son patient, qui venait de fermer les yeux. Et, pour la deuxième fois en quelques minutes, elle se demanda qui était vraiment Chase Mayfield.

Ravalant sa curiosité, la jeune femme sortit de la pièce et gagna le bureau des infirmières. Le Dr Nielson s'y trouvait, en train de consigner des commentaires sur la fiche d'un patient.

Molly avait été la première infirmière que Betsy Nielson avait recrutée quand, l'année précédente, celle-ci avait remplacé le Dr Graham. Après avoir travaillé ensemble à peine vingt-quatre heures, les deux femmes avaient noué des liens d'amitié qui, depuis, ne cessaient de se renforcer.

— Comment va M. Mayfield ? demanda Betsy.

— Il se plaint des effets de la mépéridine. Peut-on lui prescrire autre chose ?

— Bien sûr, si c'est ce qu'il souhaite. Je vais remplacer le Demerol par du Vicodin.

— Parfait. Il n'aime pas être engourdi à cause des médicaments ! Sinon, poursuivit Molly, il se pose des questions au sujet du petit garçon blessé hier soir, que tu as pris en charge. Je n'ai pas eu le temps de t'interroger sur son état…

— Tommy Haines va bien, assura aussitôt Betsy. Il s'est cassé le poignet et, à cause du choc, une partie du cartilage de croissance est abîmée. Mais les tissus se répareront avec le temps, a certifié le Dr Jessup, qui s'est occupé de lui au service orthopédique.

— Et il est toujours hospitalisé ?

Betsy lui sourit gentiment.

— Non, Tommy est rentré chez lui. Aucune autre complication à signaler, conclut-elle en posant la fiche qu'elle avait fini de remplir. Du moins, aucune complication d'ordre physique.

— Que veux-tu dire ? s'inquiéta Molly.

— Eh bien, la mère du petit Tommy fait face à de nombreux problèmes financiers. Elle a du mal à payer le loyer, la nourriture, les factures… Et ni son fils ni sa fille ne bénéficient d'une mutuelle. Hier, Mme Haines n'a pas pu régler l'intégralité des frais médicaux de Tommy.

Ce qui signifiait qu'ils resteraient à la charge de l'hôpital dont la trésorerie était déjà débitrice, pensa Molly.

Le centre hospitalier de Brighton Valley, qui avait ouvert ses portes environ une année plus tôt, offrait un excellent plateau technique et travaillait avec des équipes médicales performantes. Mais le budget demeurait restreint car les caisses étaient déficitaires, ce que personne n'ignorait. Le conseil régional ne pouvant pas allouer de subventions à l'établissement, la direction devait se débrouiller… Et ce n'était pas toujours facile. Cependant, si la population locale continuait d'augmenter, ainsi que les investisseurs le prédisaient, l'hôpital serait en meilleure santé financière l'année suivante. Du moins était-ce ce que l'ensemble du personnel espérait, se rappela Molly.

— Je vais payer les frais médicaux de ce garçon, déclara-t-elle.

— Encore ? Tu as déjà fait ça, Molly…

Betsy lui sourit.

— Tu ne peux quand même pas couvrir les frais de tous les patients démunis qu'on reçoit !

— Je sais. Mais j'ai de l'argent, et je suis heureuse de pouvoir me rendre utile, insista la jeune femme.

— Tu devrais dépenser tes économies autrement, répliqua Betsy. Par exemple, tu pourrais t'acheter de nouveaux vêtements, investir dans l'immobilier, ou t'offrir des vacances dans un lieu paradisiaque !

— Je n'en ai aucune envie, répondit calmement Molly.

Elle aimait l'existence simple qu'elle menait. Elle habitait une petite maison où elle vivait seule, en compagnie de Rusty, son chat. Et si son compte en banque était bien garni, c'est parce qu'elle travaillait à plein-temps, et qu'en plus, après le décès de ses parents, elle avait perçu le montant de leur assurance-vie ; un pactole auquel elle n'avait touché que pour se payer ses études d'infirmière.

Une certitude, dans sa vie : l'argent ne faisait pas son bonheur. Molly n'était pas dépensière, et ne s'intéressait que très peu aux objets de consommation. Son dernier petit ami, Randy Westlake, s'était aperçu que la jeune femme était aisée, et il l'avait fortement encouragée à acheter une plus grande maison, à investir dans des actions… Il avait tellement insisté à ce sujet que Molly avait fini par se méfier de lui ! Elle avait rompu, et repris le cours de sa vie, célibataire et tranquille.

Elle aimait son travail et, parmi ses collègues, certains, comme Betsy, étaient devenus de vrais amis. Ainsi, peu à peu, la jeune femme s'était créé une nouvelle famille.

— Si la mère de Tommy ne peut pas payer les frais médicaux, je m'en chargerai, insista-t-elle.

— Toi, tu es adorable, dit Betsy en l'embrassant sur la joue. Adorable et irremplaçable ! Sur ce, je file. J'ai un patient à voir.

— A plus tard…

Restée seule, Molly rangea des dossiers, puis se prépara une tasse de café qu'elle but, assise, adossée sur sa chaise.

Laissant ses idées vagabonder, elle songea qu'elle appréciait la façon dont elle vivait mais, que parfois, elle se sentait quand même un peu isolée. Ce ressenti, elle le partageait avec Betsy qui, comme elle, était célibataire. Toutes deux se répétaient régulièrement que leurs métiers laissaient peu de place aux rencontres sentimentales. Pour sa part, Molly savait que même si elle avait exercé une autre profession, elle mènerait le même genre d'existence : en retrait, prudente, concentrée sur les autres bien que légèrement détachée. Au fond d'elle-même, elle avait trop peur que le mauvais sort lui arrache de nouveau des êtres chers.

3.

Le lendemain, Chase reçut la visite de Jennifer, une infirmière brune, quadragénaire et sympathique comme tout… Mais ce n'était pas cette femme qu'il voulait voir ! Il rêvait de dialoguer de nouveau avec celle qu'il dénommait mentalement son « ange gardien blond ».

— Votre collègue est en repos, aujourd'hui ? demanda-t-il à Jennifer qui lui faisait une prise de sang.

— Laquelle ?

— Molly.

— Non, elle s'occupe d'un autre patient.

Jennifer le scruta d'un air légèrement amusé.

— Vous aussi, vous êtes tombé sous son charme ? Tous les patients masculins la réclament, et ils sont déçus quand je leur rends visite !

Chase ne put s'empêcher de sourire.

— Pourtant, vous aussi, vous êtes charmante. Aïe…

— Désolée, j'ai piqué un peu de travers, dit Jennifer. Respirez bien et vous ne sentirez plus rien.

— Merci, ça ira, marmonna-t-il.

Décidément, il avait l'impression d'être devenu aussi fragile qu'un gamin de six ans ! Maudit accident…

Par association d'idées, il pensa de nouveau à l'enfant qui s'était blessé à cause de lui. En partie à cause de lui, rectifia-t-il intérieurement.

— Vous avez des nouvelles du garçon ?

— Quel garçon ?

— Celui qui faisait du vélo le soir où j'ai failli lui ôter la vie, ironisa Chase. Avant-hier, si je ne me trompe pas.

Jennifer secoua la tête.

— Je ne suis pas au courant. Interrogez le Dr Nielson, ou Molly.

— Si vous la croisez, pouvez-vous lui demander de me rendre une petite visite ?

— Pas de problème, monsieur Mayfield, assura Jennifer en souriant.

Une fois seul, Chase appuya la tête contre l'oreiller et ferma les yeux. Il se sentait profondément fatigué... Et extrêmement irrité. Rester immobile, au lit, ce n'était pas dans ses habitudes.

— Oh, oh, j'ai l'impression que vous rongez votre frein ! lança une voix féminine et chaleureuse.

Il ouvrit les paupières, et aperçut la jolie infirmière dont il avait confusément rêvé une bonne partie de la nuit.

— Qu'est-ce qui vous fait dire ça ? demanda-t-il.

— Votre pied droit bat la mesure, observa-t-elle. Ce qui trahit une certaine nervosité... Et vos mains sont crispées.

— S'il n'y avait que mes mains...

Il soupira et, lentement, se souleva et s'adossa. Molly se pencha vers lui pour l'aider, et il huma son parfum légèrement vanillé, délicieux.

— Quand pourrai-je sortir ? s'enquit-il en croisant le regard de Molly.

Il n'aurait su dire si ses prunelles étaient bleues, vertes, ou entre les deux… Une teinte troublante qui donnait envie d'y plonger.

— Dans trois ou quatre jours, je pense. Vous vous rétablissez vite, ajouta Molly après avoir consulté la fiche de Chase. Vos notes sont excellentes… Félicitations, vous avez bien travaillé !

Chase rit doucement.

— Vous êtes indulgente.

— Vous croyez ? Jennifer m'a dit que vous vouliez me voir ? poursuivit Molly.

— Oui. Vous avez des nouvelles du petit garçon ? Quel est son nom, déjà ?

— Tommy Haines. Il a le poignet cassé, mais rien de très grave. Il a été soigné, et il est rentré chez lui.

— Parfait.

— Pas tout à fait. Sa mère a beaucoup de problèmes financiers, et elle n'a pas pu payer les soins médicaux de son fils, lui apprit Molly. Pour être franche, c'est moi qui m'en chargerai.

— Vous ?

Chase la dévisagea avec stupeur. Cette ravissante infirmière avait décidément un cœur en or.

— Non, pas vous, mais moi, affirma-t-il spontanément. Je suis responsable de ce qui est arrivé à ce pauvre enfant et, comme vous pouvez vous en douter, je ne suis pas dans le besoin…

En parlant, il songea qu'une bonne action de ce genre serait forcément relayée par les médias, ce qui serait excellent pour son image de marque. Gerald Barden et son équipe de sponsors apprécieraient !

— Vous n'êtes pas tout à fait responsable, répliqua-t-elle. L'accident était inévitable, et c'était soit Tommy, soit vous.

— Je sais, mais j'insiste quand même. Si vous voulez bien m'apporter les coordonnées de la famille de Tommy, je signerai un chèque à l'attention de Mme Haines. Un chèque conséquent, ajouta-t-il.

Molly hocha la tête d'un air admiratif.

— Vous n'êtes pas obligé…

— Je me sens obligé, nuance. Pour tenter de réparer le tort que j'ai causé.

Elle lui sourit si gentiment qu'il sentit une merveilleuse sensation de chaleur l'irradier. C'était agréable… Très agréable d'être aussi bien considéré. Cette jolie femme l'observait comme s'il était un vrai héros, ce qui n'était pas pour lui déplaire.

— Je vous communiquerai leur adresse, promit-elle. Et je vous apporterai aussi une enveloppe et un timbre.

— Impeccable. Merci, Molly.

— De rien…

Leurs regards s'accrochèrent et, l'espace d'un instant, Chase eut l'impression de ne plus pouvoir détourner les yeux. Molly dégageait quelque chose d'indéfinissable qui le fascinait. Avec un naturel désarmant, elle manifestait une bonté et une simplicité qui l'émouvaient profondément. Elle était tout le contraire des femmes qu'il fréquentait habituellement. Elle était… apaisante, comme une source d'eau fraîche qui lui donnait envie de tremper ses lèvres, de…

Soudain conscient de la tournure que prenaient ses pensées, Chase ferma les yeux. Tous ces médicaments qu'on lui administrait lui produisaient un drôle d'effet, décréta-t-il dans son for intérieur. Voilà qu'il devenait romantique et sentimental… Il ne se reconnaissait pas.

— Je vous laisse vous reposer, murmura Molly. Sonnez si vous avez besoin de quoi que ce soit.

— Oui, dit-il sans rouvrir les paupières. Merci pour tout…

La journée avait été longue, chargée, et il était plus de 21 heures quand Molly rentra chez elle. Elle rangea sa bicyclette, et porta le panier rempli de provisions qu'elle avait achetées en chemin. Pour elle, faire les courses se résumait à une équation très simple : si ses emplettes ne tenaient pas dans le sac qu'elle pouvait caler sur son porte-bagages, c'était qu'elles contenaient du superflu… dont Molly se débarrassait ! Elle préférait se rendre plus souvent au magasin, en vélo ou à pied ; ainsi, elle évitait de conduire — elle possédait une voiture qu'elle utilisait très peu —, et tout était parfait ; rassurant.

La jeune femme déverrouilla la porte et pénétra dans le vestibule où elle avait laissé une petite lampe allumée. De cette manière, elle ne rentrait pas dans une maison obscure, ce qui était toujours un peu déprimant.

Rusty, qui dormait lové sur le canapé, l'accueillit avec un miaulement plaintif suivi d'un bâillement.

— Salut, toi ! dit-elle à son chat, qui était roux aux yeux verts, très beau. Tu as de la chance, j'ai trouvé ta marque de boîte préférée à l'épicerie du coin ! L'autre jour, il n'y en avait pas.

Elle ôta ses chaussures, alla s'asseoir près de Rusty et lui gratta affectueusement la tête.

— Tu as passé une bonne journée ?

Rusty s'étira de tout son long, appréciant les caresses de sa maîtresse, et miaula de nouveau.

— Oui, moi aussi, dit-elle. C'était comme d'habitude…

Pas tout à fait, pensa-t-elle alors. Elle avait découvert que Chase Mayfield n'était pas seulement un bel homme. Il était aussi généreux, et il l'intriguait de plus en plus alors qu'il aurait dû ne lui inspirer qu'indifférence. Etrange…

Chassant les pensées troublantes qui lui venaient à l'esprit, Molly gagna la cuisine, une pièce aux murs jaune pâle, meublée de façon moderne : table et placards en pin clair, évier en Inox, carrelage gris, à l'entretien facile. Les rideaux en mousseline crème apportaient une petite touche sophistiquée à l'ensemble. La jeune femme rangea ses achats, puis elle fit décongeler un plat de lasagnes au four à micro-ondes. Ce soir, elle n'avait pas la moindre envie de cuisiner !

Après avoir pris son repas, Molly gagna sa chambre, où se trouvait son ordinateur. Elle l'alluma, se connecta sur un moteur de recherche et tapa « Chase Mayfield ». C'était par pure curiosité professionnelle, songea-t-elle, le cœur battant de curiosité. Un moyen de mieux connaître son patient…

Et, surtout, de mieux connaître un homme, lui souffla une petite voix intérieure, un peu moqueuse.

Rapidement, de nombreuses pages de référence s'affichèrent à l'écran : le site de Chase Mayfield, champion de courses automobiles ; des articles de journaux, les listes des compétitions qu'il avait remportées, ses trophées, sa vie privée…

Molly passa plusieurs heures à lire tout ce qui concernait son célèbre patient. Elle parcourut les commentaires élogieux rédigés par différents journalistes qui décrivaient la personnalité « fonceuse » et « gagnante » de Chase Mayfield. Elle apprit également qu'il aimait beaucoup la vie nocturne, les fêtes branchées du Texas, et qu'il appréciait la compagnie des jolies femmes. Elle découvrit aussi qu'il avait été marié avec Pamela Barden, la fille de son principal sponsor, Gerald Barden.

Chase et Pamela étaient très beaux sur les photos, même si Pamela, avec ses longs cheveux noirs et raides, semblait bien moins médiatique que son séduisant et bouillonnant mari. Au fur et à mesure qu'elle lisait les informations fournies à propos de cette union, Molly se rendit compte que Pamela préférait mener une vie tranquille, et se consacrer à des actions de charité et philanthropiques, alors que Chase s'épanouissait sous les feux des projecteurs et sur les circuits.

Apparemment, le couple avait divorcé environ un an plus tôt, ce qui n'était guère étonnant compte tenu de leurs différences. Chase avait-il cédé aux nombreuses tentations féminines et trompé Pamela ? L'avait-il laissée tomber pour l'une des célèbres beautés qui gravitaient autour de lui ? Mannequins, actrices, journalistes… Tant de femmes paraissaient avoir été liées à Chase.

En soupirant, Molly ferma le dernier site qu'elle avait consulté, et éteignit l'ordinateur. Une chose était sûre : Chase l'intriguait et l'intéressait beaucoup trop. Mieux valait qu'elle reste raisonnable et qu'elle oublie ce beau coureur… de jupons. Et elle avait intérêt à ne pas oublier cette sage décision quand, demain matin, elle reprendrait son travail !

Le lendemain, à l'hôpital, Molly fut débordée. Il y avait eu trois nouvelles admissions durant la nuit, et l'une de ses collègues, souffrant d'un syndrome grippal, était absente.

Molly fut obligée de se presser d'une chambre à l'autre, d'un lit à l'autre, ce qu'elle détestait. Même en situation d'urgence, elle préférait accorder un minimum de temps à chaque patient. Ce matin-là, ce fut à peine possible.

A la mi-journée, elle s'accorda une brève pause pour prendre un sandwich et boire un café. Betsy se trouvait également là, et toutes deux profitèrent de ce moment de répit pour bavarder un peu.

— Au fait, je suis allée voir la famille Haines, lui apprit Betsy. Le petit Tommy va mieux, mais Diana, sa mère, m'inquiète toujours autant.

Molly fronça les sourcils.

— Pourquoi ?

— Elle est dépassée par les événements, expliqua son amie médecin. Diana n'a pas un centime en poche, et les factures s'accumulent. Elle n'a même plus le téléphone, d'où ma visite : on ne pouvait pas les joindre, et il fallait impérativement régler le dossier de Tommy.

Molly lui sourit. Elle connaissait la générosité de Betsy. Lorsque quelqu'un était dans le besoin, Betsy se débrouillait toujours pour lui rendre service. Elle était également l'un des investisseurs du centre hospitalier de Brighton Valley et, à ce titre, se sentait particulièrement concernée par la réputation de l'établissement.

— Tu sais que notre fameux patient de la chambre 310 a envoyé un chèque à Mme Haines ? demanda Molly.

— Oui, et elle a été extrêmement touchée, répondit Betsy. Je lui ai aussi donné une petite somme qui la dépannera.

Elle hocha la tête, l'air sceptique.

— Malgré tout, même en cumulant l'intégralité des dons, cette famille reste démunie. Diana Haines doit s'occuper de son grand-père, qui vit avec ses enfants et elle, et qui, malheureusement, est en train de devenir sénile. Comme c'est lui qui l'a élevée, Diana refuse de le placer dans un centre spécialisé. Mais les soins coûtent cher, et surtout, Diana ne travaille plus… Elle avait un emploi à mi-temps dans une usine de textile, et son contrat n'a pas été renouvelé.

Molly esquissa une moue.

— En ces temps de chômage, il faut garder le moral et…

A cet instant, son bip sonna. Jetant un coup d'œil sur l'écran, elle vit le numéro 310 s'afficher. Chase Mayfield l'appelait directement ? Il ne manquait pas de toupet !

— Une urgence ? s'enquit Betsy.

— Je suppose que oui… J'y vais, dit Molly. A tout à l'heure.

Elle finit son café, jeta le gobelet dans la corbeille et quitta la pièce. Tout en se dirigeant vers la chambre du célèbre champion, elle se remémora ce qu'elle s'était promis la veille…

Et se rendit alors compte que, depuis son arrivée à l'hôpital ce matin-là, elle avait tout fait pour éviter d'avoir à s'occuper de Chase Mayfield. Ses collègues s'en étaient chargées… et tant mieux ! Mais, maintenant, c'était à son tour, et elle ne pouvait pas se désister.

Molly prit une profonde inspiration, et plaqua un sourire aimable sur ses lèvres avant de pousser la porte.

— Bonjour ! lança-t-elle joyeusement.

4.

Il aurait pu sonner et appeler n'importe quelle autre infirmière. Mais, aujourd'hui encore, c'était Molly, et seulement Molly qu'il voulait voir. Il s'était donc débrouillé pour obtenir le numéro du biper de la jeune femme et, fidèle à lui-même, il n'avait pas hésité et l'avait contactée directement.

Lorsque Molly fit irruption dans sa chambre, elle arborait un sourire légèrement forcé. Elle lui dit bonjour d'un ton joyeux, puis ses yeux bleu-vert le fixèrent avec un mélange d'intensité et de perplexité.

— Que se passe-t-il ? s'enquit-elle.

— Eh bien, pour être honnête, j'ai un sérieux problème. Et j'ai voulu vous informer en premier.

Aussitôt, le visage de la jeune femme se radoucit. Elle s'assit sur la chaise à côté du lit de Chase.

— En principe, seuls les médecins peuvent me biper, vous savez.

— Je le sais, et je suis confus de vous déranger, assura-t-il, conscient de ne pas être sincère du tout. Mais je voulais vraiment vous parler. A vous, rien qu'à vous, précisa-t-il, tout à fait franc pour le coup.

Molly l'observa avec étonnement.

— Bon… Eh bien, je suis là. Comment va votre épaule ? interrogea-t-elle en consultant le compte rendu médical affiché sur le mur.

Chase haussa celle qui ne lui était pas douloureuse, l'autre restant figée sous les pansements.

— On a cru que les nerfs étaient abîmés, et le Dr Nielson a demandé au chirurgien orthopédique de m'examiner. D'après lui, c'est juste une vieille blessure qui s'est réveillée. Il faudra peut-être que je fasse un peu de rééducation. Il doit en discuter avec d'autres médecins.

— C'est le protocole. Bien, pourquoi vouliez-vous me voir, monsieur Mayfield ? insista Molly.

Il s'efforça de lui sourire. Comment lui avouer qu'il se sentait bien, tout simplement bien, à son côté ? C'était si… stupide ! Si incompréhensible et enfantin !

— Je voulais savoir si la mère du petit Tommy a reçu mon chèque.

— Oui. Le Dr Nielson est allée lui rendre visite aujourd'hui, et Diana Haines a été très touchée par votre générosité. Mais la situation est plus grave qu'on ne l'imaginait.

Chase envisagea aussitôt le pire.

— Le garçon a des séquelles ?

— Non, non, son poignet se rétablit vite, assura Molly. Mais sa mère a de très sérieux problèmes financiers. Elle ne travaille pas et, en plus du reste, elle doit s'occuper de son grand-père qui est sénile. Elle aimerait trouver un emploi, mais elle n'a personne pour veiller sur ses enfants. Car elle a aussi une petite fille, vous savez ?

— Je crois… Je ne sais plus, avoua Chase. Où habitent-ils ?

— Dans le quartier sud-est, de l'autre côté de la ville. Un quartier pauvre.

— Je me rappelle vaguement…

Chase ne gardait que des souvenirs confus du soir de l'accident. Il se revoyait conduisant à vive allure dans une rue pavée, mal éclairée, bordée de poubelles, le macadam jonché de détritus… En effet, l'endroit respirait la misère. Puis brusquement, des enfants, un garçon et une fillette, avaient traversé la chaussée…

— Bon sang, pourquoi ces gamins étaient-ils dehors ce soir-là ? demanda-t-il avec humeur.

— Apparemment, ils cherchaient un chat égaré, répondit Molly. La petite fille est partie en premier, le garçon l'a suivie… Mais rappelez-vous que le pire a été évité. Et, si cela peut vous rassurer, je vais rendre visite à la famille Haines demain, à l'heure du déjeuner.

— Pourquoi ? s'enquit-il sans détour.

Elle se mordilla la lèvre inférieure, comme si elle hésitait à répondre.

— Sans doute parce que j'ai aussi envie de les aider financièrement.

Il ne cacha pas sa surprise.

— Vous donnez souvent de l'argent à ceux qui sont dans le besoin ?

Molly hocha la tête.

— Pas souvent, non. Mais je mène une vie simple, et j'ai des économies qui peuvent être utiles quand c'est nécessaire, expliqua-t-elle d'une voix douce. En l'occurrence, c'est le cas.

Il la regarda dans les yeux. Ses prunelles bleu-vert… Il avait vraiment envie d'y plonger. Pourquoi cette jolie infirmière l'impressionnait-elle autant ? Etait-ce sa modestie ? Son regard ? Son sourire ? La finesse de sa silhouette ? La délicatesse de ses mains ?

— C'est bien… Très bien. Je vous félicite pour votre gentillesse.

Elle le dévisagea d'un air perplexe avant de jeter un rapide coup d'œil à son biper.

— Monsieur Mayfield, vous m'avez appelée parce que vous aviez un problème. Si cela concernait Tommy, vous savez tout et, maintenant que je vous ai répondu à son sujet, il faut absolument que j'y aille…

— Attendez, coupa-t-il. Et, s'il vous plaît, appelez-moi Chase.

Molly hocha la tête avec étonnement.

— Si vous voulez.

— Je le veux. J'aimerais aussi mieux vous connaître, poursuivit-il, direct comme toujours. Vous me plaisez, vous savez ?

— Seriez-vous en train de flirter avec moi ? l'interrompit-elle, une lueur incrédule au fond des yeux.

Et elle laissa échapper un rire cristallin.

— Ravissante comme vous êtes, vous devez souvent faire rêver vos patients, objecta-t-il gentiment. Allons…

Elle le regarda et, après une légère hésitation, ébaucha un sourire un peu gêné.

— Si c'était vrai, je n'y prêterais aucune attention, monsieur Mayf… Chase. Je reste concentrée sur mon travail.

— Evidemment. Et, en ce moment, je vous déconcentre, pardonnez-moi… Mais je souhaiterais faire votre connaissance d'une manière plus sympathique, insista-t-il. Dans un autre cadre. L'hôpital, ce n'est très romantique…

Cette fois, Molly fronça les sourcils.

— Ecoutez, je suis désolée, mais je dois retourner travailler.

Et, sans attendre de réponse, elle se leva et quitta précipitamment la pièce. Amusé et déçu tout à la fois, Chase la suivit du regard. A la manière dont Molly avait réagi, il savait — il sentait —, qu'il ne la laissait pas indifférente... Et c'était plutôt une bonne nouvelle.

Molly n'en revenait pas. Elle était restée bien plus longtemps qu'elle ne l'avait souhaité auprès de Chase... qui s'était montré digne des commentaires écrits à son sujet sur internet. Quel séducteur ! Et il ne devait pas avoir l'habitude qu'on lui résiste, pensa-t-elle.

Revoyant le coup d'œil malicieux qu'il lui avait adressé en lui répétant, imperturbable, qu'il voulait mieux la connaître, la jeune femme se sourit à elle-même. Il avait un charme fou, Chase... Même blessé, alité, il réussissait à être... irrésistible.

Amusée et troublée en même temps, Molly gagna le bureau des infirmières et rangea quelques fiches. Au moment où elle s'apprêtait à ressortir, Colleen Bradley, l'une des kinésithérapeutes de l'hôpital, s'engouffra dans la pièce.

— Bonjour, Molly. Le Dr Nielson m'a demandé d'aller voir M. Mayfield, mais elle ne m'a pas communiqué son numéro de chambre.

Colleen était une jolie brune de trente ans environ, grande, dotée de voluptueuses rondeurs féminines, et célibataire. Jusqu'à présent, Molly se moquait pas mal du physique avantageux de sa collègue. Mais, imaginant cette dernière en compagnie de Chase, elle éprouva un curieux sentiment. Comme… une pointe de jalousie. « Et voilà où te mènent des conversations trop personnelles avec Chase Mayfield ! » songea-t-elle, agacée.

Chassant le flot d'idées inavouables qui lui traversaient l'esprit, elle sourit aimablement à Colleen.

— C'est la 310.

— Merci, dit Colleen en lui adressant un sourire éblouissant.

De nouveau, Molly éprouva une étrange sensation, comme un mélange d'envie et d'inquiétude. Voilà qui devenait totalement ridicule ! Elle avait toujours apprécié Colleen, qui se comportait de manière tout à fait professionnelle, et ne flirtait jamais avec les patients.

Pas plus que Molly, d'ailleurs.

Au prix d'un désagréable effort, elle se ressaisit et sourit de nouveau.

— Dis donc, j'ignorais que le Dr Nielson avait prescrit des séances de rééducation.

— Elle ne l'a pas fait, répondit Colleen d'un ton dégagé. M. Mayfield sortira demain, et le Dr Nielson veut que je lui conseille des exercices à effectuer chez lui.

Chase quitterait l'hôpital le lendemain ? Molly se doutait que cela arriverait vite… Mais pas si vite.

— Parfait… Bonne nouvelle !

— En effet ! A plus tard, Molly.

Et Colleen s'esquiva.

Une fois seule, Molly s'assit sur une chaise et resta songeuse un long moment. Elle ne comprenait pas ce qui lui arrivait. Son sentiment de malaise avait cédé la place à une douloureuse impression de vide. C'était incompréhensible…

Insensé ! Tout ça parce que ce beau champion de courses automobiles lui avait fait les yeux doux… Une attitude qu'il devait réserver à toutes les femmes qu'il trouvait un tant soit peu attirantes, se répéta-t-elle. Il agirait sans doute de même avec Colleen !

Il ne fallait surtout pas qu'elle se laisse troubler par cet homme. Elle devait se concentrer sur son travail… Sa principale raison de vivre depuis l'accident. Certains souvenirs affluèrent alors de nouveau à son esprit, par bribes. Elle revit Jimmy, son jeune frère, oscillant entre la vie et la mort pendant presque deux jours… Elle était restée à son chevet jusqu'à la fin. A cette époque, apeurée, enlisée dans la tragédie, elle n'avait pas été capable de faire confiance au personnel de l'hôpital. Elle avait juste remarqué que tout le monde était gentil… Rien de plus.

Toutefois, deux ans plus tard, quand, suite à l'attaque cardiaque dont il avait souffert, son grand-père avait été hospitalisé au Riverview Memorial, la jeune femme avait été frappée par la compassion manifestée par les professionnels qui le soignaient. C'est à ce moment-là que sa vocation s'était éveillée : elle voulait montrer la même gentillesse à autrui… Elle voulait aider les autres, être utile, les aider à panser leurs blessures et à poursuivre leur vie.

Le cliquetis du chariot de nourriture dans le couloir tira brusquement Molly de ses pensées. Elle jeta un coup d'œil à l'horloge murale : 18 h 03. Le dîner des patients serait servi à l'heure exacte. Alors, au lieu de laisser Amy Pederson distribuer tous les plateaux, Molly décida impulsivement d'apporter celui qui était destiné à Chase.

— J'allais voir le patient de la 310, argumenta-t-elle. Et toi, tu gagneras du temps !

— Merci, dit Amy. Chaque minute compte…

L'espace d'un instant, Molly s'interrogea quand même sur ses motivations profondes. Pourquoi cette visite injustifiée à Chase ? Mais sans doute valait-il mieux qu'elle ne s'efforce pas de se comprendre, décida-t-elle en marchant d'un pas vif.

Quelques minutes plus tard, le plateau à la main, elle pénétrait dans la chambre de Chase. Confortablement installé sur son lit, il regardait un match de foot à la télévision.

— C'est l'heure de dîner ! annonça-t-elle d'un ton gai.

Il baissa le volume et ramena la tête de lit en position assise.

— Vous m'avez apporté une pizza et de la bière ? Compte tenu du programme, ce serait le menu idéal !

En souriant, Molly posa le repas sur la table-plateau, et souleva le couvercle du plat principal.

— J'ai bien peur que vous soyez obligé de vous contenter de poulet rôti, riz et haricots verts. Ah, il y a également une tartelette aux pommes pour le dessert. Appétissant, non ?

Il l'observa, une lueur amusée au fond des yeux.

— Décidément, Molly, j'aime votre sens de l'humour. J'ai de la chance.

La jeune femme préféra ne pas relever l'ambiguïté de cette dernière remarque. Pourquoi serait-il chanceux ? Tant de réponses s'avéraient possibles, y compris celles qu'elle se plaisait à imaginer. « Parce que c'est moi qui le soigne… Parce que je suis auprès de lui… Parce qu'il me trouve jolie… »

Au lieu de repartir, Molly s'attarda dans la pièce, regardant Chase manger sans grand appétit mais avec application. Il allait mieux, cela se remarquait. Les ecchymoses sur son visage avaient désenflé, et il commençait à ressembler davantage à la photographie apposée sur son permis de conduire.

— Vous avez reçu la visite de notre kinésithérapeute ? s'enquit-elle.

— Oui, oui. Elle a travaillé avec moi pendant quelques minutes, puis elle m'a montré des exercices que je devrai faire chez moi.

— Où habitez-vous ?

Bien sûr, elle le savait grâce à ses recherches sur internet, mais elle était obligée de faire semblant de l'ignorer !

— A Houston.

Elle se contenta d'acquiescer, et continua à le regarder manger. Au fond, elle aimait être avec lui… Et elle aimait discuter et plaisanter avec lui. C'était plus fort qu'elle. Il aurait pourtant fallu qu'elle s'en aille, là, tout de suite… S'attarder n'était pas professionnellement justifié.

— Votre collègue kiné m'a appris que je pourrais sortir demain, reprit-il.

— Exact. Le Dr Nielson ne m'en a pas encore informée, mais Colleen était au courant. C'est une bonne nouvelle !

Chase lui jeta un bref coup d'œil. Une expression indéchiffrable se peignait sur son visage.

— Certainement. Mais il faudrait que quelqu'un ait la gentillesse d'aller me chercher des vêtements. Les miens ont disparu.

— Non, répondit Molly en riant doucement. En réalité, on a dû les découper le soir où vous êtes arrivé ici. Les tissus collaient sur votre peau et votre sang, vous comprenez…

— Oui, bien sûr. Et mes bottes ?

— Ah, elles devraient être ici !

Molly ouvrit le placard.

— Exact, elles y sont.

— Autre bonne nouvelle.

Il lui décocha un sourire un peu gêné.

— A tout hasard, vous ne connaîtriez pas quelqu'un qui accepterait de m'acheter un jean et un T-shirt ? Contre rétribution, bien sûr.

Apparemment, il ne pouvait pas — ou ne voulait pas —, compter sur un membre de sa famille pour le dépanner. Il était prêt à payer un inconnu.

Molly hésita à peine. En général, elle s'imposait une limite très stricte dans le soutien qu'elle offrait à ses patients. Mais, avec Chase, ce cadre semblait déjà largement dépassé. De plus, un centre commercial se trouvait non loin de son domicile. Elle pourrait s'y rendre à pied.

— Je veux bien m'en charger, proposa-t-elle. Indiquez-moi votre taille et vos couleurs préférées.

— Décidément, vous êtes vraiment adorable.

Il lui décocha l'un de ses sourires irrésistibles que Molly commençait déjà à adorer.

— Taille XL pour le haut, le coloris de votre choix. Je vous fais confiance. Pour le pantalon, c'est du trente-quatre… et coupe droite si possible.

— Très bien. C'est comme si c'était fait !

Etrangement, Molly avait hâte d'effectuer ces achats. Elle lui choisirait aussi des sous-vêtements et des chaussettes, ce qu'il n'avait pas mentionné, par discrétion sans doute. En aidant Chase de cette manière, elle aurait un peu l'impression d'être sa compagne, songea-t-elle, amusée par ce petit jeu. Pendant quelques instants, elle laissa cette pensée vagabonder librement à son esprit avant de reporter son attention sur Chase.

— En tout cas, votre présence ici n'a pas attiré les paparazzi, déclara-t-elle. Personne n'est au courant.

« Pas même votre famille », ajouta-t-elle en son for intérieur.

— Votre hôpital a bien gardé le secret, et je vous en remercie, dit-il. Mon sponsor n'aurait pas apprécié une mauvaise médiatisation de mon accident…

— Ce n'est pas très heureux pour votre image de marque, je suppose.

Chase esquissa une moue.

— C'est le moins qu'on puisse dire. En ce moment, des tas de gens doivent se demander où je suis passé… Il y en a même qui ouvrent peut-être des paris ! ajouta-t-il d'un ton moqueur. Mais j'ai toujours détesté être prévisible… Ils seront servis.

Molly sourit, et il soutint son regard un peu plus longtemps qu'il ne l'aurait dû. Le cœur battant, la jeune femme détourna les yeux.

— A bientôt, dit-elle en se dirigeant vers la porte. Dormez bien.

— Merci. Grâce à votre gentillesse, jolie Molly, grâce à vous, je ferai de beaux rêves.

Molly préféra ne pas répondre.

5.

Le lendemain, après avoir rempli et signé les documents nécessaires, Chase put quitter l'hôpital. Mais il dut attendre dans le couloir, à l'étage, afin qu'on l'accompagne en bas… en fauteuil roulant. Il aurait franchement préféré repartir à pied, cependant, en dépit de son insistance, le Dr Nielson demeura formelle : le règlement exigeait qu'il descende au rez-de-chaussée en fauteuil.

Portant les vêtements que Molly lui avait achetés — un jean noir et une chemise bleu ciel —, Chase patienta donc avec mauvaise humeur jusqu'à ce qu'il voie la personne qui l'accompagnerait.

Ah, si c'était elle…

Ce matin, les yeux de Molly paraissaient plus bleus que jamais. Lumineux comme un rayon de soleil dans cet environnement aseptisé, songea-t-il.

— Vous êtes prêt ? demanda la jeune femme en poussant le fauteuil vers lui.

— Prêt et impatient de partir !

— Alors installez-vous, proposa-t-elle de sa voix douce.

Il s'assit avec une certaine prudence, et se massa le genou

gauche, celui que les infirmiers urgentistes avaient cru cassé. La radiographie avait infirmé leur pronostic, ce qui lui avait mis un peu de baume au cœur.

— C'est vous qui me conduisez en bas ? interrogea-t-il.

— Sauf si vous préférez que ce soit quelqu'un d'autre, répondit Molly.

— Hors de question. Vous êtes trop jolie pour qu'on vous remplace.

Il vit qu'elle s'empourprait… Et tant mieux. Elle n'en était que plus ravissante.

— Qui vient vous chercher ? s'enquit-elle.

— J'ai appelé un taxi.

Elle hocha la tête, étonnée.

— Vous allez à Houston en taxi ?

— Forcément, puisque c'est là-bas que j'habite.

— Ce sera un trajet d'au moins deux heures qui vous coûtera très cher !

— Probablement.

Mais il n'avait pas le choix… Puisque personne n'était au courant de son hospitalisation, personne ne pouvait venir le chercher. Dans le cas contraire, il devrait s'expliquer, les rumeurs commenceraient… Non, non, surtout pas. Cette option n'était même pas envisageable.

— Le pire, c'est que je déteste être à la place du passager, reprit-il tandis que Molly le poussait vers l'ascenseur. Quand je ne conduis pas, je ne suis pas du tout rassuré ! conclut-il en s'efforçant de rire.

— Je vous comprends, dit-elle. Je n'aime pas prendre le volant, et j'aime encore moins qu'on me conduise.

— Comment vous déplacez-vous ?

— En bus, à vélo ou à pied.

Molly appela la cabine. Suivant son geste des yeux, Chase admira la finesse des mains de la jeune femme. Ses ongles soignés étaient coupés court. Avec son métier, elle ne pouvait pas s'autoriser de vernis rouge, pensa-t-il, songeant à toutes les femmes sophistiquées qu'il avait fréquentées.

— Je peux vous poser une question indiscrète ? demanda-t-elle tandis que, quelques instants plus tard, ils descendaient au rez-de-chaussée.

— Essayez toujours, proposa-t-il.

Ils se trouvaient seuls dans l'ascenseur, aussi pouvait-il s'autoriser quelques confidences… D'autant que de manière instinctive, il avait confiance en Molly.

— Pourquoi êtes-vous devenu coureur automobile ? interrogea-t-elle de but en blanc.

— Ah…

Et il sourit, soulagé qu'elle s'intéresse ainsi à lui, ce qui l'étonna. En général, toutes les femmes l'admiraient et voulaient en savoir plus sur son parcours… Du moins superficiellement. La plupart appréciaient surtout sa célébrité… et l'argent lié à cette notoriété.

— En fait, c'est en partie familial. Mon père était un cow-boy, un pur et dur… Mais il a arrêté ce métier à la naissance de mon frère aîné.

— Vous êtes d'une famille nombreuse ?

— Quatre. Je suis le dernier des quatre, précisa Chase.

Un flot de souvenirs désagréables, l'envahit. Le dernier des quatre… et le moins désiré. « Chase est un accident », avait-il souvent entendu dire à son sujet. Ses parents l'avaient aimé, certes, mais il avait toujours nourri le sentiment qu'il devait se dépasser pour être apprécié autant que les trois autres de la fratrie.

— Mon père a alors travaillé sur un circuit de karting. Mes frères et moi, on allait souvent le voir. J'imagine que c'est comme ça que j'ai attrapé le… virus de la vitesse, conclut-il.

— Et votre mère ?

— Elle a vite adoré l'ambiance des circuits… Avant de fonder une famille, elle était championne d'équitation western !

— Oh, oh… Vous avez hérité de leurs talents de compétiteurs, plaisanta Molly.

Les portes de la cabine s'ouvrirent, et elle poussa le fauteuil roulant dans le hall.

— On peut considérer les choses ainsi, admit Chase. Mais regardez les conséquences… Aujourd'hui, je repars en fauteuil, ce qui n'est pas très glorieux !

— A l'hôpital, on est tous égaux… Il n'y a pas de gloire, commenta Molly. Et vous avez eu de la chance, lui rappela-t-elle. Vous auriez pu avoir des séquelles bien plus graves suite à votre accident.

— Je sais. Etre paralysé, et en fauteuil pour toujours, par exemple.

— Exactement.

Elle lui sourit avec douceur, et il sentit son pouls s'accélérer. Avec ses cheveux blonds maintenus en chignon, ses yeux d'un bleu limpide et sa blouse blanche, elle ressemblait vraiment à un ange gardien.

Et elle était ravissante…

— Merci pour tout, Molly, dit-il en voyant le taxi se garer le long du trottoir.

— De rien. J'espère que vous vous rétablirez vite.

— Sûrement… Comme vous l'avez souligné, je n'ai rien de grave.

Chase se leva du fauteuil, et grimaça en déployant sa jambe gauche. Aussitôt, Molly le soutint par le bras. Il se stabilisa et parvint à esquisser un sourire.

— Encore une fois, merci…

Il la dévisagea longuement, comme pour mémoriser à jamais la couleur de son regard, l'ourlé de ses lèvres, les fines taches de rousseur sur son nez à l'arête délicate. Tout à coup, il lui parut impensable de ne plus jamais la revoir.

— Ecoutez, j'aimerais vous inviter à dîner pour vous remercier… Accepteriez-vous ?

Elle lui sourit de nouveau.

— Eh bien, je ne pense pas… Sauf si vous me laissiez conduire.

Il lâcha un rire surpris.

— Vous êtes sérieuse ?

— Totalement.

Pris au dépourvu, il la dévisagea un moment en silence. Habituellement, les femmes se précipitaient pour sortir avec Chase Mayfield !

— Alors à bientôt, mademoiselle Edwards, promit-il en pensant qu'il lui rendrait une visite surprise.

Il lui suffirait de découvrir son adresse, ce qui serait enfantin.

— A bientôt, monsieur Mayfield.

Elle répondit à son sourire et l'aida à s'installer à l'arrière du taxi.

Chase savait, sentait qu'elle était attirée par lui… Et il avait déjà hâte de la revoir. Mais leurs retrouvailles se feraient ailleurs, loin de l'hôpital… En d'autres circonstances.

*
* *

— Bon sang, que t'est-il arrivé ?

Sur le seuil de la porte de son gigantesque ranch, Gerald Barden l'observait avec ahurissement. Son corps trapu et musclé semblait pétrifié de surprise.

Chase s'efforça de sourire. En quittant l'hôpital, il avait d'abord rendu visite à la famille Haines, qui vivait à côté du camping de Lone Oak. Il était rassuré sur le sort du petit Tommy ainsi que sur celui de la mère, Diana. Evidemment, leur situation n'était pas brillante, mais grâce aux deux mille dollars qu'il leur avait donnés, ils pourraient payer leurs factures, et peut-être garder des économies pour les semaines à venir.

Cette générosité de Chase, les journalistes l'apprendraient tôt ou tard car, dans l'entourage de Mme Haines, on parlerait... Mais Chase se moquait des éventuels commentaires. Ce qui comptait à ses yeux ? Que Tommy et sa petite sœur se portent bien, et que leur mère ait de quoi les nourrir. Eventuellement, peut-être partagerait-il avec Molly sa satisfaction d'avoir pu aider, ne serait-ce qu'un peu, cette pauvre famille... Le jour où il reverrait la jeune femme, c'est-à-dire le plus tôt possible, se promit-il.

A présent, il devait affronter Gerald Barden. Son sponsor avait droit à des explications... Chase lui en devait, car il était de toutes les façons obligé de rendre des comptes. Hélas... Le soutien financier que lui offrait Barden, sans parler de l'extraordinaire voiture, labellisée « écurie Barden », que Chase pilotait, impliquait cette règle de base : Chase était obligé de s'incliner, d'obéir... Et de justifier certains de ses faits et gestes.

— Apparemment, notre petite discussion de l'autre soir

n'a servi à rien, reprit Gerald d'un ton ironique. Tu t'es encore bagarré ? Contre qui, cette fois ? Un gang de motards ?

Chase le regarda droit dans les yeux.

— Apparemment, Gerald, tu me crois plus immature que je ne le suis… Je n'ai pas oublié notre conversation, rassure-toi. Et si je me suis bagarré, c'est contre…

« Moi-même », acheva-t-il mentalement.

Il haussa les épaules.

— Rien du tout. Il n'y a eu aucune bagarre, marmonna-t-il.

Les paroles de Barden lui revinrent à l'esprit, résonnant comme une mise en demeure : « Il faut que tu te tiennes à carreau le temps que les médias t'oublient, lui avait recommandé son sponsor quelques jours plus tôt. A ton âge, tu es divorcé, et toujours célibataire depuis ta séparation d'avec Pamela… Que tu aies envie de t'amuser un peu, c'est normal. Mais fais-le avec discrétion ! Tu es un excellent pilote, on veut continuer à travailler avec toi… Achète-toi une conduite, fiston ! » avait conclu l'homme d'affaires, ravi de son jeu de mots.

Ce soir-là, les autres membres de l'équipe de Gerald Barden avaient assisté à cette mise au point. Tous avaient opiné du chef, l'air grave, acquiesçant à chacune des paroles martelées par leur patron. Pour sa part, Chase avait bien reçu le message cinq sur cinq.

— La vérité ? J'ai eu un accident de voiture, ajouta-t-il en s'efforçant de sourire à Gerald.

— Un accident de… voiture ? Alors là…

Gerald s'écarta pour le laisser entrer dans la maison.

— Je ne reste pas longtemps, prévint Chase. Je suis venu

en taxi, le chauffeur m'attend, le compteur tourne et j'ai hâte d'être chez moi.

— Très bien. Qu'est-ce que c'est que cette histoire d'accident ? grommela Gerald en le menant dans le salon.

— Rien de très glorieux. En sortant de chez toi, j'étais énervé. J'ai conduit un peu trop vite, dans un quartier pas très bien éclairé…

Chase résuma en peu de mots ce qui s'était produit.

— Heureusement qu'il y a eu plus de peur que de mal, commenta Gerald d'un ton irrité. Tu as frôlé la catastrophe.

— J'en suis conscient. Mais si notre entretien avait été plus agréable, j'aurais peut-être été moins nerveux au volant, déclara Chase. Je voulais te dire que je n'ai pas apprécié la manière dont tu m'as parlé l'autre jour.

— Ça n'avait rien de personnel. Je n'ai rien contre toi, précisa Gerald. Si je t'en avais voulu, j'aurais cessé de financer ton entraînement et ta participation aux courses dès que tu t'es séparé de Pamela.

— Exact.

D'autant que Pamela était sa fille unique, songea Chase. Il se doutait que Gerald avait caressé l'idée de couper les ponts avec lui, mais, tout compte fait, il était resté fidèle à son pilote. Le fait que Pamela ait clairement émis le souhait de divorcer n'y était pas pour rien.

Chase n'avait pas très bien vécu cette séparation, mais ce n'était pas parce que Pamela lui avait brisé le cœur : à ce stade de leur mariage, leurs relations étaient devenues si tendues et distantes qu'il n'avait été ni surpris ni attristé par la décision de sa femme. Cependant, peu à peu, un sentiment d'échec l'avait envahi ; une déception amère qu'il avait trouvée plus dure à surmonter que le divorce lui-même.

Il détestait échouer… Pour ne rien arranger, sa famille tout entière n'avait connu que de longs mariages heureux. Ses trois frères étaient mariés et avaient des enfants. Aussi avait-il eu beaucoup de mal à avouer qu'il divorçait. Pourtant, peut-être avait-il quelques excuses. Par exemple, il avait rencontré Pamela à l'université quand elle n'avait que dix-neuf ans. Au début, la passion les avait embrasés, et ils avaient cru être faits l'un pour l'autre…

Erreur numéro un.

D'autre part, Pamela étant fille de millionnaire, certains journalistes mal intentionnés avaient accusé Chase de l'avoir épousée par intérêt. Chase avait été écœuré par ces insinuations… et il l'avait clairement exprimé, dans la presse et ailleurs.

Erreur numéro deux.

Enfin, Pamela et lui ne partageaient pas les mêmes valeurs. Elle aimait le grand monde, le luxe, la tranquillité… Il aimait les circuits de course, la simplicité, le risque. Comment auraient-ils pu s'entendre ?

Revenant à la réalité, Chase regarda Gerald Barden et s'efforça de sourire.

— Merci de continuer à m'apporter ton soutien, dit-il.

— C'est normal : tu es le meilleur. Assieds-toi, proposa Gerald en lui désignant l'une des nombreuses chaises de la pièce.

— Merci, mais je préfère rester debout.

Chase croisa les bras sur sa poitrine, et déplaça son appui sur la jambe dont le genou était valide.

— Je n'ai pas aimé que tu me convoques devant tous les autres, répéta-t-il. On aurait pu discuter en tête à tête.

— Je n'étais pas le seul à vouloir cet entretien. Ton comportement nuisait à l'image de Pamela, de son nouveau mari, de sa belle-famille… Tu ne cessais de faire parler de toi dans la presse à scandale !

Chase hocha la tête. Son ex-femme s'était remariée en juin dernier avec un homme très riche appartenant au même milieu que la famille Barden. Elle était heureuse, il le savait.

— Compris. Je vais être encore plus vigilant, marmonna-t-il.

Et avec un peu de chance, bientôt, il pourrait présenter une jeune femme aussi belle que respectable au clan Barden.

A l'hôpital, Molly finissait son service en s'efforçant d'ignorer les pensées perturbantes qui l'assaillaient.

Depuis qu'elle exerçait son métier d'infirmière, elle savait qu'elle était appréciée par ses patients. Elle les soignait avec douceur, les rassurait, trouvait les mots justes pour apaiser leurs craintes… Les médecins aimaient tout autant travailler avec elle. D'ailleurs, ce n'était pas un hasard si elle était devenue amie avec le Dr Betsy Nielson.

Mais ce jour-là, et pour la première fois, Molly eut du mal à se sentir aussi disponible que d'habitude. Elle se montra peu bavarde, afficha un sourire feint… Même Betsy le remarqua.

— Qu'est-ce que tu as ? lui demanda-t-elle lorsqu'elles se retrouvèrent en salle de repos. Tu as l'air préoccupée.

— Juste fatiguée, sans doute, répondit Molly. Depuis

que j'ai remplacé Karen de nuit, j'ai l'impression d'avoir du mal à récupérer.

Betsy l'observa avec attention.

— Pourtant, tu as bonne mine. Tu as les yeux brillants, les joues roses…

Molly sourit.

— Tu veux dire que je n'ai pas la tête de quelqu'un qui frôle l'épuisement, c'est ça ? Je suis moins solide que je ne le parais !

Mais les paroles de Betsy la troublèrent. Les yeux brillants, les joues roses… Comme une femme amoureuse ?

Elle chassa cette idée grotesque et avala une gorgée de café. Puis, se détendant un peu, elle laissa les pensées affluer à son esprit.

Comment le nier ? Oui, le départ de Chase l'avait affectée. Oui, elle regrettait de ne pas avoir accepté son invitation à dîner. Oui, elle avait envie de le revoir… Mais quand ? Comment ? Autant l'oublier à jamais… Elle n'était qu'une simple petite infirmière. En aucun cas Chase ne pouvait s'intéresser à elle… Et les quelques compliments qu'il lui avait prodigués restaient sans conteste des mots déjà prononcés maintes fois, pour d'autres femmes. Chase était un coureur… dans tous les sens du terme. Elle ferait mieux de ne pas l'oublier !

— Sinon, on a un nouveau patient, déclara Betsy, tirant Molly de ses réflexions. Un vieil homme qui a souffert de déshydratation. Il vit seul, et apparemment, personne ne s'occupait de lui. Il est tombé comme une masse alors qu'il faisait ses courses au supermarché… On vient de nous l'amener.

Oubliant ses propres préoccupations, Molly secoua la tête, dépitée par ce que Betsy lui apprenait.

— J'avoue que je ne comprends pas comment ce genre de situation peut encore se produire de nos jours. Il n'a pas d'enfants ?

— Je l'ignore. Il faudra qu'on mène une enquête. J'en parlerai à l'assistante sociale le moment venu. En attendant, il faut l'aider à se rétablir.

— Compte sur moi, assura Molly. Je vais lui rendre visite maintenant. Il est dans quelle chambre ?

— Je ne sais plus. Je l'ai reçu aux urgences. Demande à Nadia.

— D'accord. A tout à l'heure !

Molly jeta son gobelet en plastique dans la poubelle, et quitta la salle. En chemin, elle croisa justement le Dr Nadia Batt, généraliste, qui faisait partie de l'équipe du service de médecine interne.

— Chambre 320, annonça-t-elle, devinant où se rendait Molly.

La jeune infirmière la remercia d'un sourire. A cet instant, elle ne pensait plus du tout à ses soucis personnels, et c'était très bien ainsi.

6.

Rusty lové sur ses genoux, Molly était installée sur son canapé, en train de siroter un thé tout en lisant le journal qu'elle n'avait pas encore pu ouvrir ce samedi-là. Au lieu de s'accorder un moment de détente, elle avait nettoyé sa maison de fond en comble, et fait plusieurs lessives. Elle avait également acheté à manger pour la semaine.

A présent, alors que le soleil se couchait à l'horizon, elle soufflait enfin !

Elle feuilleta le quotidien et tomba en arrêt devant la photographie en noir et blanc de la famille Haines, en deuxième page, dans la rubrique « Actualités régionales ».

Les journalistes avaient finalement appris l'accident de Chase, son hospitalisation, ainsi que son geste très généreux envers Diana et ses enfants. Encore plus généreux qu'elle ne le pensait, constata-t-elle, puisque « le célèbre pilote de course avait offert un chèque de deux mille dollars à Mme Haines ». Deux mille dollars ? Cette coquette somme s'ajoutait à l'argent qu'il avait donné pour couvrir les frais médicaux du petit Tommy… Fantastique !

En tout cas, une semaine après la sortie de Chase Mayfield, l'affaire prenait déjà de l'ampleur. Dire que celui-ci espérait rester discret… Deux résidents de Lone Oak, le quartier où vivait la famille Haines, avaient rencontré Chase, l'avaient suivi, et avaient épié sa rencontre avec Diana Haines. Ensuite, ils avaient tout raconté aux reporters.

D'après l'article, Chase avait aussi invité Diana et ses enfants à assister à une course d'avant-saison à Houston.

Molly éprouva une bouffée d'admiration pour son ex-patient. Décidément, il avait vraiment un cœur en or. Elle pensait encore souvent à lui, trop souvent…

Elle sursauta en entendant la sonnette de sa porte d'entrée retentir. Surprise — elle n'attendait personne —, elle jeta un coup d'œil à sa montre. Il était plus de 17 heures. Sans doute s'agissait-il d'une erreur, estima-t-elle en allant ouvrir.

Lorsqu'elle découvrit Chase sur le seuil, un bouquet de roses rouges à la main, Molly crut rêver. Celui qui occupait ses pensées quelques instants plus tôt se tenait là, devant elle, en chair et en os ! Il lui souriait, et son sourire était… éclatant, encore plus irrésistible avec ses fossettes.

— Comment avez-vous…, commença-t-elle, abasourdie.

— … trouvé votre adresse ? J'ai consulté l'annuaire, tout simplement, répondit-il. Je voulais vous revoir et vous remercier pour votre gentillesse.

— Ma gentillesse ? répéta-t-elle, consciente d'avoir le cœur qui battait à toute allure. Mais je n'ai fait que mon devoir…

Profondément troublée, elle regretta un peu de ne pas avoir été au courant de sa visite. Elle se serait mieux habillée ! Après avoir pris une douche suite au grand ménage qu'elle avait accompli, elle avait revêtu un vieux jean et une chemise en coton rose.

— Mais vous l'avez fait très gentiment, insista-t-il sans la quitter des yeux.

Son sourire de play-boy lui paraissait familier, mais son visage était à présent lisse, les joues rasées de près… Aujourd'hui, il était… différent. Encore plus séduisant. Seule la fine cicatrice rosée sur l'arcade sourcilière témoignait de son accident.

— Je vous l'ai déjà dit, j'ai seulement accompli mon métier, répliqua-t-elle en passant une main dans ses cheveux décoiffés.

— Eh bien, vous l'exercez avec encore plus de gentillesse que d'autres infirmières, affirma-t-il en lui tendant le bouquet de roses. Pour vous…

Molly sentit sa gorge se nouer. Elle n'était pas habituée à recevoir des fleurs…

— Merci. Elles sont magnifiques.

Il hocha la tête en direction de la porte derrière laquelle Molly se cachait presque.

— Vous ne m'invitez pas à entrer ?

Molly, dont l'esprit était devenu terriblement confus, se ressaisit aussitôt. Elle s'écarta pour le laisser passer.

— Excusez-moi… Je vous en prie, entrez.

Elle le précéda dans le salon. Comme il jetait un coup d'œil circulaire à la pièce, elle se demanda comment il jugeait son intérieur. Sa maison était jolie, douillette, du moins en fonction de ses critères personnels de confort, ainsi que ceux de son chat Rusty… Mais l'habitation devait paraître bien petite, et modeste, aux yeux de Chase Mayfield, habitué au luxe.

— C'est mignon, chez vous, commenta-t-il.

Elle aurait bien aimé le croire, songea-t-elle. Avec l'argent qu'il possédait, il vivait forcément dans une demeure d'un tout autre standing. Malgré tout, elle le remercia.

— Vous voulez un café ? Ou du thé glacé ? proposa-t-elle.

— Un thé, avec plaisir. Et si ça ne vous ennuie pas, je vais apporter les fleurs dans la cuisine, ajouta-t-il en tendant une main pour reprendre le bouquet. Elles ont besoin d'eau.

Molly n'avait pas trop envie qu'il s'aventure ainsi chez elle… Mais il paraissait si déterminé qu'elle faillit ne pas protester. D'autant qu'elle s'efforçait encore de comprendre le motif de cette visite impromptue, et de maîtriser le tourbillon d'émotions qui la submergeait soudain. Sans sa blouse blanche et l'environnement de l'hôpital, elle se sentait presque dénudée face à Chase. Son travail faisait partie intégrante de sa personnalité, trop peut-être… Et elle avait peu l'habitude de recevoir chez elle.

— Non, c'est gentil, mais je m'occupe des roses, affirma-t-elle. Asseyez-vous, je vous apporte un thé.

— Bon… Merci, Molly.

Ignorant le regard attentif — très attentif — qu'il lui lançait, la jeune femme prit un vase dans le buffet et gagna la cuisine pour le remplir d'eau. Elle y disposa les roses après avoir coupé l'extrémité de chaque tige, arrangea le bouquet et l'apporta dans le salon. La teinte rouge vif des fleurs semblait redonner vie à la pièce sobrement décorée… De même que la présence du bel homme installé sur le canapé. Il portait un jean noir et une simple chemise de coton blanc, au col ouvert, sans cravate, avec une élégance naturelle.

— Vous êtes superbe. Je veux dire que vous avez l'air guéri et en pleine forme, se hâta-t-elle de préciser, espérant qu'il ne se méprendrait pas sur le sens de son compliment.

Même si son attirance pour Chase devait être palpable, songea-t-elle. Comment rester indifférente face à un homme pareil ? Avec sa large carrure, son regard bleu acier, ses traits virils et bien dessinés, il avait une présence à couper le souffle. N'importe quelle femme y serait sensible... A fortiori une femme célibataire depuis aussi longtemps qu'elle !

— J'ai encore mal au genou, mais les douleurs s'estompent, indiqua-t-il. J'y pense de moins en moins, ce qui est bon signe.

— Absolument.

Elle prit un grand verre dans le buffet, et retourna dans la cuisine pour y verser des glaçons et du thé vert aromatisé aux agrumes, dont elle gardait toujours une carafe au réfrigérateur.

— Vous voulez du sucre ? demanda-t-elle.

— Un peu.

Elle se prépara la même chose, disposa les verres sur un plateau et rejoignit Chase.

— C'est délicieux, dit-il après avoir goûté la boisson fraîche.

Elle regarda les muscles de son cou tandis qu'il avalait. Un cou puissant, avec une peau bronzée, presque tannée. Molly sentit qu'elle réagissait de manière épidermique... Et cela la troubla encore davantage.

— Molly, je voulais vous inviter à dîner, et je n'ai pas oublié. Ce serait possible ce soir ? Je connais un restaurant très sympathique à Houston.

— A Houston ? s'exclama-t-elle, incapable de cacher sa panique à l'idée d'effectuer deux heures de route à l'aller et au retour, de nuit en plus.

En même temps, elle mourait d'envie d'accepter l'invitation… Partagée, elle sourit et proposa la première solution qui lui venait à l'esprit.

— Je veux bien dîner avec vous, mais à condition de rester dans le coin… Il y a un très bon restaurant italien à deux pas d'ici.

— Aucun problème, déclara-t-il. Il faut réserver ?

— A mon avis, ce ne sera pas nécessaire si nous y allons de bonne heure.

— Aucun problème. Du moment que je suis avec vous…

« Du moment que je suis avec vous… » Il lui faisait la cour, c'était évident. Le cœur battant à tout rompre, Molly ébaucha de nouveau un sourire.

— Vous n'y allez pas par quatre chemins, remarqua-t-elle.

— Jamais. Je choisis toujours la ligne la plus droite, répliqua-t-il du tac au tac.

Pendant quelques instants, tous deux s'observèrent en silence. Molly fut alors envahie par l'étrange impression qu'un vrai courant passait entre eux… Comme des ondes magnétiques. « Tu te fais des illusions ! se morigéna-t-elle intérieurement. Tu es juste sous le charme de ce séducteur… Et tu as envie de vivre un bon moment avec lui, voilà tout ! »

Elle réprima un soupir.

— Très bien, je vais me changer.

— Allez-y. Moi, je vais discuter avec votre ami.

— Mon ami ?

Il désigna d'un signe de tête le chat roux qui, assis sur le seuil de la pièce, observait le premier visiteur que Molly recevait chez elle depuis des lustres.

— Ah, oui… Il s'appelle Rusty. Il lui faut du temps avant de se montrer amical.

— Aucun problème, je ne suis pas pressé.

Qu'est-ce que cela signifiait ?

Et puis zut, mieux valait qu'elle cesse d'interpréter chacune des paroles de Chase…

— J'en ai pour une minute, précisa-t-elle inutilement, en se dirigeant vers sa chambre.

Une fois devant son armoire, elle se demanda quelle tenue choisir. Elle détestait devoir s'habiller avec élégance… Quelle corvée ! Elle aurait peut-être dû suggérer qu'ils dînent à la pizzeria du coin au lieu d'aller chez Cara Mia, un établissement plus chic et à la mode. Elle aurait moins de mal à se vêtir !

Pas sûr. Peut-être aurait-elle encore hésité, parce qu'elle voulait plaire à Chase sans montrer qu'elle voulait être séduisante…

— La barbe ! maugréa-t-elle.

Elle n'avait pas été invitée par un homme depuis plus d'un an, et elle se sentait comme Cendrillon s'apprêtant pour son premier bal. Ridicule !

Malgré tout, et autant être franche, elle aurait bien aimé bénéficier de l'aide d'une bonne fée…

7.

Dans un cadre raffiné, l'établissement Cara Mia proposait une carte savoureuse et un choix d'excellents vins. Situé entre un cinéma et une librairie, il se trouvait également non loin de chez Molly.

La jeune femme et Chase s'y rendirent donc à pied, empruntant une petite route bordée d'arbres et de parterres fleuris.

— C'est la première fois depuis très longtemps que je ne prends pas ma voiture pour aller quelque part, confia-t-il d'un ton amusé.

— Parce que vous vivez dans une grande ville. Mais, dans mon cas, tous les commerces sont près de chez moi. Je peux tout faire en marchant ou à vélo !

Bien sûr, Chase ignorait que c'était la raison même qui l'avait incitée à choisir ce quartier.

Alors qu'ils se dirigeaient vers le restaurant, leurs bras s'effleurèrent plusieurs fois. A un moment, curieusement, Molly eut envie de glisser une main dans celle de Chase… Mais, naturellement, elle s'abstint. Elle n'était quand même audacieuse à ce point !

Et pourtant, ce soir, tout lui paraissait différent. Ses

sens semblaient en alerte, totalement éveillés, et un sourire permanent étirait ses lèvres. Pareil bouleversement avait une explication fort simple : l'homme à son côté lui faisait un effet prodigieux ! Elle humait les effluves boisés de son after-shave, elle savait qu'il était célèbre, que d'innombrables femmes rêvaient de dîner avec lui… Mais voilà, c'était elle qu'il invitait. « Attention, n'oublie pas la réalité à son sujet », s'intima-t-elle.

Peu à peu, Molly maîtrisa le tourbillon de ses pensées et les battements de son cœur se calmèrent. Heureusement…

Dix minutes plus tard, après avoir quitté la maison de Molly, ils parvinrent devant l'établissement qui offrait une salle intérieure et un patio pour ceux qui préféraient manger à l'extérieur.

— On dîne dehors ? suggéra Chase.

— Bonne idée.

Pour sa part, elle n'avait aucune préférence. Mais en jetant un coup d'œil à la salle aux boiseries sombres, et aux tables décorées de bougies et de petits vases garnis de fleurs, Molly se rendit compte que ce restaurant s'avérait bien plus romantique que dans son souvenir !

Elle regarda Chase à la dérobée, nota la ligne séduisante de son profil, et son cœur battit de nouveau plus vite. Sa présence modifiait tout… Même sa perception des lieux, constata-t-elle avec lucidité.

Une hôtesse, une jeune femme d'une vingtaine d'années, les accueillit et les mena à une table dressée dans le patio, près d'une bougainvillée rose.

Tirant une chaise, Chase invita Molly à s'asseoir avant de prendre place en face d'elle. L'hôtesse leur tendit les menus, la carte des vins, et un serveur leur apporta une carafe d'eau agrémentée de rondelles de citron, ainsi qu'une panière de pain frais. Puis on les laissa en tête à tête. Une enceinte dissimulée avec discrétion diffusait un concerto de violon, de la musique terriblement romantique. Comme une bougie éclairait leur table, Molly ne put s'empêcher d'imaginer qu'elle était en train de vivre un rendez-vous galant avec un héros digne d'un merveilleux film sentimental…

— Vous êtes très belle, ce soir, dit alors Chase.

Ses yeux bleus brillaient à la lueur de la chandelle, et son sourire décocha une multitude de flèches brûlantes dans le cœur de Molly.

— Merci.

Elle s'efforça de ne pas laisser ce compliment lui monter à la tête. Dans sa hâte de se vêtir, elle avait fait de son mieux, soignant sa coiffure et son maquillage. Après avoir fouillé l'intégralité de sa garde-robe, elle avait choisi une robe noire qu'elle avait portée à la réception organisée en l'honneur du départ à la retraite d'un des chirurgiens de l'hôpital général de Wexler. Elle l'avait oubliée jusqu'à ce qu'elle la retrouve au fond de l'armoire, encore emballée dans le plastique du pressing où elle l'avait donnée à nettoyer… Elle l'avait achetée deux ans plus tôt, mais la coupe classique ne se démodait pas, et le vêtement lui seyait encore à la perfection, comme taillé sur mesure.

— Voulez-vous un peu de vin ? demanda Chase.

— Avec plaisir.

Il appela le serveur.

— Vous préférez du rouge ou du rosé ?

— Je vous laisse choisir.

Il commanda une bouteille de merlot produit dans un

vignoble californien, et on les servit avec élégance. Chase leva son verre.

— Trinquons à nos retrouvailles en dehors des murs de l'hôpital.

— Et loin des courses de voitures ! ajouta-t-elle, malicieuse.

Ils entrechoquèrent délicatement leurs verres. Le cristal résonna avec douceur, intensifiant encore la magie de cette soirée. Molly se sentait étrangement détachée de la réalité, rien d'autre ne comptant que l'instant présent. Et, ne sachant quoi dire, elle laissa Chase mener la conversation. Heureusement, il resta simple.

D'abord, ils évoquèrent le décor du restaurant, ainsi que les affiches du cinéma placées en évidence à l'extérieur. Ils parlèrent de Rusty, des animaux en général… Puis Chase confia qu'il cherchait un jeune chat pour Tommy et sa petite sœur Missy. En effet, les deux enfants n'avaient pas retrouvé le leur, ce qui les attristait, expliqua-t-il.

Le site Web et les articles en ligne qu'elle avait lus fournissaient des informations mensongères sur Chase, pensa Molly. Non sur ses compétences, son audace ou son sens de la compétition, mais sur sa personnalité : aucun journaliste ne mentionnait sa sensibilité et sa générosité.

Ils dégustèrent une salade parfumée d'un assaisonnement délicat, des pâtes *al dente* et du poulet rôti accompagnés d'une sauce de tomates mélangées à des artichauts citronnés.

— Et votre famille ? demanda Chase alors que le repas touchait à sa fin. Vous ne m'en avez pas parlé.

Il lui versa de nouveau un peu de vin. Molly buvait rarement, et un seul verre de merlot la grisait déjà légèrement.

— Eh bien…

Elle hésita.

— Je n'en ai plus. Quand j'avais dix-sept ans, mes parents et mon jeune frère sont morts dans un accident de la route. Un chauffard a brûlé un feu rouge et a foncé sur notre voiture.

Chase l'observa longuement en silence.

— Maintenant, je comprends pourquoi vous n'aimez pas conduire. Comment… et pourquoi cet horrible drame ? demanda-t-il doucement.

Elle hocha la tête. Se confier sur la tragédie qui avait emporté ses proches lui coûtait toujours. Au moins réussissait-elle, aujourd'hui, à l'évoquer sans fondre en larmes, preuve qu'elle progressait.

— C'était un vendredi… Je me souviens que mon père avait quitté son travail plus tôt que d'habitude parce qu'on avait prévu de rendre visite à mes grands-parents, à San Antonio. Mon père voulait que nous partions tout de suite après l'école, mais il y avait un match de football, et j'étais l'une des pom-pom girls… Pour mon équipe, ce n'était pas un simple match ! C'était celui qu'on menait contre le club rival, à remporter absolument… Ma mère a suggéré que je passe la nuit chez une amie, et que je les rejoigne ensuite chez mes grands-parents, mais j'ai insisté pour qu'ils m'attendent et que nous rentrions tous ensemble après le match.

Chase fronça les sourcils.

— Vous ne vous sentez pas responsable de l'accident, j'espère ?

— Plus maintenant, avoua-t-elle. Mais parfois, je me demande ce qui se serait produit s'ils étaient partis plus tôt ce jour-là. Si j'avais accepté la proposition de ma mère, et dormi chez cette amie… Peut-être qu'ils ne se seraient pas retrouvés au mauvais endroit au mauvais moment. Peut-être…

Chase ébaucha un léger sourire.

— Ce genre d'interrogation ne sert à rien si ce n'est à vous faire souffrir.

— Je sais. C'était il y a douze ans... Et depuis, j'ai suffisamment broyé du noir. Le pire, c'est quand je pense à Jimmy, mon frère. Il n'avait que quatorze ans... Pourquoi ai-je survécu et pas lui ? Je dormais au moment de la collision, à l'arrière de la voiture, comme lui... Mais moi, j'avais pris un coussin que j'avais calé derrière mon dos. D'après les médecins, c'est ce petit « plus » qui m'a sauvée. Jimmy est mort des suites du fameux « coup du lapin ». La nuque brisée, en quelque sorte.

— Je connais, dit Chase, l'air pensif. C'est un risque courant dans ma profession.

— J'imagine. Votre métier...

Molly se sentit soudain glacée jusqu'à la moelle.

— ... est affreusement dangereux. Vous pourriez perdre la vie au volant de votre bolide.

Chase lui prit la main et la serra tendrement dans la sienne. Au contact tiède de sa peau, Molly frissonna... mais de désir, cette fois.

— Je sais. Mais je ne serai pas coureur automobile jusqu'à la fin de mes jours. Le moment venu, j'envisagerai une reconversion.

Il la regarda dans les yeux et, de nouveau, Molly eut l'impression que quelque chose d'inexplicable se produisait entre eux.

— Je suis heureux que vous ayez survécu à cet accident, Molly. Peut-être que Dieu savait que vous seriez une merveilleuse infirmière, et que vous rendriez d'innombrables services sur terre !

— Oh…

— Chut !

Il lui posa un doigt sur la bouche.

— Ne protestez pas. Vous avez un cœur qui déborde de générosité et d'attentions, ce qui n'est pas donné à tout le monde.

Molly baissa les yeux, gênée par tant de compliments. Elle se sentait presque étourdie… et ce n'était pas seulement à cause du vin. En compagnie de Chase, elle éprouvait des sentiments qu'elle n'avait pas connus depuis si longtemps…

Non, en vérité, jamais elle ne les avait ressentis. Elle n'avait encore jamais non plus ressenti une telle attirance physique vis-à-vis d'un homme, et c'était si grisant… Comme si une force impalpable la transportait.

Chase avait gardé sa main dans la sienne, et il se mit à lui caresser le poignet à l'aide de son pouce, déclenchant un cortège de sensations brûlantes dans le creux des reins de la jeune femme. C'était fou… Insensé. Le regard clair et intense de Chase la fixait, comme pour l'envoûter. Elle voulut dégager sa main, mais il la retint.

— On ne peut pas aller à l'encontre de la nature, murmura-t-il. Entre nous, c'est inexplicable… Et je le sais depuis que j'ai ouvert les yeux à l'hôpital, et que vous étiez là, à côté de moi.

Elle resta silencieuse, le cœur battant la chamade. Etait-elle en train de rêver ?

Ce soir-là, Molly eut beau tenter de se raisonner, elle ne parvint pas à lutter contre l'effet vertigineux que Chase produisait sur elle. Le plus exaspérant, c'est qu'elle ne voulait pas être sous l'emprise de ce séducteur… Mais son corps semblait se détacher de sa volonté.

Un peu plus tard, ils retournèrent jusqu'à chez elle, côte à côte. De temps en temps, leurs mains et leurs épaules se frôlaient. Tout en écoutant les confidences que Chase lui faisait sur son travail, la jeune femme songeait qu'en aucun cas, elle ne pourrait sortir avec lui. Il risquait sa vie sans arrêt, au volant d'une voiture de course... Quelle ironie ! S'il avait travaillé dans un bureau, tout aurait été si différent... Mais là, franchement, comment pourrait-elle se sentir à l'aise avec lui ? Elle ne cesserait d'avoir peur qu'il périsse lui aussi... Elle avait déjà tant perdu dans son existence !

Et pourtant... Chase la troublait et l'attirait comme aucun autre homme.

Lorsqu'ils arrivèrent devant chez elle, Molly se sentait à la fois attristée et soulagée à l'idée de prendre congé de lui. Mais, malgré elle, elle s'attarda sur le perron plus longtemps qu'elle n'aurait dû. Le parfum de l'after-shave de Chase — chaud, viril —, déclencha chez elle un inhabituel désir de liberté ; elle eut envie de l'embrasser avant de se séparer de lui pour toujours... Ainsi, elle graverait à jamais leur rencontre dans son esprit.

Elle se hissa sur la pointe des pieds et voulut déposer un baiser amical sur la joue de Chase. Mais il détourna le visage, et leurs lèvres s'effleurèrent. Ensuite, tout se passa très vite. Laissant échapper un sourd gémissement, Chase enlaça la taille de la jeune femme et la serra contre lui. Comme enivrée, Molly se laissa faire, entrouvrant ses lèvres pour mieux goûter la saveur de ce baiser interdit.

Eclairés par le halo argenté de la lune, ils restèrent ainsi devant la maison, enlacés, leurs souffles mêlés, comme s'ils étaient seuls au monde. Molly gardait les yeux fermés, mais sous ses paupières, tout brillait...

De l'autre côté de la rue, une porte s'ouvrit et se referma. Bien que la jeune femme se moque des ragots, ce bruit la poussa à prendre une décision.

Demain, elle regretterait peut-être ce qu'elle s'apprêtait à faire, mais tant pis. Elle s'écarta de Chase, la respiration courte à cause du désir brûlant qui coulait dans ses veines.

— En principe, je n'agis jamais comme ça, murmura-t-elle.

— Je suis heureux que tu aies fait une exception pour moi.

Elle perçut la note d'humour et devina qu'il parlait seulement du baiser. Alors, elle sortit la clé de son sac, l'introduisit dans la serrure, et invita Chase à entrer chez elle.

Persuadé que Molly l'enverrait sur les roses après le baiser fougueux qu'ils avaient échangé, Chase éprouva un sentiment délicieusement troublant et agréable. Elle lui ouvrait donc sa porte ?

Le pouls battant à mille à l'heure, empli d'un désir brûlant, il suivit la jeune femme dans le petit salon où elle avait laissé une lumière allumée. En dépit de la semi-obscurité, il vit qu'elle avait les joues rosies, les lèvres gonflées… Leur brève étreinte l'avait autant chavirée que lui. Il admira sa fine silhouette, et ses formes si féminines, mises en valeur par la robe noire — ces courbes d'ordinaire si bien cachées sous sa blouse blanche d'infirmière.

D'un geste un peu gêné, Molly passa les doigts dans ses cheveux blonds et, tout à coup, il se rendit compte qu'il était…

Quoi ?

Amoureux, supposa-t-il. Peut-être était-ce un sentiment

temporaire, sûrement même… En tout cas, il l'éprouvait bel et bien.

— On t'a appris l'art du baiser à l'école d'infirmière ? demanda-t-il, s'efforçant de plaisanter sur un sujet qui n'avait pourtant rien de d'amusant.

— Ça fait longtemps, se contenta-t-elle de répondre.

— Je ne m'en serais pas douté. Si tu m'avais posé la question, je t'aurais dit que tu t'es exercée jour et nuit.

Elle lui décocha un si beau sourire que son désir décupla. Il s'avança vers elle, l'enlaça, et inclina la tête pour reprendre les lèvres de la jeune femme. Molly s'abandonna aussitôt… Et leurs souffles se mêlèrent de nouveau, avides.

Fermant les yeux, enivré par le parfum de la jeune femme, Chase sentit que le plaisir qu'ils commençaient à découvrir n'était qu'un prélude. Ses mains caressèrent son dos, descendirent vers le doux arrondi des reins, des hanches, glissèrent sous la robe et remontèrent sur les cuisses.

— Je n'ai jamais eu autant envie d'une femme, lui chuchota-t-il à l'oreille.

C'était la vérité. Bien qu'il ait été un célibataire heureux après son divorce, profitant des rencontres au gré de la vie, Molly lui inspirait des émotions qu'il n'avait encore jamais éprouvées.

— J'ai aussi très envie de toi… Et pourtant, tout nous sépare, je le sais, murmura-t-elle.

Chase préféra ne pas répondre. Il pressentait déjà que faire l'amour avec Molly serait une expérience qui dépasserait les limites d'une simple relation physique.

Molly lui prit la main et l'emmena vers sa chambre, une pièce agréable, féminine, aux murs vert pâle, avec un grand lit recouvert d'une couette blanche. S'écartant brièvement de lui, elle ouvrit le tiroir de sa table de chevet et en extirpa une petite boîte de préservatifs qu'elle laissa en évidence. Puis elle lui tourna le dos et souleva sa chevelure afin qu'il puisse défaire la fermeture Eclair de sa robe.

Alors que les premières lueurs de l'aube s'infiltraient à travers les rideaux, Molly s'enroula sur le côté, les reins calés contre le corps viril de son amant, et ferma les yeux, savourant un profond sentiment de plénitude.

La nuit avait été magique… Jamais elle n'avait éprouvé autant de plaisir. Ils s'étaient aimés encore et encore, comme s'ils n'étaient jamais rassasiés l'un de l'autre. Elle avait senti que Chase partageait son extase, elle l'avait vu dans son regard, senti dans la passion torride de leurs baisers et de leurs caresses… Leurs corps s'étaient mêlés et entremêlés, cherchant sans cesse à mieux s'épouser… Leurs gémissements s'étaient répondus et, quand elle avait crié de plaisir, Chase l'avait embrassée avec une infinie tendresse. Le bonheur…

A présent, comblée, Molly songea fugitivement qu'elle aurait aimé que Chase ne soit pas l'amant d'une seule nuit. Cependant, ils ne pouvaient pas sortir ensemble, encore moins bâtir une relation… Ils étaient si différents, évoluaient dans des mondes radicalement opposés… Et Chase exerçait un métier de passion.

Sauf que, pour elle, la profession de Chase rimait avec danger, avec… mort.

« Impossible… Impossible », se répéta-t-elle tout en sentant le corps chaud de Chase contre le sien. Et pourtant…

Décidée à se ressaisir, à s'éclaircir les idées, elle voulut se lever, mais il la retint et l'attira vers lui.

— Où vas-tu ? demanda-t-il d'une voix enrouée par le sommeil, en l'enlaçant de nouveau.

Il n'avait manifestement pas envie que leur nuit s'achève maintenant. Molly aurait dû en être réconfortée, mais ce ne fut pas le cas. La réalité reprenait le dessus en même temps que s'intensifiaient les rayons matinaux du soleil.

— Je vais me doucher. A moins que tu veuilles prendre une douche en premier ?

— Non, merci, ça va... J'attendrai.

Il lui caressa le dos, lui effleurant la peau tandis qu'elle se redressait et sortait du lit. Ignorant le spasme de désir qui lui nouait le ventre, Molly se dirigea vers la salle de bains et referma la porte. Elle ne voulait plus être tentée...

La nuit dernière, elle s'était convaincue qu'elle se donnait à lui uniquement l'espace de quelques heures... Afin de passer un bon moment, s'était-elle dit. Mais Chase avait déployé de tels trésors d'imagination pour accroître son plaisir, cultivant chaque caresse, écoutant ses soupirs, démontrant une habileté et un talent sensuel hors pair — il était aussi un champion de l'amour ! —, qu'elle se sentait en proie à une sorte de vertige presque incontrôlable.

Elle devait se maîtriser. Il en allait de son équilibre personnel. Chase ne lui apporterait que des soucis, des appréhensions, des peurs... Il fallait qu'elle coupe court dès à présent, décida-t-elle.

— C'est malin, pesta-t-elle, soudain en colère contre elle-même de s'être ainsi mise en danger.

Elle ouvrit les robinets, attendit que l'eau soit chaude, et se demanda si ce n'était pas déjà trop tard. Quoi qu'il arrive désormais, n'aurait-elle pas le cœur brisé ?

D'instinct, elle s'était doutée que le destin les réunirait

ainsi dès l'instant où elle avait considéré Chase comme un patient différent des autres… Plus qu'un patient. Mais elle n'avait pas imaginé à quel point il lui serait difficile de se séparer de lui. Chase avait touché sa corde la plus sensible, au plus profond d'elle-même, une corde qui n'avait encore jamais été ne serait-ce qu'effleurée.

Un tourbillon d'émotions lui noua la gorge, et des larmes lui piquèrent les yeux, mais elle les refoula rageusement.

Elle resta longtemps sous le jet puissant de la douche, comme pour laver la tristesse et le désarroi qui la submergeaient à présent.

Si Chase avait exercé un autre métier, une profession sans danger, elle aurait envisagé les choses autrement. Mais ce n'était pas le cas, et il fallait qu'elle l'accepte.

Oh, elle survivrait… Elle était aguerrie, n'est-ce pas ? Elle connaissait les règles du jeu, les conséquences de certains choix…

Sa décision fut donc prise. Elle avait fait l'amour avec Chase pour une nuit, point final. Et elle lui expliquerait de façon catégorique, sans appel possible.

Après avoir fermé les robinets, elle se sécha, se brossa les dents et retourna dans la chambre, pieds nus, vêtue d'un peignoir en éponge blanc, une serviette enroulée sur la tête. Ses pas ralentirent quand, une fois dans la pièce, elle vit Chase allongé entre les draps froissés.

Leurs regards se croisèrent, et elle s'efforça de sourire. Un sentiment de regret mêlé de remords l'envahit tandis qu'il se redressait, torse nu, les cheveux en bataille. Qu'il était beau…

— Nous avons passé une nuit merveilleuse, dit-il, souriant toujours.

— C'est vrai…

Une étincelle étrange traversa fugitivement les yeux de Chase, comme une lueur d'émotion qui aurait prouvé que pour lui, faire l'amour avec elle n'avait pas seulement été un simple moment de pur plaisir charnel. « Ne rêve pas », s'intima-t-elle aussitôt.

— … et j'ai adoré, ajouta-t-elle. Pour moi, ce sera inoubliable… Mais nous n'irons pas plus loin, se hâta-t-elle de préciser.

Il fronça légèrement les sourcils.

— Je ne suis pas sûr de bien comprendre.

Molly soupira.

— Je n'aime pas prendre de risques. Dans ma vie, tout est cadré, tranquille, prévisible… Et j'aime qu'il en soit ainsi. Je ne pourrais poursuivre avec toi qu'à une seule condition : que tu abandonnes la course automobile. Impossible, non ?

Un muscle au coin de l'œil gauche de Chase tressaillit.

— C'est un ultimatum ?

— Oh, non… Je n'oserais jamais ! Je suis franche, voilà tout. J'ai perdu ma famille dans un accident de voiture et, chaque jour, tu prends le volant, tu te mets en danger… Pour moi, ce serait insupportable, avoua-t-elle.

Une expression pleine de gravité se refléta sur le visage de Chase.

— Je te comprends. Mais je connais mon métier, et je maîtrise les risques.

— J'en suis sûre… jusqu'à un certain point, répliqua-t-elle doucement.

— On peut en reparler, suggéra-t-il.

Elle secoua la tête.

— J'en doute.

Un silence s'établit, et Molly en déduisit qu'ils étaient parvenus à une impasse. Mais Chase déclara alors :

— Pourtant, la nuit dernière a été merveilleuse, non ?

— Oui, admit-elle en souriant. Exceptionnelle.

Il sortit du lit et attrapa ses vêtements éparpillés par terre.

— Imagine ce qu'on vivrait ensemble si on continuait à se voir…

— Je sais.

Elle se baissa pour ramasser le T-shirt de Chase et le lui tendit.

— Tu ne veux pas prendre une douche avant de partir ?

— Merci, je le ferai chez moi.

Elle le suivit jusqu'à la porte d'entrée, consciente que son estomac se nouait de plus en plus tandis qu'elle luttait pour rester fidèle à sa décision.

Une fois sur le seuil de la maison, Chase s'éloigna de quelques pas. Même pas un baiser d'au revoir… Molly éprouva une pointe de déception un peu amère. En même temps, sans doute valait-il mieux qu'ils se séparent ainsi. La veille au soir, un simple baiser ne les avait-il pas poussés à oublier toute raison ?

— Sois prudent, recommanda-t-elle doucement.

Il se retourna alors vers elle, et son regard la fixa intensément. Puis, comme s'il savait ce qu'elle ressentait, ce qu'elle redoutait, il revint vers elle et, du bout des lèvres, lui effleura rapidement la joue.

— Si tu passes à Houston, appelle-moi.

— Promis.

Il hésita quelques secondes, comme s'il était lui aussi en proie à un conflit intérieur, avant de lui déposer un autre baiser furtif au coin de la bouche. Aussitôt, leurs lèvres se joignirent, et ils échangèrent un long baiser profond, brûlant et infiniment tendre en même temps, que Molly n'oublierait jamais.

8.

Elle ne voulait pas rester avec lui… Parce qu'il était pilote de course. Etait-ce vraiment la vérité? se demanda Chase pour la dixième fois en moins d'une heure. Ne s'agissait-il pas d'un prétexte pour se séparer de lui ?

Au volant de la berline — si poussive ! —, que le garagiste lui avait prêtée le temps qu'on lui répare sa Corvette, il ne cessait de se remémorer, presque en boucle, les heureux moments partagés avec Molly. Leur dîner en tête à tête, leur premier baiser, la nuit passionnée qu'ils avaient vécue… Jamais il n'aurait imaginé qu'elle le congédierait ainsi le matin même. Jamais ! Molly savait ce qu'elle voulait — ou plutôt, ce qu'elle ne voulait pas ! et elle possédait un sacré tempérament. Il ne l'en admirait que davantage.

Pour une fois qu'il rencontrait une femme pas comme les autres ! Ses parents et ses frères auraient été fiers qu'il fréquente une femme aussi belle que respectable. Généreuse, simple, désintéressée…

Et si sensuelle… Jamais il n'avait éprouvé un tel plaisir dans les bras d'une femme. Peut-être parce qu'il s'était senti lui-même, pensa-t-il. Avec Molly, il n'avait pas besoin de jouer de rôle… Ce rôle qu'il exécrait, celui de l'homme viril, fort, sans peur, sans faiblesse… Avec Molly, il pouvait rester naturel.

Mais elle ne voulait pas de lui. Peut-être avait-elle un autre homme dans sa vie ? Non, non, elle lui en aurait parlé, se persuada-t-il, accélérant sur la voie rapide qui menait à l'autoroute. Il se remémora alors les dernières paroles de Molly et modéra son accélération. Même s'il conduisait un véhicule qui n'avait rien d'une voiture de course, il avait parfois tendance à appuyer un peu trop fort sur la pédale d'accélérateur, surtout quand il était énervé.

Molly avait raison de l'inciter à la prudence…

Les yeux rivés sur la route, Chase laissa ses idées vagabonder. Il se sentait triste et déçu de ne pas pouvoir revoir la jeune femme… Et, en même temps, il devait bien s'avouer qu'il la comprenait. Elle avait perdu sa famille dans un accident de voiture et, pour elle, tout ce qui était lié de près ou de loin à une automobile était potentiellement dangereux. Elle-même évitait de conduire autant que possible… Sa peur frôlait la phobie, estima-t-il, conscient de son ampleur. Mais comment aurait-il pu le lui dire ? Il aurait fallu qu'ils se fréquentent, qu'ils créent une relation de confiance, et là, peu à peu, il aurait peut-être pu l'aider à surmonter son aversion.

Hélas, elle ne lui en laissait pas l'occasion. En insistant, il la mettrait mal à l'aise…

Chase crispa involontairement les mains sur le volant. Ce sentiment de ne pas être à sa place, de ne pas être vraiment désiré, il ne le connaissait que trop bien. Dans sa propre famille, il avait toujours eu l'impression de gêner. Ses trois frères aînés étaient mariés et heureux. Callie, Susan et Jana, ses belles-sœurs, rayonnaient… Ses parents étaient épanouis, sereins… Et lui ?

Il courait après le bonheur, au sens propre et figuré…

Il ne parvenait pas à oublier la petite phrase qu'on lui avait répétée durant son enfance : « Ta naissance était un accident. » Cette vérité, on la lui avait assenée par maladresse, non par méchanceté, bien sûr, mais au fond l'effet était le même. Contrairement aux apparences, il doutait de lui.

Sans doute était-ce pour cette raison qu'il aimait s'échapper sur les circuits… Au quotidien, la vitesse se transformait en antidote au malaise qui avait empoisonné son enfance et son adolescence.

Si jamais il revoyait Molly, il lui expliquerait tout cela, se promit-il. En fait, tous deux avaient un important point commun. La jeune femme ne comprenait pas pourquoi elle avait été épargnée dans l'accident qui avait tué sa famille… Pourquoi elle était restée en vie. Lui, il n'avait jamais compris pourquoi il était né… Pourquoi il *était* en vie.

Durant la semaine suivante, Molly se concentra sur son travail, chassant chaque fois que nécessaire le flot de pensées et les regrets qui menaçaient de l'envahir.

Chase lui manquait, c'était plus qu'évident…

Mais Chase ne devait pas l'obséder, c'était aussi une évidence.

Et, obstinément, la jeune femme s'efforçait de ne pas se laisser dominer par ses souvenirs et par son imagination fantasque. Sa décision était prise, elle n'y reviendrait pas !

Entre les soins qu'elle prodiguait à ses patients, les dossiers qu'elle devait tenir à jour, et les entretiens avec les différents médecins de son service, Molly avait peu de temps pour elle. S'il en avait toujours été ainsi, compte tenu des circonstances, elle apprécia particulièrement cet emploi du temps chargé. A l'hôpital, elle ne pouvait pas se permettre de rêvasser... Et tant mieux.

Cependant, le soir, chez elle, c'était une autre histoire. Surtout lorsqu'elle se couchait dans son grand lit — ce lit où Chase et elle s'étaient fiévreusement aimés... Elle avait changé les draps, la housse de couette, les taies d'oreiller, avait lavé le linge à quatre-vingt-dix degrés... Comme pour effacer à jamais toute trace du passage de son amant d'une nuit.

Mais sa mémoire lui jouait des tours... Et dans la nuit, dans l'obscurité de sa chambre, elle gardait parfois les yeux ouverts pendant longtemps.

Un jour, son téléphone portable sonna, mais quand elle prit la communication, il n'y avait personne au bout du fil. Cela se reproduisit encore à deux reprises et, chaque fois, le numéro du correspondant était masqué. Peut-être s'agissait-il de Chase... Mais si c'était lui, il ne laissa aucun message. Là encore, c'était mieux ainsi, se dit-elle. L'aurait-elle rappelé ? Elle aurait sûrement été partagée, déchirée... et perturbée.

Le temps s'écoula. Une semaine, puis une autre, puis un mois... Peu à peu, Molly pensait moins souvent à Chase. Elle recouvra son précieux équilibre : la journée à l'hôpital, sauf quand elle était de garde la nuit, le soir tranquille à la maison, à regarder la télévision, son chat lové sur ses genoux. Parfois, elle dînait avec son amie Betsy, et toutes deux évitaient de parler de leurs métiers respectifs.

Un mois et demi après son unique rencontre avec Chase, un dimanche, Molly s'installa comme d'habitude à la table de sa cuisine pour trier ses papiers et payer ses charges : loyer, électricité, téléphone... Elle avait l'impression que ce moment arrivait de plus en plus vite ! Mais cela faisait partie de l'inévitable routine, comme les dates de facturation, de salaire et…

Les cycles menstruels.

Sa main se crispa sur son stylo.

Perplexe, la jeune femme consulta le calendrier de son agenda, et esquissa un rapide calcul. Habituellement, son cycle restait régulier. Certes, si elle était stressée, son rythme naturel s'en trouvait parfois légèrement perturbé… Mais était-ce possible à ce point ? s'interrogea-t-elle, constatant qu'elle accumulait presque dix jours de retard.

Aussitôt, elle pensa à l'éventualité la plus hautement improbable : elle était peut-être enceinte. Mais Chase et elle ne s'étaient-ils pas protégés ?

Sauf qu'aucun moyen de contraception n'était fiable à cent pour cent, se rappela-t-elle.

L'espace de quelques instants, Molly imagina ce qui se produirait si, par le plus grand des hasards, elle attendait un bébé.

Pour commencer, sa vie deviendrait plus compliquée… Non qu'elle n'aime pas les enfants, au contraire. A l'hôpital, elle parvenait toujours à tisser des liens très tendres avec eux, à les rassurer, même à les faire rire ou sourire… Mais ce n'étaient pas ses enfants !

Car, pour être franche avec elle-même, elle n'avait encore jamais envisagé de devenir maman. Elle était tellement occupée par son métier qu'elle n'avait pas eu l'occasion de penser à fonder une famille.

Et serait-elle capable d'être mère de famille ?

En soupirant, elle secoua la tête. Elle devait être vraiment très stressée pour oser penser à ce genre de choses. Un peu de repos ne lui ferait pas de mal…

Elle rangea la pile de courrier à poster sur le buffet de la cuisine, puis elle sortit de la maison et prit sa bicyclette pour se rendre au supermarché du coin. Elle y acheta un paquet de céréales, des mouchoirs en papier, et un test de grossesse à réaliser chez soi. Elle s'empara de la petite boîte après une brève hésitation. Oui, oui, mieux valait qu'elle élimine ce doute de son esprit une bonne fois pour toutes. En réalité, elle n'avait besoin ni de céréales ni de mouchoirs en papier... Alors, autant assumer la véritable raison qui l'avait poussée à faire ces courses !

Molly eut l'impression que tout le monde la regardait pendant qu'elle payait à la caisse. Son imagination lui jouait des tours puisque, levant les yeux, elle ne vit que la caissière et, derrière elle, une cliente blonde âgée d'une cinquantaine d'années, préoccupée par un ongle cassé.

Moins d'une demi-heure plus tard, Molly était de retour chez elle. Elle laissa sa bicyclette à son endroit habituel, près du perron, et l'attacha à la rampe avec un cadenas. Une fois à l'intérieur de la maison, elle rangea ses achats puis, le test de grossesse à la main, se rendit dans la salle de bains.

Il était impossible qu'elle soit enceinte, se répéta-t-elle une nouvelle fois. Sauf si, durant leur folle nuit d'amour, ils avaient commis une imprudence... Ou si l'un des préservatifs s'était déchiré. La boîte se trouvait dans son tiroir depuis une éternité. A vrai dire, elle datait de l'époque où Molly sortait avec Randy. A moins que cela ne fasse plus longtemps ? Elle ne s'en souvenait plus.

A cet instant, elle gardait seulement à l'esprit les images et les sensations de ses étreintes passionnées avec Chase... Des souvenirs qui lui brûlaient la mémoire.

Alors, sans se refréner pour une fois, elle revécut chacune

de leurs caresses, chacun de leurs baisers brûlants, chaque instant de leur corps à corps fougueux… Tant et si bien que Chase lui manqua si fort qu'elle aurait voulu l'appeler sur-le-champ…

Ce que, naturellement, elle ne fit pas.

— Oh, mon Dieu, je vous en prie, faites que tout soit normal ! murmura-t-elle en réalisant chaque étape du test, puis en attendant anxieusement le résultat.

Dans le silence de la pièce, elle entendait résonner les battements de son cœur. Le temps parut soudain s'étirer, s'effilocher et devenir aussi fin que la petite bandelette qu'elle fixait des yeux…

Et, quand un fin anneau rose apparut sur la languette blanche, elle en eut le souffle coupé.

Elle cligna des paupières plusieurs fois, espérant qu'elle se trompait, qu'elle découvrirait un espace blanc sur la minuscule fenêtre de contrôle…

Mais l'anneau rose resta en place, bien visible.

Pétrifiée, Molly observa longtemps le test de grossesse. Positif. C'était positif ! Comment était-ce possible ? Elle était enceinte de Chase Mayfield !

9.

Le lendemain, encore sous le choc, Molly se prépara pour aller travailler.

Elle était en retard, ce qui ne lui arrivait pas souvent. En d'autres circonstances, elle aurait sauté son petit déjeuner, et avalé un croissant et un café plus tard, à la cafétéria. Mais ce matin-là, elle se força à boire un verre de lait et à manger une banane avant de se rendre, à pied, à l'hôpital.

Le soleil réchauffait l'atmosphère et, dans les cimes des arbres, les oiseaux chantaient.

Difficile de ne pas penser à la nouvelle vie qu'elle s'apprêtait à connaître, au bouleversement total et absolu qui l'attendait…

Molly inspira plusieurs fois profondément, essayant d'apaiser les battements de son cœur.

Difficile de ne pas se dire que tout ce qu'elle avait patiemment construit s'apprêtait à changer… Et ce pour toujours.

Evidemment, d'autres solutions s'offraient à elle. Elle pourrait confier le bébé à l'adoption, ou à une famille d'accueil…

Non, jamais elle ne pourrait agir ainsi ! Même si cette grossesse n'était pas désirée, plus elle s'imaginait mère, plus elle avait envie de sourire… Et même de rire ! C'était presque comme si le ciel lui envoyait une deuxième chance d'avoir une famille, en compensation de celle qu'elle avait perdue… Une chance qu'elle devait accueillir et remercier.

Fidèle à ses habitudes, Molly pénétra dans l'enceinte de l'hôpital en empruntant le chemin qui traversait le parc. Elle aperçut Betsy, assise sur un banc.

Son amie médecin était manifestement en train de faire une pause. Après une brève hésitation — elle ne voulait pas la déranger —, Molly s'approcha d'elle.

— Bonjour…

Betsy leva les yeux vers elle et lui sourit, mais l'expression de son visage resta sombre. Nul doute qu'elle recherchait un moment de tranquillité.

— Quelque chose ne va pas ? s'inquiéta Molly.

— Disons que j'avais juste besoin de réfléchir. Mon avocat m'a appelée, et m'a appris que Joe est jugé aujourd'hui. Il passera sans doute les dix prochaines années, voire davantage, à McCrea.

« La prison d'Etat… », pensa Molly.

Betsy avait été mariée avec un homme qui menait une double vie puisqu'il avait dupé son associé et trompé sa femme. Il avait été arrêté, et accusé d'avoir détourné des millions de dollars appartenant à l'entreprise où il travaillait. Il avait également dérobé des sommes conséquentes à Betsy.

— Heureusement que nous n'avons pas eu d'enfant, reprit Betsy. La situation aurait été beaucoup plus angoissante.

Molly acquiesça.

— Dire la vérité à un enfant n'est pas simple…

— Divorcer non plus. Etre parent, ça change tout, ajouta Betsy.

— C'est sûr…

Cette conversation s'avérait étonnamment en phase avec ce qu'elle vivait, songea Molly avec émotion.

Une fois de plus, elle se demanda quand et comment elle informerait Chase ; comment il réagirait…

Elle jeta un coup d'œil à Molly, tentée de se confier. Mais tant qu'elle n'en aurait pas discuté avec Chase, elle ne pouvait pas partager la nouvelle.

— Eh bien, il est temps que j'y aille, déclara-t-elle. Je commence mon service dans quelques minutes.

— Bon courage. A tout à l'heure, dit Betsy.

Les deux femmes se sourirent, puis Molly s'éloigna.

Trois heures plus tard, dans le bureau des infirmières au troisième étage de l'établissement, Molly complétait les documents de sortie de Mme Wentworth, chambre 302, hospitalisée pour une appendicectomie.

Entendant les portes de l'ascenseur s'ouvrir, la jeune femme leva machinalement les yeux… et crut être victime d'une hallucination. Chase s'avançait dans le couloir, un bouquet d'œillets roses et rouges à la main !

Il venait peut-être rendre visite à un patient, se raisonna-t-elle, tout en sachant que c'était assez improbable. Durant son séjour à l'hôpital, il n'avait pas rencontré grand monde, et il vivait à Houston.

— Bonjour, dit-elle en le regardant s'approcher. Qui viens-tu voir ?

Son cœur battait à mille à l'heure.

— Toi, répondit-il en l'observant intensément.

Ils restèrent silencieux quelques instants. L'esprit de la jeune femme était en ébullition. Quel hasard… Juste aujourd'hui, alors qu'elle était chamboulée par la découverte de sa grossesse, alors qu'elle s'interrogeait sur ce qu'elle dirait à Chase, il apparaissait devant elle… Comme s'il avait entendu ses pensées.

— Tu aurais dû me prévenir, dit-elle.

— Désolé, j'ai lâchement préféré te surprendre. Tu aurais sans doute refusé que je vienne… C'est pour toi, poursuivit Chase en lui tendant les fleurs.

— Merci, murmura-t-elle. Je les mettrai dans de l'eau tout à l'heure.

— As-tu le temps de déjeuner avec moi ?

Molly hésita. Dans un sens, elle était soulagée qu'il soit là. Peut-être trouverait-elle plus facilement les mots pour lui annoncer la nouvelle. Mais peut-être pas. Comment réagirait-il ? Il serait abasourdi, stupéfait… En colère ? Tout était envisageable, même le pire. Peut-être refuserait-il de reconnaître l'enfant…

Maintenant, compte tenu des circonstances, il faudrait qu'elle construise une forme d'amitié avec lui. Dans son esprit, il n'était pas pensable de nouer un autre genre de lien.

— Je vais demander à ma collègue Carol de me remplacer, répondit-elle. Une minute…

Consciente du regard de Chase posé sur elle, la jeune femme gagna la salle de repos réservée au personnel, et plaça les fleurs dans un vase rempli d'eau. Elle offrirait le bouquet à une patiente qui n'avait reçu aucune visite pendant son hospitalisation, décida-t-elle.

Quelques instants plus tard, Carol ayant accepté d'assurer ce bref remplacement, Molly mena Chase à la cafétéria.

Tous deux prirent un plateau, y déposèrent leurs plats

respectifs — Chase insista pour payer —, et s'installèrent à une table isolée dans un coin de la salle.

Chase avait choisi un hamburger, des frites, et une tarte aux fraises en guise de dessert. Molly s'était concocté un menu plus équilibré que de coutume : poulet rôti, légumes à la vapeur, fruit et eau minérale.

— La plupart des gens préfèrent manger à l'extérieur de l'hôpital, dit-elle.

— Pour changer de cadre, j'imagine… On peut les comprendre. On ne décompresse pas tout à fait, ici.

— Oh, c'est une question d'habitude.

Elle le regarda dans les yeux, admirant de nouveau leur bleu envoûtant. Non, non, elle ne succomberait pas, se répéta-t-elle.

— Comment vas-tu ? demanda-t-elle poliment.

— Bien. Je n'ai plus mal nulle part. Même ma cicatrice a disparu, ajouta Chase en souriant.

Ce sourire de play-boy… Sentant son pouls s'accélérer, Molly se concentra sur le contenu de son assiette, écoutant distraitement ce que Chase lui racontait à propos de sa convalescence, de la réparation de sa voiture, de sa vie à Houston…

— Au fait, j'ai trouvé un chat pour le petit Tommy Haines, lui apprit-il. Un chaton gris, tigré, très mignon. L'autre jour, je suis allé l'apporter à Diana Haines.

— C'est gentil, répondit-elle. Tommy devait être content.

— Oui… Et sa sœur aussi. C'est parce qu'ils cherchaient leur chat qu'ils étaient dans la rue le fameux soir de l'accident.

— Je m'en souviens. Tommy l'a expliqué.

— Et ils n'avaient pas retrouvé leur chat, poursuivit Chase. Tommy et Missy étaient tristes, mais maintenant, ils vont mieux.

Molly ébaucha un sourire. Chase était vraiment généreux…

Peut-être le serait-il tout autant lorsqu'il saurait qu'il s'apprêtait à être père.

Toutefois, le moment lui paraissait mal venu pour lui apprendre cette nouvelle fracassante. Elle ne trouverait jamais les mots… Sans doute parce qu'elle-même n'avait pas encore réalisé ce qui se passait en elle. Cette vie infime qui commençait à palpiter au plus profond de son être… En y pensant, une bouffée de joie mêlée d'appréhension l'envahit.

— Tu as l'air… soucieuse, observa Chase, comme en écho de ses pensées.

— Juste fatiguée. Et je suis un peu gênée que tu sois passé me voir, avoua Molly en jetant un coup d'œil autour d'elle.

Heureusement, il n'y avait pas trop de monde à la cafétéria. Deux médecins, une aide-soignante, et un ambulancier qui buvait un café au bar. Elle n'avait pas trop envie qu'on la voie en compagnie du célèbre Chase Mayfield, son ancien patient…

— Désolé, répéta-t-il. En fait, je voulais te dire quelque chose de vive voix. J'aurais pu t'écrire, ou te téléphoner, mais je préférais un contact direct…

Elle ne put s'empêcher de sourire, l'invitant en silence à poursuivre. Il la dévisagea longuement avant de déclarer :

— Je ne peux pas t'oublier, voilà… Je ne peux pas chasser de mon esprit ce qui s'est produit entre nous. Et j'aimerais que tu saches que si jamais tu changes d'avis, je serais… fou de joie.

Elle resta sans voix quelques instants. S'il savait…

— Moi aussi, j'ai du mal à oublier, avoua-t-elle.

— Ah…

— Ne crie pas victoire ! répliqua-t-elle gentiment. Je veux bien qu'on se voie, mais ce serait en toute amitié. Pour le reste, comme je te l'ai déjà expliqué, je ne suis pas prête à…

— Je sais, Molly.

Il lui adressa un sourire désarmant de gentillesse.

— Et je te comprends.

— Merci.

Elle lui sourit à son tour, puis tous deux continuèrent à bavarder de tout et de rien…

Comme deux amis.

10.

En quittant l'hôpital, Chase se sentait plein d'espoir. Molly s'était montrée aussi douce que ferme : elle acceptait qu'ils se revoient de temps en temps, par exemple le dimanche, ou le jeudi, son autre jour de repos ; en toute amitié, avait-elle répété.

Qu'à cela ne tienne, ce serait mieux que rien… D'autant qu'il espérait la séduire quand même, peu à peu, patiemment. Il déploierait tout son charme… Il l'inviterait dans des endroits magnifiques… Il la gâterait et l'éblouirait ! songea-t-il en se glissant au volant de sa Corvette.

Il s'apprêtait à mettre le moteur en marche quand il entendit le bip de son portable lui indiquer qu'il avait reçu un message. Il le consulta aussitôt. Peut-être était-ce Molly…

Mais c'était Gerald Barden. Son sponsor le félicitait de s'être montré aussi généreux vis-à-vis de la famille Haines… Pour le remercier d'avoir pris en compte ses avertissements, il l'invitait à un grand barbecue ce dimanche : Chase pourrait venir accompagné de la personne de son choix. La famille Haines était également invitée, précisait Gerald.

Incroyable ! Gerald Barden ne reculait devant rien pour promouvoir l'image de son pilote attitré, pensa Chase. Ce qui, au fond, s'avérait plutôt positif. En même temps, il ferait très plaisir à Diana Haines et ses enfants, et ça aussi, c'était merveilleux.

Quant à lui, il pourrait peut-être inviter Molly…

Sauf que le barbecue tombait le lendemain de l'anniversaire de son père, auquel il espérait convier Molly.

Songeur, Chase mit le contact et démarra, s'engageant dans l'avenue qui bordait l'hôpital. Il avait envie de tout faire avec Molly. Il voulait la présenter à ses proches, à ses collaborateurs… Mais accepterait-elle ? Oui, tant qu'il ne dépassait pas la frontière imposée par l'amitié, pensa-t-il. Un défi…

Le lendemain, Molly dut remplacer Sara Mendez au service des urgences et, de nouveau, elle se retrouva en binôme avec Betsy. Comme d'habitude, le temps fila rapidement, les cas se succédant, tous différents : il fallait accueillir les patients, effectuer les premiers soins, les diagnostics préalables et les envoyer dans le service concerné, parfois loin de Brighton Valley.

Ainsi, ils avaient dû traiter une femme victime d'un infarctus, à présent prise en charge en unité de soins intensifs, de même qu'un homme qui s'était gravement entaillé le doigt en utilisant une scie sauteuse. Il avait perdu beaucoup de sang et, lorsque Betsy avait dénoué le bandage de fortune que le patient avait réalisé lui-même, Molly s'était sentie nauséeuse… Et elle avait failli s'évanouir.

Ce genre de malaise lui était arrivé occasionnellement, pendant ses études à l'école d'infirmières, mais au fil des années elle s'était aguerrie et n'avait plus jamais mal réagi.

Les nausées qu'elle éprouvait à présent étaient d'origine hormonale, elle le savait. Son métabolisme modifié, sa résistance aussi bien mentale que physique changeait tout autant… Dans la mesure du possible, il faudrait qu'elle décline tout autre remplacement aux urgences !

Betsy et Molly appelèrent un chirurgien spécialiste de la main pour suturer la plaie de leur patient et stopper le flot de sang. D'après Molly, il y avait de fortes chances que la victime ait les tendons endommagés, et il s'avéra qu'elle avait raison.

Le patient suivant fut un drogué victime d'une overdose, tiré d'affaire de justesse. Ensuite, ils reçurent un joueur de golf de cinquante-deux ans qui avait embouti un arbre avec son caddie, était tombé et s'était cassé l'épaule. Notant que son haleine empestait l'alcool, Molly se demanda s'il existait une loi interdisant la conduite en état d'ébriété sur un terrain de golf… Mais une nouvelle bouffée nauséeuse menaçant de la submerger, elle préféra effectuer ses soins rapidement, et oublier ses interrogations. Dans son état, c'était plus judicieux !

L'après-midi s'écoula, si chargé que Molly ne vit pas le temps passer. A présent, profitant d'une accalmie, Betsy décida de s'accorder une pause pour dîner. Molly, qui avait fini son service et pouvait rentrer chez elle, décida de lui tenir compagnie.

— J'apprécie que tu acceptes de m'aider aussi régulièrement, confia Betsy alors qu'elles s'installaient à table.

Elle avait pris un plat de poisson accompagné de riz et légumes ; Molly se contentait d'un sandwich crudités-jambon.

— Tu ne m'aurais pas appelée si tu n'avais pas vraiment eu besoin de moi, répondit Molly.

Elle avala une bouchée de sandwich, qu'elle trouva insipide.

— Mais pour être franche, poursuivit-elle, je refuserai sans doute la prochaine fois qu'on me demande aux urgences.

— Pourquoi ? s'étonna Betsy. Ça te chamboulait autrefois, je le sais, mais maintenant tu maîtrises mieux la situation, non ?

— Oui, mais… Enfin, il y a d'autres raisons.

Betsy la dévisagea d'un air interrogateur, attendant une meilleure explication.

— Je suis enceinte, avoua alors Molly. Et tout à l'heure, quand ce type est arrivé avec son doigt coupé, j'ai failli tourner de l'œil.

Betsy l'observa avec stupeur.

— Enceinte ? Tu es enceinte ? J'ignorais que tu fréquentais quelqu'un.

— Je suis toujours célibataire.

Betsy fronça les sourcils.

— Ah…

— Eh oui. Une aventure d'un soir qui…

Mal à l'aise, bouleversée, Molly secoua la tête.

— C'est tellement fou ! En plus, il y a très peu de chances que le père de mon enfant et moi puissions nouer de vraies relations. C'est un accident… J'aurais dû être plus vigilante.

Betsy hocha la tête.

— Plus vigilante par rapport à la contraception ? Ou plus vigilante dans le choix de ton partenaire ?

— Les deux, je suppose. Ce qui aurait dû rester l'histoire d'une nuit va se transformer en histoire d'une vie.

— Si tu ne veux pas poursuivre avec ce partenaire d'une seule fois, c'est que tu ne t'entends pas avec lui, fit remarquer Betsy.

— Au contraire. Jamais je ne me suis sentie aussi bien dans les bras d'un homme, confia Molly.

Betsy parut sceptique.

— Alors qu'est-ce qui ne va pas entre vous ?

— On… on n'est pas faits l'un pour l'autre.

Molly posa son sandwich quasiment intact sur son assiette.

— Bon… De qui s'agit-il ? insista Betsy. Pardon d'être indiscrète, mais je suis ton amie et…

— Je te dirai tout bientôt, l'interrompit Molly. Je préfère attendre encore un peu avant de révéler son identité, peut-être parce que je ne l'ai pas encore mis au courant. En fait, tu es la seule à savoir…

A ce moment-là, comme par hasard, Chase pénétra dans la cafétéria. L'espace d'un instant, Molly se demanda si elle n'était pas en train de rêver. Elle cligna plusieurs fois des paupières… Mais non, l'apparition se révéla bel et bien réelle.

Chase jeta un coup d'œil circulaire dans la pièce. Apercevant Molly, il s'avança vers elle, un sourire charmeur aux lèvres.

Suivant le regard de Molly, Betsy se retourna à son tour. Reconnaissant Chase, elle reporta aussitôt son attention sur Molly et sourit d'un air un peu espiègle.

— Hum… Ton histoire d'un soir ne se serait pas déroulée avec l'un de nos patients, par hasard ? chuchota-t-elle.

— Un ancien patient, rectifia Molly.

— Exact. En tout cas, si tu avais été en quête d'un futur

papa, tu n'aurais pas pu mieux choisir, commenta Betsy. Il est… superbe.

— Je n'avais aucune envie d'être enceinte, protesta Molly à voix basse.

Betsy se mit à rire.

— Parfois, c'est inconscient, tu sais… Chase Mayfield est un vrai séducteur.

— Je sais, soupira Molly.

Se rapprochant des deux femmes, le célèbre pilote de course accentua son sourire, révélant des fossettes qui le rendaient encore plus irrésistible.

— Bonjour, mesdames.

Molly sentit son cœur faire un bond dans sa poitrine. Pourquoi Chase n'était-il pas à Houston ? N'était-il pas censé vivre là-bas ?

S'efforçant de maîtriser son trouble, elle lui adressa un sourire poli.

— Bonjour… Encore une fois, tu ne me préviens pas de ta visite ?

— Les amis peuvent passer à l'improviste, non ?

Molly hocha la tête et, croisant le regard amusé de Betsy, haussa les épaules.

— En principe, oui. Mais ici, c'est mon lieu de travail, souligna-t-elle.

— Justement, je n'ai pas réussi à t'appeler. La ligne était toujours occupée et, quand quelqu'un m'a enfin répondu, tu étais aux urgences et indisponible. Tu quittes l'hôpital à quelle heure ? poursuivit Chase.

— J'ai fini mon service. Pourquoi ?

— Parfait.

— Parfait… pourquoi ?

— La « première » du film que nous voulions voir est diffusée ce soir.

— Quel film ?

— Celui dont on a parlé au restaurant. On a lu l'affiche dans la rue.

Molly avait remarqué plusieurs affiches cette nuit-là…

— Pardon, mais je ne m'en souviens pas.

— La comédie romantique, précisa-t-il.

— Ah, oui…

Molly jeta un coup d'œil à Betsy qui semblait apprécier cette conversation bien plus qu'elle ne l'aurait dû.

— Je crois que c'est un bon film, commenta son amie en se levant et en poussant sa chaise contre la table. Amusez-vous bien.

— Où vas-tu ? s'enquit Molly, qui aurait préféré que Betsy s'attarde encore un peu.

Cela l'aurait aidée à empêcher Chase de se montrer trop pressant…

— Au labo, et ensuite, je retourne aux urgences. A plus tard.

Et Betsy s'éloigna rapidement.

— Alors ? Tu acceptes mon invitation ? demanda Chase en souriant de nouveau à la jeune femme.

Molly aurait dû refuser fermement, lui expliquer qu'il se faisait des illusions… Mais elle n'était pas allée au cinéma depuis une éternité, et elle avait vraiment besoin de se détendre.

— D'accord.

Mais ils ne dormiraient pas ensemble, se promit-elle. Il était hors de question qu'elle mette en péril leur amitié naissante.

— Ma voiture est garée sur le parking de l'hôpital, indiqua-t-il. Tu es venue à pied ou en vélo ?

— Un collègue m'a amenée en voiture… Et je dois retourner chez moi pour me changer. On se retrouve là-bas, proposa-t-elle.

— Pas de problème.

Il lui adressa son beau sourire.

— A tout de suite.

Puis il quitta la cafétéria aussi vite qu'il était venu.

Le suivant des yeux, Molly se répéta que leur rendez-vous était avant tout… amical.

Mais, au fond d'elle-même, elle n'y croyait pas.

Jusqu'à présent, tout s'était très bien passé. Molly s'était montrée chaleureuse, et il s'était senti… heureux ; tout simplement heureux. Pendant le film, il avait eu envie de tenir la main de la jeune femme, mais il n'avait pas osé, respectant sa promesse…

Mais, en sortant du cinéma, Chase essaya de prolonger la soirée.

— C'était un excellent film, dit-il.

— Oui, je l'ai adoré. Merci d'avoir insisté pour m'emmener le voir.

Peut-être qu'un jour, elle le remercierait de n'avoir jamais cessé de la courtiser ! songea-t-il malgré lui.

Alors qu'il contournait l'immeuble, Chase aperçut la devanture rose et blanche d'un glacier. Molly n'avait pas beaucoup mangé à la cafétéria, se rappela-t-il, et elle devait avoir faim. D'autant qu'elle n'avait presque pas touché au pot de pop-corn qu'il avait acheté au cinéma.

Il lui pressa gentiment le bras.

— Tu n'as pas envie d'une bonne glace ?

— Pourquoi pas ? J'aime les sorbets ! avoua-t-elle.

En la suivant à l'intérieur du magasin imprégné de parfums sucrés, Chase fut soudain envahi de souvenirs d'enfance. Ces odeurs de bonbons, de chewing-gums, de sucettes…

Un jeune homme les accueillit au comptoir.

— Bonsoir…

— Bonsoir. Qu'est-ce que tu veux ? demanda Chase à Molly.

— Un cornet avec une boule au cassis.

— Tu plaisantes ? C'est… trop simple ! Regarde ça…

Il lui désigna, sur une affiche plastifiée, une glace vert pomme avec des pastilles jaune citron.

— Le « Délice du martien », lut-il. Voilà qui est original !

Molly éclata de rire et s'adressa au serveur.

— Un cône au cassis, s'il vous plaît.

Elle se tourna vers Chase.

— Et pour toi, ce sera un « Délice du martien » avec beaucoup de crème Chantilly, non ?

— Même pas, s'esclaffa Chase. J'aime le chocolat, donc je prendrai un triple cône avec trois boules au chocolat noir et chocolat au lait.

Il paya leurs commandes et tous deux sortirent, dégustant leurs glaces tout en marchant vers la maison de Molly. Le ciel était clair, constellé d'étoiles, mais volontairement Chase ne le fit pas remarquer. Molly n'y verrait peut-être que du romantisme de pacotille !

— Est-ce que tu es parfois libre le samedi ? demanda-t-il.

— Oui… D'autant que j'ai pu échanger des jours de repos avec ma collègue Sara. Du coup, j'aurai bientôt mon premier vrai week-end de repos depuis longtemps, lui apprit-elle. Pourquoi ?

— Parce que ma mère organise une petite fête de famille samedi après-midi. C'est le soixantième anniversaire de mon père, et je voudrais t'inviter…

Une expression légèrement agacée se refléta sur le visage de la jeune femme.

— C'est gentil, mais je t'ai déjà dit qu'on ne sortirait pas ensemble…

— Oui, mais je sais aussi que nous nous sentons bien ensemble… Et j'ai pensé que si tu rencontrais ma famille, tu te rendrais compte que je ne suis pas aussi risque-tout et inconséquent que les journaux le prétendent…

Tout en parlant, Chase s'apercevait qu'il n'avait jamais été aussi sincère. Il avait envie de présenter Molly à ses proches, comme pour leur prouver que lui aussi était capable de fréquenter une femme intéressante, simple et jolie tout à la fois. Molly s'intégrerait bien plus facilement chez les Mayfield que Pamela…

En revanche, il n'osa pas évoquer l'invitation chez Gerald Barden. Pour le coup, cela ferait trop.

— Où habitent tes parents ? demanda-t-elle.

— A Garnerville. C'est à une heure et demie d'ici.

— On verra.

Chase n'insista pas.

Tous deux avaient terminé leur glace lorsqu'ils arrivèrent devant chez elle. Lui proposerait-elle d'entrer ? Chase l'espérait…

Mais Molly demeura sur le perron, le dos contre la porte.

— Merci pour cette sympathique soirée, dit-elle en souriant.

Il lui sourit à son tour et, tendrement, inclina la tête pour déposer un baiser au coin des lèvres de la jeune femme. Il résista à l'envie impérieuse de l'embrasser à pleine bouche, de l'enlacer contre lui et de la couvrir de caresses…

— Merci d'avoir accepté de passer ces quelques heures avec moi, murmura-t-il.

Il la regarda dans les yeux.

— On a brûlé les étapes, toi et moi… Maintenant, il faudrait que nous prenions notre temps pour nous découvrir réellement. Tu veux bien ?

Elle soutint son regard, longtemps, et acquiesça d'un petit signe de tête.

— Je veux bien.

Chase lui sourit de nouveau. Pour lui, ces quelques mots annonçaient un nouveau départ… Au moins pouvait-il l'espérer.

11.

Le lendemain soir, vendredi, Chase téléphona à Molly pour savoir si elle acceptait de l'accompagner à la fête d'anniversaire organisée pour son père. La jeune femme avoua qu'elle n'y avait pas encore réfléchi. Elle venait de passer une journée éprouvante à l'hôpital, confia-t-elle. Non seulement elle avait dû s'occuper de patients difficiles, mais en plus elle n'avait pratiquement pas cessé d'avoir mal au cœur… Ce que, bien sûr, elle ne dit pas à Chase.

— Je serais vraiment heureux que tu viennes avec moi, insista-t-il. Tu te changerais les idées.

Molly hésita encore. Puis elle songea que son enfant serait de toute façon amené à connaître les membres de la famille Mayfield et que, même si Chase décidait de ne pas s'impliquer dans la vie de l'enfant, elle avait intérêt à les connaître.

— Tu as raison. Je veux… A condition que tu conduises prudemment !

— C'est une évidence, assura Chase. Merci d'accepter. A demain, ma ch… Molly.

Il avait failli l'appeler « ma chérie », pensa Molly en raccrochant. Incroyable… Elle avait encore du mal à réaliser que cet homme riche, beau et célèbre s'intéressait à elle pour de bon !

Une fois de plus, elle se demanda comment il réagirait lorsqu'elle lui révélerait la nouvelle. Puis elle préféra ne plus réfléchir à l'avenir. Tout était trop compliqué, trop… flou. Dans l'immédiat, mieux valait qu'elle se détende, et qu'elle se prépare à passer une bonne nuit de sommeil. A partir de maintenant, la santé du bébé dépendait de la sienne…

Quand, samedi matin, Chase sonna à sa porte, Molly venait à peine de finir de se préparer. Après moult hésitations, elle avait opté pour un pantalon noir, de coupe large mais déjà trop serré à la taille, et un chemisier blanc. Si elle continuait à sortir avec Chase, il faudrait qu'elle renouvelle sa garde-robe ! D'autant que sa silhouette commençait à changer…

Elle s'était coiffée avec soin, laissant ses cheveux libres sur ses épaules, et s'était mis un peu de mascara et de rouge à lèvres. Puis, pour la première fois de sa vie, elle avait examiné le contenu de la boîte à bijoux ayant appartenu à sa mère, et avait choisi un collier de perles fines et les boucles d'oreilles assorties, simples mais élégantes.

Face au miroir de sa chambre, Molly avait souri en se voyant parée des bijoux maternels. Auparavant, elle aurait été submergée par une vague de tristesse mais, aujourd'hui, c'était différent. Etait-ce parce qu'elle s'apprêtait à retrouver Chase ? Parce qu'elle était enceinte ? Parce que le temps passait ? Elle n'aurait su dire.

Lorsqu'elle ouvrit à Chase, elle perçut une lueur admirative dans son regard.

— Tu es ravissante.

— Merci.

Elle ne lui avoua pas qu'il lui avait fallu des heures pour réussir à s'habiller !

— Allons-y, ajouta-t-elle en prenant son sac.

Quelques instants plus tard, elle s'installait sur le siège côté passager de la Corvette de Chase. La voiture de sport, rouge, rutilante, inspira aussitôt un fort sentiment de malaise à la jeune femme.

— Tu m'as promis de conduire avec prudence, lui rappela-t-elle, posant instinctivement une main protectrice sur son ventre.

Chase remarqua son geste, et s'il s'en étonna, il n'en souffla mot.

— Ne t'inquiète pas.

Pendant la totalité du trajet, Molly resta crispée. Elle se rendait compte, une fois de plus, qu'elle préférait encore prendre le volant plutôt qu'être passagère. Au moins maîtrisait-elle la situation lorsqu'elle était la conductrice ! Et, même si Chase respecta sa promesse, elle sentit qu'elle peinait à dominer ses appréhensions.

— Détends-toi, conseilla Chase, notant à quel point elle était tendue. Nous arriverons à bon port sains et saufs !

Molly soupira.

— Je n'en doute pas, mais c'est plus fort que moi, confia-t-elle. Depuis cet horrible accident qui a emporté ma famille, je ne supporte pas d'être passagère.

— Tu as déjà essayé d'en parler à un psychologue ? s'enquit-il après une brève hésitation.

— Non… J'aurais dû.

— Pourquoi tu ne l'as pas fait ?

— Parce que tout s'est enchaîné si vite… Après le drame,

je suis partie vivre avec mes grands-parents, mais ils étaient si affectés, si tristes, qu'ils n'ont pas pensé à me faire suivre une psychothérapie. D'ailleurs, ils ne l'ont pas fait pour eux-mêmes non plus.

Molly gardait un souvenir pénible de cette année. Elle avait abandonné son rôle de « pom-pom girl » au sein de l'équipe sportive, s'était coupée de ses amis… Elle se sentait anesthésiée par la douleur.

— Pour ne rien arranger, quelques jours après l'enterrement, on a failli avoir un accident de voiture, poursuivit-elle. Sur la route de San Antonio, un chevreuil a traversé la chaussée… Mon grand-père a pilé pour l'éviter, la voiture a zigzagué… J'ai failli m'évanouir de peur.

Elle ne précisa pas qu'ensuite, pendant longtemps, elle avait souffert de crises de panique chaque fois qu'elle devait monter dans une voiture. Mais, heureusement, cela ne lui était plus arrivé depuis des années.

— C'est fou, avoua Chase après un long silence. Tant d'épreuves terribles… Je comprends mieux tes craintes, Molly. Et rassure-toi : au volant, sache que je ne prends jamais aucun risque inutile. Je suis toujours prêt à faire face à l'imprévu… C'est un réflexe professionnel.

— Je n'en doute pas. Le problème ne vient pas de toi, mais de moi.

Il lui jeta un coup d'œil, et lui prit brièvement la main pour la serrer dans la sienne.

— Tu finiras par avoir de nouveau confiance, tu verras…

Nullement convaincue, Molly préféra ne pas répondre. Et pour cesser d'être anxieuse, pensa-t-elle, mieux valait qu'ils changent de sujet de conversation !

— Parle-moi de tes parents, de tes frères… J'aimerais en savoir plus sur ta famille avant de les rencontrer.

— Oh, il n'y a pas grand-chose à dire. Mon père s'appelle Phil, et il est retraité. Il a eu des problèmes rénaux, et il est sous dialyse.

— Et comment le vit-il ?

— Moyennement bien. Mes frères et moi avons tous proposé de donner un rein, mais ma mère a insisté pour le faire. Encore faut-il que les médecins jugent que mon père peut bénéficier d'une transplantation. On attend leur diagnostic.

— Tes parents parviennent à surmonter cette épreuve ? demanda Molly.

— Autant que possible, oui. Ils sont très liés. Mon père et ma mère s'adorent depuis toujours. Ils ont été de bons parents mais sans s'oublier eux-mêmes : ils ont élevé leurs quatre garçons tout en pensant à s'accorder régulièrement des moments rien que pour eux. Et ils continuent à le faire.

— Et tes frères ? Ils sont heureux en couple ?

— Absolument ! Phillip est ingénieur, spécialisé en électronique, et il a épousé Callie, une institutrice. Ils ont deux petites filles dont ma mère est folle ! Elle n'a jamais pu acheter de poupées ou de dînette à ses enfants, alors autant te dire qu'elle se rattrape !

— J'imagine…

Le sourire aux lèvres, Molly se rendit compte que ses mains se décrispaient. Elle commençait enfin à se détendre.

— Et les autres ?

— Il y a Bobby, qui a presque deux ans de moins que Phillip. Il travaille sur une plate-forme pétrolière à la périphérie de Dallas. Jana, sa femme, est esthéticienne, mais comme ils ont des jumeaux, des garçons, elle est devenue mère au foyer. Elle s'intéresse aux clubs sportifs de la région, aux camps de scoutisme... Tout ce qui concerne l'éducation de ses enfants.

Chase mit son clignotant à gauche et, quelques instants plus tard, tourna sur une petite route de campagne.

— Et enfin, il y a Danny, qui a deux ans de moins que Bobby, reprit-il. Il travaille dans l'aviation. Susan, sa femme, et lui, reviennent de Chine où ils ont adopté une petite fille.

« Et enfin... » C'est en parlant de lui que Chase devrait employer ces mots, songea Molly.

— Tu es le dernier ? demanda-t-elle.

— Eh oui. Arrivé cinq ans après Danny, alors que mes parents croyaient leur famille au grand complet !

Posant une main sur son ventre, Molly pensa qu'un bébé conçu accidentellement pouvait s'avérer le plus beau cadeau que la vie puisse offrir... Parfois même, c'était un miracle.

— Quatre garçons...

Molly hocha la tête en souriant.

— Ta mère mériterait une médaille !

— Alors là, elle serait d'accord avec toi. Et moi, je ne lui ai sûrement pas facilité la tâche, ajouta Chase.

— Pourquoi ?

— Parce que mes frères étaient, disons, très actifs, et que j'ai voulu non seulement faire aussi bien qu'eux mais les surpasser. Résultat, en grandissant, j'ai totalisé un nombre incroyable de blessures, contusions, fractures...

— Je plains tes parents !

— Tu peux...

Chase se mit à rire.

— Pour ne rien arranger, je considérais chaque plaie comme un trophée.

Molly rit à son tour. Pour sa part, elle ne parvenait pas à imaginer ce que signifiait grandir dans une fratrie de garçons… A vrai dire, elle avait oublié ce qu'était sa propre enfance, avant l'accident.

Mais aujourd'hui, songea-t-elle, elle préférait garder les yeux tournés vers l'avenir… Un peu comme, à cet instant précis, elle regardait la route filant vers l'horizon. Elle ignorait ce qui l'attendait… Elle était seulement certaine que ce serait un renouveau.

12.

Phil et Sandy Mayfield vivaient à Garnerville, petite banlieue résidentielle du nord de Houston, dans une rue tranquille, bordée d'arbres et de maisons avec jardins. Un environnement familial par excellence, songea Molly. Un lieu parfait pour élever des enfants…

Chase se gara devant une maison blanche, bâtie de plain-pied. Un panier de basket-ball était suspendu au-dessus de la porte du garage, et sur la terrasse étaient disposées une grande table et des chaises en fer forgé, remarqua Molly en sortant de la voiture.

— Tes parents habitent ici depuis longtemps ? demanda-t-elle.

— Plutôt, oui… Nous avons emménagé ici juste avant que j'entre à l'école maternelle.

Chase verrouilla les portières de la Corvette puis, prenant le bras de la jeune femme, il la guida vers l'allée menant au perron. En haut des marches se trouvait un paillasson tissé en forme de cœur : une manière simple mais sympathique d'accueillir les visiteurs, pensa Molly.

A peine Chase eut-il tourné la poignée que la porte s'ouvrit à la volée sur une femme souriante d'une soixantaine d'années, aux cheveux roux, portant un jean noir et un sweat-shirt jaune sur lequel étaient imprimés une cane et deux canetons. Elle embrassa Chase avant de se tourner vers Molly pour lui serrer la main.

— Bonjour ! Je suis Sandy Mayfield. Vous êtes Molly, j'imagine. Contente que vous ayez pu vous joindre à nous…

Molly répondit à son sourire.

— Merci de m'avoir invitée.

— Alors, où se cache le roi de la fête ? s'enquit joyeusement Chase.

Il jeta un coup d'œil circulaire tandis qu'ils pénétraient dans la maison.

— Ton père est avec Phillip et Callie, répondit sa mère. C'est un anniversaire surprise, donc ils l'ont emmené visiter le nouveau magasin de bricolage qui s'est ouvert dans le centre-ville… Ils doivent le garder là-bas jusqu'à 16 heures ! Danny et Susan sont arrivés, poursuivit-elle. Mais ils viennent d'emmener leur bébé en promenade. Une petite fille qu'ils viennent d'adopter en Chine, et qui s'appelle Amy, précisa-t-elle à l'attention de Molly. Ils seront de retour bientôt. Jana est allée chercher le gâteau, continua-t-elle d'un ton animé. Bobby et les garçons restés ici.

— Et que font-ils ? demanda Chase.

— Ils jouent au foot, je suppose. Sous la surveillance de grand-mère Ellen.

Sandy sourit à son fils.

— Vas donc présenter Molly, mon chéri…

— Bonne idée.

Et, prenant Molly par la main, Chase se dirigea vers le jardin.

*
* *

Emue par la gentillesse de toutes les personnes qu'elle rencontrait, Molly eut l'impression de ne pas s'être autant détendue depuis une éternité. La famille de Chase se révélait vraiment adorable, et tellement accueillante !

De retour chez lui, Phil Mayfield, le père de Chase, ne cacha pas sa joie en découvrant la joyeuse assemblée qui l'attendait. Comme son épouse Sandy, il se montra particulièrement chaleureux avec Molly. Il était un peu pâle, remarqua Molly, sans aucun doute à cause de ses problèmes de santé, mais il demeurait vif, pétillant, et de toute évidence sa femme, ses fils et ses petits-enfants l'adoraient.

La fête d'anniversaire se déroula dans le jardin, sans le moindre accroc. Le repas fut délicieux, et le gâteau au chocolat, l'un des préférés du père de Chase, tout à fait savoureux. Les bougies soufflées, les cadeaux déballés, chacun commença à débarrasser la table et emporter les restes de nourriture et les assiettes sales. Molly, qui peinait à retenir tous les noms, insista pour mettre la main à la pâte. Ce serait un bon moyen de faire davantage connaissance !

Jana, déjà dans la cuisine en compagnie de Susan et de Callie, refusa que Sandy Mayfield les aide.

— Si on est trop nombreux, on se cogne les uns les autres, et on va moins vite ! argumenta-t-elle en riant. Pourquoi n'iriez-vous pas vous occuper de la petite Amy ?

— Excellente idée ! lança Sandy.

Et elle tourna prestement les talons.

Jana proposa aussi à Chase, qui apportait un grand saladier vide, d'aller brancher la nouvelle télévision ultramoderne offerte à son père.

— Et ne t'inquiète pas, on s'occupe de Molly ! assura-t-elle.

C'était si agréable de se sentir acceptée… Comme si elle faisait déjà partie de la famille, pensa Molly.

Pendant la demi-heure suivante, la jeune femme resta avec Callie, la femme de Phillip, ainsi que Jana et Susan, les belles-sœurs de Chase. Elle les écouta discuter de choses et d'autres, sans vraiment participer à la conversation toutefois. A un moment, Callie les informa qu'elle était enceinte, et précisa que Philip ne le savait pas encore. Après que Jana et Susan l'eurent joyeusement félicitée, Callie avoua que son mari et elle n'avaient pas prévu d'avoir un troisième enfant.

— Je viens d'avoir une promotion à mon travail, et je ne sais pas comment je vais réussir à m'organiser…

— Tu réussiras, affirma Jana. Vous réussirez ! Votre famille s'agrandit encore, et c'est merveilleux !

— Tu as raison, admit Callie, c'est une très belle nouvelle. Sauf que la situation est différente… Il y a douze ans, quand les filles étaient bébés, nous n'avions pas autant de charges mensuelles. Maintenant, il y a la maison, et il faut pouvoir tout payer. Ce qui signifie que je serai obligée de continuer à travailler au moins à temps partiel. Donc notre petit troisième se retrouvera en crèche, et la collectivité ne nous enchante pas…

Molly, qui ne soufflait mot, pensa à sa propre situation. Comment se débrouillerait-elle une fois son congé de maternité terminé ? Et si jamais elle ne devait compter que sur elle-même…

— On trouve toujours une solution, poursuivait Jana.

— Il faut être optimiste et positive, renchérit Susan.

Depuis que nous avons adopté Amy, je vois la vie en rose, tout le temps…

Observant les trois femmes, Molly songea alors que ce devait être bien agréable de faire partie d'un tel groupe d'amies. On se sentait épaulée, soutenue… Moins seule.

— Je pourrais peut-être garder ton bébé, proposa Susan. J'ai un congé parental pour m'occuper d'Amy. Du coup, ton enfant et Amy auront des liens encore plus proches. Ils seront entre cousins, voilà…

Une expression de soulagement se peignit sur le visage de Callie.

— Tu me sauves ! Merci mille fois !

Susan sourit.

— Tu vois, ton problème est réglé.

Contre toute attente, les yeux de Callie se remplirent de larmes.

— Merci… Merci, répéta-t-elle avec ferveur. Vous êtes merveilleuses, toutes les deux. Je n'ai pas de sœur, mais vous êtes là, maintenant… Ça change tout, pour moi.

— Oh, je te comprends ! s'esclaffa Jana. Vivre avec un Mayfield, ce n'est pas de tout repos… Et encore, Susan et toi, vous avez des filles, ce qui ajoute un peu de douceur au foyer !

— Attention, prévint Callie en souriant à ses belles-sœurs. Nous risquons d'effrayer Molly.

Les trois femmes se tournèrent vers cette dernière, qui se tenait près de l'évier. Des sourires bienveillants s'épanouirent sur leurs visages. « Je n'ai pas peur, pensa Molly. Enfin, pas encore… »

— En plus, Molly s'est déniché le plus turbulent des Mayfield, poursuivit Jana en croisant les bras sur sa poitrine.

Un dur à cuire ! Mais comme tu es infirmière, Molly, tu sauras panser ses plaies… dans tous les sens du terme !

Molly fronça les sourcils. Elle n'appréciait pas tellement la tournure que prenait la conversation.

— Arrête, Jana, intervint de nouveau Callie. Molly connaît à peine Chase… N'est-ce pas, Molly ?

— C'est exact. Nous nous sommes rencontrés il y a presque deux mois, je crois, répondit Molly.

— Et vous sortez ensemble ? insista Callie. Pardon, je suis indiscrète, mais j'ai remarqué que Chase ne te quitte pas des yeux. Il a l'air bien mordu, si tu me pardonnes l'expression !

— Ce qui ne lui est pas arrivé souvent, renchérit Susan en hochant la tête.

— A vrai dire, je ne sais pas grand-chose de lui, avoua Molly après un silence. Nous nous apprécions, lui et moi, mais…

Elle s'interrompit, incapable d'en dire davantage. Gênée, elle sourit à Susan et Jana avant de reporter son attention sur le plat qu'elle était en train d'essuyer. Tout en effectuant machinalement ses gestes, elle songea que ses relations avec Chase devaient paraître bien confuses. Sans doute parce qu'elles étaient confuses. Etaient-ils amis ou amants ? Amis *et* amants ? Et, dans la mesure où Chase ignorait toujours qu'elle attendait un bébé, tout n'en était que plus troublant.

Il faudrait éclaircir la situation au plus vite.

Il faudrait aussi qu'elle se décide au sujet de Chase. Que voulait-elle vraiment vivre avec lui ?

***

Il faisait nuit lorsqu'ils quittèrent la maison des Mayfield. Une fois sur la route, Chase remarqua que Molly semblait moins crispée qu'à l'aller.

Mais elle n'était pas détendue pour autant, devina-t-il, observant le fin profil de la jeune femme.

Avait-il commis une erreur en la présentant à sa famille ? Ou était-elle seulement inquiète parce qu'il conduisait ?

— Tu vas bien ? demanda-t-il.

— Oh, oui…

— Tu ne t'es pas ennuyée ?

— Pas du tout.

— Tant mieux, alors. J'ai eu peur que tu regrettes de m'avoir accompagné.

Molly lui jeta un bref coup d'œil et sourit.

— Au contraire. J'ai apprécié tes parents, qui sont si gentils… Tes frères, tes belles-sœurs, leurs enfants… Tu as une famille très sympa.

— Sympa et bruyante ! Quand tout le monde est là, ça rit, ça chahute…

— C'est la vie ! s'esclaffa Molly.

Soulagé de la voir rire, Chase rit à son tour. Il eut envie de lui prendre la main mais n'osa pas.

Comment se terminerait cette journée ? s'interrogea-t-il de nouveau. Il ramènerait la jeune femme chez elle et, ensuite, se diraient-ils au revoir, en toute simplicité ?

Il pensa alors que c'était le moment d'évoquer l'événement prévu le lendemain par Gerald Barden.

— Au fait, est-ce que tu es libre demain ?

— Une fois que j'aurai terminé lessive et ménage, oui, répondit-elle en souriant d'un air entendu. Les corvées habituelles…

— J'imagine. Mais ensuite, que dirais-tu de m'accompagner chez un ami, qui est aussi mon principal sponsor, et qui organise un barbecue demain ? Il n'habite pas loin de Brighton Valley.

Molly fronça les sourcils.

— Ton principal sponsor ?

— Oui. Il s'appelle Gerald Barden. J'ai été marié avec sa fille Pamela, mais c'est une époque révolue… En plus, depuis, Pamela s'est remariée. Nous sommes en bons termes, et peut-être même t'entendrais-tu bien avec elle…

— Avec ton ex-femme ?

Molly lâcha un rire un peu moqueur.

— J'avoue que tu me prends au dépourvu.

— Je sais. Je voudrais vraiment que tu m'accompagnes, insista Chase. Ce sera un déjeuner entre amis, quelque chose de simple… Et j'aurai l'occasion de te présenter à une autre famille qui m'est chère.

— Ta famille sportive ?

— En quelque sorte.

Chase préféra ne pas mentionner qu'il y aurait également des journalistes, toujours intéressés par ses faits et gestes.

— Pourquoi avez-vous divorcé, Pamela et toi ?

Chase opta pour la franchise.

— C'est très simple : elle ne s'est jamais intégrée au clan des Mayfield. Elle vient d'une famille riche, et elle a des goûts de luxe que je n'ai pas pu satisfaire… Ou que je n'ai pas voulu satisfaire, précisa-t-il, sincère. D'accord, je gagne bien ma vie, mais j'aime aussi une certaine simplicité que, visiblement, elle n'appréciait pas autant que moi.

Sentant que Molly l'interrogeait du regard, il poursuivit :

— On s'est rencontrés quand on était étudiants, Pam et moi. On était très jeunes, très immatures. Nos choix de vie n'étaient pas fixés… On avait tant à prouver, tant de choses à rechercher ensemble mais aussi séparément ! En fin de compte, nos sentiments n'ont pas résisté à l'usure du quotidien.

— C'est souvent ce qui se passe dans les couples…

— Tu as déjà vécu avec quelqu'un ? s'enquit-il en la regardant avec une curiosité non dissimulée.

— Jamais. J'ai eu des relations suivies, mais aucune n'a vraiment abouti.

Molly haussa les épaules.

— Je me suis totalement consacrée à mon métier. Etre infirmière, c'est une vocation ! Je travaille beaucoup, parfois de nuit, à l'hôpital, je vis des situations souvent pénibles… Quelquefois, ça me fatigue plus moralement que physiquement, avoua-t-elle. Mais, pour rien au monde, je ne changerais de profession. Je me sens utile, et soigner les autres, c'est ce que je fais de mieux.

Cette fois, Chase ne résista pas. Il tendit la main et prit celle de la jeune femme dans la sienne. Sa peau était douce, ses doigts si fins… Fins et forts en même temps.

— Je confirme. Tu es une merveilleuse infirmière.

Elle lui adressa un sourire un peu gêné.

— Tu me l'as très souvent dit… Mais je te remercie encore une fois pour tous tes compliments !

Elle ne retira pas sa main. Au contraire, elle sembla être sensible à ce geste de tendresse.

— J'accepte l'invitation de demain, ajouta-t-elle. Bien entendu, il n'y a aucun rapport de cause à effet…

Avec un petit rire, elle ajouta :

— En d'autres termes, ce n'est pas parce que tu me complimentes que je t'accompagne demain !

— Vraiment ? J'en suis étonné.

Et, à son tour, Chase se mit à rire. Molly avait vraiment de l'esprit…

— Merci de venir avec moi, reprit-il. Je serai fier de te présenter.

Oui, non seulement elle était intelligente, mais en plus elle resplendissait de beauté, pensa-t-il en la dévisageant. Il adorait ses traits délicats, ses lèvres pleines et joliment ourlées, son teint pâle et nacré, mis en valeur par la blondeur de ses cheveux.

— Merci d'être là, tout simplement…

Puis il s'apprêta à raccompagner la jeune femme et à lui dire au revoir.

Alors que Chase faisait le tour de la voiture pour lui ouvrir la portière, Molly se rendit compte qu'elle n'avait pas du tout envie que la soirée s'achève ainsi. Pas comme ça. Pas si vite.

Sortant du véhicule, elle croisa le regard de son compagnon et sourit. Il l'observa d'un air un peu étonné avant de sourire à son tour, comme s'il devinait déjà ce qu'elle s'apprêtait à lui proposer.

— J'aimerais que tu restes ce soir, murmura-t-elle.

Il s'approcha et, d'un doigt, lui effleura la joue.

— Tu es sûre ?

— Certaine.

Evitant de réfléchir aux conséquences, Molly lui prit

la main et se dirigea vers son perron. Son cœur battait la chamade, mais elle l'ignora.

Ils furent accueillis par Rusty, qui miaulait de façon plaintive.

— Il est en train de me dire qu'il meurt de faim, s'esclaffa Molly.

Après avoir nourri son chat, la jeune femme ferma sa porte d'entrée à clé, puis invita Chase à la suivre dans sa chambre. Le cœur battant, elle alluma une lampe de chevet qui diffusa une lumière douce et tamisée.

— Je me sens… gênée, avoua-t-elle en se tournant vers Chase.

— Ne le sois pas, répondit-il doucement, en la prenant dans ses bras. Quand un homme et une femme sont attirés l'un par l'autre, il est normal qu'ils souhaitent être ensemble.

— Entre nous, rien n'est normal, répliqua-t-elle, les yeux rivés à ceux de Chase.

— C'est vrai. Peut-être est-ce pour cette raison qu'on ne peut pas résister.

Avec délicatesse, il dévêtit la jeune femme qui, à son tour, lui ôta ses habits. Ensuite, comme deux amants aussi confiants qu'à l'aise l'un envers l'autre, ils se laissèrent tomber sur le lit en s'embrassant. Leur baiser, d'abord léger, presque retenu, devint vite passionné. Molly et Chase s'étreignirent avec fougue, brûlant d'un même désir. Sentant à quel point son compagnon avait envie d'elle, la jeune femme s'abandonna totalement. Chase lui caressait les seins, les hanches, le dos… A chaque effleurement, qui décuplait son plaisir, elle oubliait davantage ses interrogations et inquiétudes, s'émerveillant de cette magie qu'ils ressentaient ensemble, comme un envoûtement…

Comme la rencontre entre deux êtres intimement, profondément faits l'un pour l'autre.

Plus tard dans la nuit, alors que Chase s'était endormi contre elle et respirait paisiblement, Molly laissa ses pensées vagabonder, incapable, quant à elle, de trouver le sommeil. Elle ne regrettait pas d'avoir invité Chase à rester. Au contraire… Elle se demandait juste comment, et quand, elle lui annoncerait la nouvelle. Elle n'avait toujours pas réussi à formuler la petite, toute petite phrase : « Eh bien, voilà, je suis enceinte… »

D'un geste doux afin de ne pas le réveiller, elle prit la main de Chase et la serra longtemps dans la sienne. Elle espérait que tous deux passeraient le plus de temps possible ensemble… Peut-être toute leur vie ? Soudain, oui, elle en rêvait. En dépit de leurs différences, du métier dangereux qu'exerçait Chase — mais peut-être en changerait-il ? —, elle ne parvenait plus à s'imaginer loin de lui. Quelque chose avait radicalement changé en elle… Sans doute à cause, ou grâce au bébé qui était en train de grandir dans son ventre…

Molly ébaucha un sourire songeur. Ce qu'elle ressentait pour Chase portait un nom très simple : c'était de l'amour. Mais cette vérité, elle craignait encore plus de la lui révéler.

13.

En dépit des secrets que Molly nourrissait — ses sentiments pour Chase, le bébé… —, elle finit par trouver le sommeil et, cette nuit-là, dormit mieux que jamais. Rester blottie dans les bras de Chase y fut sans doute pour beaucoup…

Le lendemain matin, après qu'ils se furent douchés et habillés, Chase insista pour préparer le petit déjeuner : pain grillé, jus d'oranges fraîchement pressées, café… L'espace d'un instant, Molly eut mal au cœur et elle gagna discrètement la salle de bains. Là, au calme, elle inspira, expira plusieurs fois, profondément et, bientôt, elle se sentit de nouveau en forme, prête à partager ce moment avec Chase.

A présent, assise à table en face de lui, elle l'examina en silence. Il avait les cheveux encore humides et en bataille. Curieusement, la fine cicatrice au-dessus de son sourcil rendait son visage encore plus séduisant. Elle avait vraiment de la chance, pensa-t-elle, le cœur battant. Beaucoup de chance.

— On pourrait partir chez Gerald vers 11 heures, proposa-t-il.

— Très bien.

Elle aurait préféré s'y rendre de son côté, mais, si leurs

relations devaient évoluer, il faudrait bien qu'elle accepte de monter régulièrement dans la voiture de Chase !

— J'imagine que ce déjeuner est important pour toi ?

Chase hocha la tête.

— Oui. Je dois y aller pour rencontrer Gerald, son équipe, quelques journalistes…

— Des journalistes ?

— Ne t'inquiète pas, dit-il en lui prenant la main. J'ai une certaine notoriété, c'est vrai… Mais rassure-toi, plus que jamais, je veillerai à préserver ma vie privée.

— Je l'espère, murmura-t-elle, soudain mal à l'aise.

Finalement, ce serait davantage un déjeuner mondain qu'un simple barbecue entre amis, et cela ne lui plaisait pas. Mais, à présent, comment se désister ?

— C'est loin d'ici ? demanda-t-elle.

— Le ranch des Barden se trouve à une trentaine de kilomètres au nord de Brighton Valley. La route est facile, précisa Chase.

Molly sourit.

— Tant mieux…

Ils finirent de prendre leur petit déjeuner, puis Chase fut obligé de retourner à l'auberge Valley Motor, où il avait pris une chambre pour la nuit. Il devait se changer avant de se rendre chez Gerald.

— Je passe te prendre à 11 heures, dit-il avant de l'embrasser.

— D'accord. A tout à l'heure.

La jeune femme décida de consacrer le temps qui lui était imparti pour s'habiller, se coiffer et se maquiller. Elle choisit de porter son jean le plus récent et un chemisier de coton blanc, ce qui lui conférait un style « western » tout à fait approprié pour un barbecue dans un ranch, estima-t-elle.

Alors qu'elle finissait d'appliquer son mascara, la sonnerie de sa porte d'entrée retentit.

— J'arrive ! lança-t-elle, pensant que Chase avait oublié quelque chose.

Mais, sur le seuil, elle découvrit sa voisine Wanda, en robe de chambre et pantoufles. Wanda n'était plus toute jeune, et son visage exprimait une grande fatigue.

— Désolée de vous déranger, dit-elle. J'ai attendu que votre visiteur soit parti avant de venir vous voir !

Molly sourit avec politesse. Eh bien, sa vie privée n'avait aucun secret pour sa voisine !

— Que se passe-t-il ?

— Hier soir, dans le jardin, je me suis cogné le gros orteil contre un râteau un peu rouillé, et ça me fait terriblement mal. Est-ce que vous accepteriez d'y jeter un coup d'œil ?

— Bien sûr, Wanda. Entrez.

D'un pas lent, la vieille femme pénétra dans le salon et s'assit sur le canapé. Une fois installée, elle ôta sa pantoufle et, esquissant une grimace, leva un peu le pied pour que Molly puisse l'examiner. La jeune femme se pencha et fronça les sourcils. L'orteil de sa visiteuse était très gonflé, et la chair rouge, tuméfiée, clairement infectée. De plus, des stries violacées indiquaient une probable surinfection bactérienne.

— Il faut vous faire soigner le plus rapidement possible. Cela ne peut pas attendre demain. Il faut que vous alliez aux urgences aujourd'hui, déclara-t-elle.

— Aujourd'hui ? Mais j'y passerai la matinée, se plaignit

Wanda. Pendant le week-end, le service des urgences est débordé… Je vais attendre des heures !

Molly n'aurait pas pu la contredire.

— Le cabinet de mon généraliste ouvre demain matin à 8 heures, reprit Wanda. Si j'y arrive un peu avant, ils me recevront avant les autres.

Molly aida la vieille femme à remettre sa pantoufle. La voyant alors réprimer une grimace de douleur, elle n'hésita pas.

— Je vais vous conduire aux urgences. Avec moi, vous devriez attendre un peu moins.

— Mais je n'ai pas envie de vous déranger…

— J'insiste. Je vous accompagne.

En fait, au fond d'elle-même, Molly venait de trouver une excuse parfaite pour arriver en retard au barbecue… Et pour conduire sa propre voiture.

— Accordez-moi juste une minute, d'accord ?

Molly s'éloigna et, de la cuisine, téléphona aux renseignements pour connaître le numéro de l'auberge Valley Motor, qu'elle appela aussitôt afin de parler à Chase. Il répondit à la seconde sonnerie.

— C'est Molly. Je suis désolée, j'ai un léger contretemps. Je dois emmener ma voisine, qui est assez âgée, au service des urgences. Elle a une grave infection au pied, et elle ne sait pas où aller… Je te rejoindrai au ranch dès que possible.

Il y eut un silence à l'autre bout du fil, comme si Chase mettait du temps à assimiler les paroles de la jeune femme. A moins qu'il ne cherche une réponse adéquate… Mais, finalement, il se montra direct.

— Tu n'essaies pas de te décommander, j'espère ?

Il avait encore beaucoup à apprendre sur elle, songea Molly. Lorsqu'elle s'engageait, elle ne se désistait jamais.

— Bien sûr que non. Je viendrai, Chase. Mais, d'abord, je m'occupe de ma voisine.

— Très bien. Elle a de la chance que tu sois là.

Puis il lui donna les indications pour se rendre chez Gerald.

Après avoir raccroché, Molly alluma son ordinateur et vérifia l'itinéraire sur un moteur de recherche. En réalité, le ranch des Barden se trouvait plus loin qu'elle ne l'avait imaginé ; surtout, il fallait emprunter une petite route qui s'écartait de la nationale et traversait des champs. Le trajet serait donc plus compliqué que prévu.

S'appuyant au dossier de sa chaise, Molly soupira. De toute façon, elle n'avait plus le choix. Wanda avait besoin d'elle.

Elle imprima les indications routières, éteignit l'ordinateur et prit son sac.

— Je suis prête ! dit-elle à Wanda.

Elle l'aida à se lever avec précaution et, en boitant, la vieille dame se dirigea vers la porte. A chaque pas, elle grimaçait de douleur. Soutenant Wanda, Molly espéra ne pas avoir sous-estimé la gravité de la blessure…

Quelques heures plus tard, Molly se garait devant le ranch de la famille Barden. Elle prit quelques instants pour s'éclaircir les idées — la route avait été longue —, inspira profondément et lissa les plis de son chemisier, froissé à cause de la ceinture de sécurité.

Finalement, elle n'était pas restée plus d'une heure aux urgences. Le médecin de garde, un collègue de Betsy, avait tout fait pour s'occuper de Wanda au plus vite — il l'avait même reçue trois quarts d'heure plus tard. Sous anesthésie locale, il lui avait soigné l'orteil, et lui avait administré une injection d'antibiotiques et d'anti-inflammatoires. Wanda était repartie avec une ordonnance, et Molly l'avait accompagnée à la pharmacie de garde, puis chez elle.

Après avoir vérifié que la vieille femme était confortablement installée, Molly s'était rendue au ranch en voiture. Mais, en cours de route, elle avait dû s'arrêter à deux reprises pour demander son chemin. Du coup, elle était arrivée plus tard que prévu.

La propriété des Barden, nichée dans un écrin de verdure, était somptueuse : vaste maison de plain-pied aux façades blanches et aux grandes baies vitrées, jardin exotique, piscine, tonnelle fleurie… Une trentaine de convives, peut-être plus, se trouvaient présents, abrités sous des parasols colorés, un verre à la main.

La première personne que Molly rencontra fut une jolie femme brune, enceinte de plusieurs mois déjà, qui vint vers elle en souriant.

— Bienvenue au ranch Barden. Vous devez être Molly, l'amie de Chase ? Je suis Pamela Barden-Jones.

— Enchantée, répondit Molly en reconnaissant l'ex-femme de Chase qu'elle avait vue en photo dans les journaux. Je suis désolée d'être en retard.

— Oh, ne vous inquiétez pas, nous ne somme pas encore passés à table, assura Pamela.

Elle l'invita à s'approcher des tables où les invités étaient rassemblés.

— Il est là-bas, en train de parler aux journalistes, indiqua Pamela, comme Molly cherchait Chase des yeux.

Elle tendit le doigt vers une voiture de sport bleue, basse, rutilante, autour de laquelle se tenaient des hommes, des femmes. Chase se trouvait au milieu, et clairement le centre de l'attention : micros et caméras étaient braqués vers lui.

— Eh bien, sa présence est un événement médiatique ! commenta Molly.

— Evidemment. Vous connaissez Chase, répliqua Pamela d'un air entendu.

Molly garda le silence. A cet instant, elle pensait que non, décidément non, elle ne savait rien de cet homme.

— Chase minimise toujours tout, reprit Pamela. Un peu comme mon père, d'ailleurs…

Elle eut un petit rire de gorge avant d'ajouter :

— Papa clôture la saison des courses avec ce barbecue, mais, en même temps, il ouvre la saison suivante. C'est pourquoi tous ces journalistes sont conviés.

La saison suivante ?

Soudain, Molly eut le sentiment de marcher sur des sables mouvants. Elle n'était pas du tout à sa place dans cet environnement luxueux, en compagnie de l'ex-épouse tirée à quatre épingles, et tellement chic, de Chase Mayfield. Elle n'aurait rien à dire à tous ces gens…

Rien à dire à Chase non plus.

Plus vite elle s'éclipserait, mieux ce serait, décida-t-elle.

— Pour quand est prévu votre bébé ? demanda-t-elle poliment à Pamela.

— Le mois d'octobre. J'ai hâte d'accoucher ! A vrai dire, je n'aime pas être enceinte, confia l'ex-femme de Chase en soupirant.

« Eh bien moi, c'est le contraire », songea Molly. Elle était même impatiente de sentir son bébé bouger !

De nouveau, elle regarda Chase qui, à ce moment-là, se dirigeait justement vers elle.

— Enfin te voilà, dit-il en souriant.

— Oui…

Croisant le regard de Chase, Molly sentit son pouls s'accélérer.

— Tout s'est bien passé avec ta voisine ? s'enquit-il en lui glissant un bras autour de la taille.

— Elle a été soignée. Heureusement, car sa blessure était sérieuse, ajouta Molly, consciente que Pamela les regardait avec une certaine curiosité.

— Bon, grâce à toi, l'ange gardien… Au fait, tu as vu la famille Haines ? poursuivit Chase.

— Pourquoi, ils sont là ? s'étonna Molly.

— Bien sûr ! J'ai invité Tommy, sa sœur et leur mère. Je les ai croisés plusieurs fois tout à l'heure, et je crois qu'ils sont contents d'être ici.

— Je confirme, renchérit Pamela. Ils ont les yeux brillants de joie ! Sur ce, je vais rejoindre nos autres invités, ajouta-t-elle en souriant gentiment à Molly.

— Merci de votre accueil, dit la jeune femme. J'ai été ravie de vous rencontrer.

— Moi aussi, affirma Pamela.

Une fois qu'elle se fut éloignée, Chase resserra discrètement son étreinte.

— Je commençais à m'inquiéter.

— Désolée d'être en retard, dit Molly. Après avoir emmené ma voisine Wanda à l'hôpital, je l'ai aidée à acheter ses médicaments et je l'ai ramenée chez elle. Ensuite, la route pour venir jusqu'ici a été plus longue que prévue.

— Tu n'as pas eu trop de mal à trouver ?

— Si… Je me suis trompée deux fois, avoua Molly. Je n'ai pas tellement le sens de l'orientation, et même avec un plan, je me perds !

Elle accepta le bras de Chase et, pendant l'heure suivante, se laissa présenter aux uns et aux autres. A plusieurs reprises, on lui adressa un regard curieux, attentif, voire même franchement insistant. Deux journalistes tentèrent de prendre une photo d'elle à la dérobée, mais Chase s'en aperçut et les en empêcha. Un dénommé Ralph Collins se montra particulièrement chaleureux avec Molly, allant même jusqu'à affirmer qu'elle avait « apprivoisé » Chase Mayfield.

— Apprivoisé ? Vous en parlez comme d'un animal sauvage ! s'esclaffa Molly.

— Vous n'êtes pas loin de la vérité, mademoiselle, répliqua son interlocuteur. Chase est plus à l'aise sur un circuit automobile que sur une terrasse, une coupe de champagne à la main !

Molly croisa le regard de Chase, qui l'observait d'un air mi-figue mi-raisin.

— Ralph n'a pas tout à fait tort, concéda-t-il. Mais, en ce moment précis, je suis très heureux d'être là, et de trinquer avec toi !

Et il entrechoqua sa coupe avec celle de la jeune femme.

Peu de temps après, l'apéritif étant terminé, tout le monde se rassembla autour du buffet pour le déjeuner. Molly se rendit compte qu'elle mourait de faim, et elle accepta avec plaisir l'assiette garnie que Chase lui prépara. Après quoi, tous deux s'installèrent à une table pour manger. Ils bavardèrent de tout et de rien, comme des amis, et Molly commençait enfin à se détendre quand Chase déclara :

— Je suis content de mon programme. Tout s'annonce très bien.

— Quel programme ?

— De courses, évidemment. Dans quinze jours environ, je participerai à un grand rallye. Ça me changera du circuit, si monotone à la longue !

Molly resta sans voix quelques secondes. Un rallye…

— Bien sûr, dit-elle d'une voix un peu plus sèche qu'elle ne l'aurait souhaité. Je comprends.

Mais ses frêles illusions venaient de voler en éclats. Jamais elle ne pourrait continuer à fréquenter un homme qui, régulièrement, risquait sa vie au volant. Jamais…

— Qu'est-ce qui ne va pas ? s'inquiéta Chase, remarquant le brusque changement d'attitude de sa compagne.

— Il y a que… je n'aime pas ça.

Molly désigna les journalistes qui, au loin, les scrutaient avidement.

— Et je n'aime pas ton métier. Non, je rectifie : j'admire ton métier, mais il me fait trop peur, avoua-t-elle. Je te l'ai déjà dit, pas vrai ? A cause de mon histoire, je ne peux pas…

— Et moi, je ne peux pas changer de profession du jour au lendemain, rétorqua Chase avec une pointe d'ironie. En plus, j'aime conduire. J'aime participer à des courses…

— L'adrénaline, c'est ça ?

— Pardon ?

— Tu as besoin de ta dose d'adrénaline pour te sentir plus… vivant, non ? lâcha Molly d'un ton un peu moqueur. En fait, j'ai rencontré de nombreuses personnes comme toi.

Chase la dévisagea d'un air perplexe.

— C'est-à-dire ?

La jeune femme haussa les épaules.

— Seuls les gens qui n'ont pas connu la mort de trop près recherchent cette sensation…

L'estomac soudain noué, elle se leva. Elle avait mal au cœur, mais ce n'était pas seulement à cause de ses nausées, devenues habituelles.

— Excuse-moi, je crois que je vais te laisser.

— Déjà ?

Chase se dressa à son tour, les sourcils froncés.

— Pourquoi ?

— Ici, je… je ne suis pas à ma place.

— Tu ne l'es pas ou tu ne veux pas l'être ? demanda-t-il un peu sèchement.

— Je n'aurais pas dû venir.

— Tu es sincère ? Parce que moi, je suis bien avec toi…

Il la scrutait d'un air tellement anxieux que Molly faillit changer d'avis.

— C'est plus fort que moi, je suis désolée, murmura-t-elle. Vraiment désolée. Ecoute, on se reverra le jour où… tu ne seras plus pilote de course ! Maintenant, laisse-moi partir…

Mais Chase ne fit aucun geste pour la retenir, ce qui, malgré tout, déçut la jeune femme. Evidemment, il n'allait quand même pas la supplier de rester…

D'un pas déterminé, sans se retourner, elle s'éloigna de la terrasse, traversa le jardin et gagna le parking.

Son cœur battait précipitamment, et elle sentait le sang pulser au niveau de ses tempes. Elle n'aurait jamais dû se rendre à ce barbecue… Elle aurait mieux fait de rester bien tranquillement chez à elle, à se reposer, se répéta-t-elle en colère contre elle-même de s'être montrée aussi naïve

Comment avait-elle pu espérer autre chose ? Chase était et restait pilote de course.

Le plus grave, c'est qu'il ignorait toujours la situation, et qu'elle ne s'imaginait même plus lui apprenant sa grossesse. Cet homme n'aurait aucune envie d'être père... Ils se connaissaient à peine, il menait une autre vie...

Au volant de sa petite voiture, plongée dans ses pensées, Molly roulait plus vite que d'habitude. Quand il commença à pleuvoir, elle actionna automatiquement les essuie-glaces, mais ne ralentit pas l'allure. Elle ne prit pas la peine d'essuyer les larmes qui lui brouillaient la vue. L'esprit en ébullition, la gorge sèche, elle prenait peu à peu conscience du pétrin dans lequel elle se trouvait.

Oui, elle voulait garder son enfant, qu'elle élèverait sans doute seule. Oui, elle aimait Chase, c'était une certitude... Mais elle ne supportait pas le métier qu'il exerçait. Et oui, elle venait de lui imposer une sorte d'ultimatum. Elle s'en voulait de s'être montrée aussi catégorique ! Elle aurait même voulu présenter des excuses à Chase... De quel droit lui avait-elle parlé ainsi ? Il était libre ! Il ne lui devait rien !

Sous la pluie battante, les essuie-glaces fonctionnaient aussi vite que possible, créant un bruit lancinant qui semblait rythmer les kilomètres séparant Molly de son domicile. Bientôt, elle reconnut la route menant à Brighton Valley, et ses doigts sur le volant se décrispèrent un peu. Plus elle se rapprochait de chez elle, plus son humeur s'allégeait.

Sauf que ce n'était pas parce qu'elle s'apprêtait à retrouver sa maison et son chat, mais parce qu'elle venait de se décider : elle appellerait Chase, lui demanderait pardon, lui avouerait ses sentiments... et sa grossesse. Elle lui dirait aussi qu'elle ferait de son mieux pour accepter le dangereux métier qui était le sien, et qu'elle essaierait de changer, quitte à recevoir l'aide d'un thérapeute.

Encore fallait-il qu'il l'écoute…

Dans tous les cas, sa vie changerait, songea-t-elle avec détermination. Et elle aurait besoin de conseils. D'ailleurs, au lieu de rentrer directement chez elle, peut-être pourrait-elle rendre visite à Betsy qui avait une amie psychologue. Son soutien lui serait précieux.

Atteignant le principal carrefour sur Second Street, Molly regarda à droite, à gauche, puis accéléra. Mais, au moment où elle parvint au milieu de l'intersection, une camionnette blanche déboucha d'une petite rue et fonça vers elle. La collision était inévitable. Molly écrasa la pédale du frein, sa voiture fit un tête-à-queue, et la jeune femme se cogna la tête contre le volant.

Le Klaxon retentit, la douleur l'envahit… Mais une seule pensée s'imprima à son esprit : pourvu que le bébé ne soit pas blessé… Pourvu que son enfant soit indemne !

14.

Mal à l'aise, la gorge nouée, Chase ne réussit pas à se détendre après le départ précipité de Molly… Départ remarqué aussi bien par Gerald que par d'autres personnes. Ainsi, Pamela observa que Molly lui paraissait être « la femme la plus sympathique que Chase ait jamais fréquentée ». Gerald renchérit en disant que Molly avait un regard envoûtant et un sourire d'une douceur désarmante. Puis il ajouta d'un ton un peu moqueur :

— Visiblement, elle est indépendante… Il va falloir que tu lui coures après !

Et, ravi de son jeu de mots, il éclata de rire.

Chase ne broncha pas mais, au fond de lui, il sentit à quel point son sponsor pouvait se montrer désagréablement paternaliste. Ce n'était d'ailleurs pas la première fois… Comme si, en soutenant financièrement Chase, Gerald s'arrogeait le droit de lui faire des réflexions et de le juger.

— Ce n'est pas très drôle, marmonna finalement Chase.

Le ciel s'obscurcissait. Quelques secondes plus tard, des gouttes de pluie commencèrent à tomber. Pensant à Molly, qui conduisait seule, Chase éprouva une bouffée d'angoisse. La chaussée deviendrait glissante…

— Ne te vexe pas ! répliquait Gerald en lui tapotant l'épaule. Pour moi, tu es comme un fils.

Chase faillit lui rétorquer qu'il n'était pas son père, mais il se ravisa. Cela ne servirait à rien. Le principe même du parrainage impliquait ce genre de relations, n'est-ce pas ? En acceptant l'argent de Gerald pour s'entraîner sur les circuits et concourir, Chase était également censé tout accepter de son sponsor : les compliments et remarques agréables autant que les critiques et sous-entendus exaspérants.

La pluie redoublant, Gerald et Chase se mirent à l'abri sous un auvent.

— Désolé, Gerald, je ne vais pas pouvoir rester longtemps. Je dois même m'en aller maintenant.

« Et rejoindre Molly », poursuivit Chase en son for intérieur. Il aurait incapable d'expliquer pourquoi, mais il sentait qu'il devait partir là, tout de suite, pour retrouver la jeune femme.

— Ah, non ! On compte sur toi pendant le dîner, protesta Gerald. Après tout, tu es notre invité d'honneur…

— Je sais, mais il faut que je m'en aille.

— « Il faut » ? répéta Gerald d'un ton ironique. Laisse-moi deviner : c'est à cause de cette femme, n'est-ce pas ? Qu'est-ce qu'elle t'a fait pour que tu en oublies l'essentiel ?

— L'essentiel ?

Chase se mit à rire.

— Justement, l'essentiel, c'est elle.

Le contemplant avec une certaine perplexité, Gerald le saisit par le bras.

— Ne délaisse pas tes devoirs pour autant, fiston.

— Je ne suis pas ton fiston, répliqua vivement Chase, exprimant enfin ce qu'il avait sur le cœur. J'ai un père, au cas où tu l'ignorerais.

— Oui, oui, je suis au courant.

Après un bref silence, Gerald reprit :

— Je serai clair : si tu veux conduire ma voiture à la prochaine saison, tu as intérêt à te montrer plus présent aujourd'hui. Personne ne comprendrait ton départ.

La menace plana quelques instants dans l'air gorgé de d'humidité, sauf que cette fois les mots ne touchèrent pas Chase. Seule comptait Molly.

— Je ne suis pas encore certain de ce que je veux faire à la prochaine saison. Et ne me mets pas au pied du mur, Gerald… Avec moi, le chantage ne fonctionne pas.

Il s'écarta afin que Gerald lui lâche le bras.

— Merci de m'avoir invité, dit-il en glissant une main dans sa poche pour prendre ses clés. Je te tiens au courant.

Et, sans attendre de réponse, Chase s'éloigna à grands pas, se dirigeant vers le parking où il avait garé sa Corvette.

Il pensa de nouveau à Molly. Elle conduisait lentement, aussi n'aurait-il aucun mal à la rattraper. Il ignorait comment il lui expliquerait sa présence, mais peu lui importait. Sans doute lui avouerait-il d'abord qu'il l'aimait… Et qu'il voulait faire en sorte qu'entre eux, les relations soient plus… Comment dire ? Il ne pouvait pas imaginer l'avenir sans Molly, voilà tout.

Il se glissa derrière le volant, il mit le contact et écouta le moteur ronronner. Serait-il capable de changer de métier par amour pour Molly ? Sincèrement, il n'en savait rien. Mais il était prêt à envisager cette éventualité. Une reconversion ? Pourquoi pas. Il pourrait, par exemple, être instructeur et entraîner les futurs champions, songea-t-il en démarrant. Il passerait de l'autre côté de la barrière en quelque sorte. Les risques, il ne les prendrait plus de la même manière.

La pluie tombait à verse quand il dépassa le panneau routier indiquant l'entrée de Brighton Valley. Bien qu'ayant accompli le trajet en un temps record, il n'avait pas croisé Molly. Aurait-elle été plus rapide que prévu ? Imprudente ?

Il s'interrogeait encore lorsqu'il aperçut l'accident au carrefour. Une camionnette blanche avait heurté une Honda bleue… Bon sang, s'agissait-il de Molly ?

Dévoré par une angoisse qu'il n'avait encore jamais éprouvée, Chase chercha des yeux un endroit pour se garer au plus vite. Il freina tout en coupant le contact, et sortit en courant de son véhicule.

S'agrippant au volant, Molly se redressa lentement. L'esprit embrumé, elle remarqua, à travers le pare-brise brisé de sa propre voiture, que le conducteur de la camionnette — un homme d'une cinquantaine d'années —, était affalé sur son tableau de bord, immobile. C'était mauvais signe. Il fallait qu'elle prévienne une ambulance au plus vite, pensa-t-elle confusément.

Sa tête était douloureuse à l'endroit où elle s'était cognée, et elle avait mal à un genou. Mais c'était son bébé qui l'inquiétait le plus. Sa grossesse, encore à un stade précoce, restait forcément fragile. Et si jamais elle avait perdu son enfant…

Sa portière s'ouvrit soudain. Sans voir qui venait à son secours, Molly s'apprêta à dire qu'il fallait d'abord s'occuper de l'autre victime de l'accident. Elle se tourna et reconnut alors Chase. Rêvait-elle ?

— Molly ? Mon Dieu…

Ce n'était pas un rêve. Il se penchait vers elle, pâle d'inquiétude.

L'avait-il suivie depuis le ranch ?

Molly sentit des larmes brûlantes lui piquer les paupières.

— Molly, ma chérie…

Il avait la voix douce, hésitante, apaisante, comme pour mieux masquer le choc qu'il éprouvait. Molly s'efforça de parler, en vain. Des sanglots lui nouant la gorge, elle tendit une main tremblante vers lui. Il l'enveloppa dans ses bras et, avec la plus grande prudence, l'aida à sortir de la voiture. Il l'observa de la tête aux pieds et fut apparemment rassuré.

— Je vais voir l'autre conducteur, dit-il. Reste assise.

Elle acquiesça, heureuse de sa présence. Elle retourna dans sa voiture, et prit son téléphone portable pour appeler une ambulance. Le plus dur fut de réussir à composer le numéro : ses doigts tremblaient tellement… Mais d'une voix étonnamment calme, elle indiqua le lieu de l'accident, et résuma la situation. Son sens du devoir dominait la peur panique qu'elle ressentait…

Quelques minutes plus tard — cinq ? dix ? Molly avait perdu toute notion du temps —, la sirène d'une ambulance retentit non loin. L'ambulancier gara son véhicule, d'où émergea un urgentiste qui courut examiner le chauffeur de la camionnette.

De son côté, Chase rejoignit la jeune femme.

— J'aimerais que tu ailles à l'hôpital et qu'un médecin t'ausculte. Tu as une belle ecchymose sur le front.

Molly leva la main et effleura une bosse de la taille d'une

noix. Ce n'était sans doute pas grand-chose, mais elle préférait également qu'un médecin la rassure.

L'urgentiste qui conduisait l'ambulance s'approcha d'elle. Molly le connaissait de vue, et lui sourit.

— Bonjour.

— Bonjour, mademoiselle. Je vais prendre votre tension…

Il s'exécuta et hocha la tête.

— Par prudence, il faudrait que vous alliez à l'hôpital.

— C'est déjà prévu, répondit-elle. Merci.

Elle hésita à mentionner sa grossesse, mais elle ne souhaitait pas en parler devant Chase. Elle ne voulait pas qu'il l'apprenne de cette manière.

Pendant que, à l'écart, les deux ambulanciers s'entretenaient, Chase prit la main de Molly dans la sienne. Il avait également les doigts tremblants d'émotion.

— Tu ne peux pas imaginer à quel point j'ai eu peur quand j'ai reconnu ta voiture à ce carrefour, avoua-t-il.

Elle lui intima une douce pression sur la paume.

— Et moi, j'ai été très surprise en te voyant ici. Quand j'ai quitté le ranch, je croyais que tu étais fâché contre moi…

— Un peu oui… Mais ça n'a pas duré longtemps. Molly, je ne sais pas comment nous allons nous organiser, mais une chose est sûre : nous réussirons. Je t'aime. Et quand tu n'es pas là, c'est comme si… Comme s'il me manquait une immense partie de moi-même.

Les yeux de Molly s'embuèrent de larmes.

— Moi aussi, je t'aime… Et j'ai beaucoup réfléchi. Je suis désolée de t'avoir imposé ce stupide ultimatum. Ce n'était pas juste. Tu aimes ton métier, et moi, je dois l'accepter ! J'ai décidé de consulter un spécialiste… De me faire aider pour régler mon problème.

Chase l'embrassa tendrement sur le front, à côté de sa blessure.

— Jusqu'à présent, je ne m'étais jamais attaché à une femme, jamais… Mais, aujourd'hui, j'ai l'impression que si quelque chose t'arrivait, je ne le supporterais pas. Et j'ai bien compris tes peurs, ajouta-t-il avec douceur. Je t'aiderai aussi, si tu le veux bien… Et si je peux être utile.

A ce moment-là, l'ambulancier qui avait examiné Molly revint vers eux. Il avait l'air grave.

— Comment va l'autre conducteur ? demanda Molly.

— Pas très bien. Il a dû avoir une légère attaque cardiaque, ce qui explique qu'il ait brûlé le stop. Mais il est conscient, et il parle. La police sera là d'un instant à l'autre, poursuivit-il. Ils vont organiser le remorquage des véhicules.

Se tournant vers Chase, il reprit :

— Nous allons au centre hospitalier de Brighton Valley. Si vous le désirez, vous pouvez nous suivre.

Chase regarda Molly d'un air hésitant.

— Je peux laisser ma voiture ici et t'accompagner dans l'ambulance.

— Merci, murmura-t-elle, touchée. Mais je préfère y aller seule. Tu me rejoindras là-bas.

— D'accord.

Molly sourit à Chase. Tout à coup, tout lui paraissait tellement plus simple, plus léger…

Quelques instants plus tard, Molly et la seconde victime furent transportés, sur des brancards, dans l'ambulance.

Fermant les yeux, Molly pria pour que son bébé ne soit pas affecté par l'accident. Certes, elle n'était pas enceinte depuis longtemps, mais elle s'était habituée à cet état… A ce nouveau chemin de vie. Et depuis qu'elle sentait Chase proche d'elle, prêt à s'investir, elle était même… heureuse. Oui, heureuse. Elle voulait que ce bonheur dure…

Qu'il dure pour toujours.

Au service des urgences, le conducteur de la camionnette — un certain M. Jennings —, fut admis dans la chambre numéro 1. De son côté, Molly fut installée dans la salle d'hospitalisation, son état s'avérant moins grave que celui de M. Jennings. Elle ignorait où se trouvait Chase, mais elle était persuadée qu'il la rejoindrait vite. Cela lui procurait un fort sentiment de paix, et la conviction que dorénavant tout se déroulerait bien, quelle que soit l'issue de la situation.

Ecartant les rideaux qui isolaient son lit, Betsy s'approcha de Molly.

— Comment vas-tu ?

— Pas trop mal. Je suis encore en état de choc… Et je me fais du souci pour le bébé.

— Tu as mal ?

— Non.

— Tu as eu des saignements ?

— Non, je ne crois pas.

Après un bref examen, Betsy adressa un sourire rassurant à la jeune femme.

— Tu vas te reposer pendant deux ou trois jours, peut-être rester chez toi et passer le plus de temps possible allongée… Mais je pense que le bébé va bien.

— Quel bébé ? demanda une voix masculine.

Poussant le rideau, Chase venait de les rejoindre.

Le cœur battant, Molly se tourna vers lui. C'était

l'homme qu'elle aimait, l'homme avec lequel elle avait tant à partager…

Et tant à décider.

— J'aurais voulu te l'annoncer dans d'autres circonstances, c'est sûr… Mais, voilà, je suis enceinte, murmura-t-elle.

La confusion et la stupeur se reflétèrent sur le visage de Chase.

— Comment est-ce possible ?

Betsy laissa échapper un petit rire.

— Je crois savoir comment ça s'explique…

Les sourcils froncés, Chase ne parut pas remarquer cette pointe d'humour. Il regardait fixement Molly, l'air abasourdi.

— Je comprends que tu aies du mal à l'accepter, reprit doucement la jeune femme. Je ne m'y attendais pas… Et je ne le voulais pas. Il m'a aussi fallu du temps pour assimiler cette nouvelle. C'est une de ces surprises de la vie…

Elle prit une profonde inspiration avant d'ajouter :

— Rassure-toi, Chase, si tu n'as aucune envie d'être père, je me sens capable d'aimer cet enfant pour deux.

— Là n'est pas la question, dit-il enfin. C'est juste que je suis… sans voix.

Il parut se ressaisir et ébaucha un sourire.

— En fait, c'est une merveilleuse nouvelle… Merveilleuse !

Son sourire s'accentua.

— Et ne t'inquiète pas, j'assume… Je suis même très content ! Avec moi, il fallait que ça arrive ainsi… par surprise !

Il s'assit sur le bord du lit et, sans la quitter du regard, il lui prit la main et l'embrassa avec une infinie tendresse.

— Molly chérie, j'essaierai d'être un bon père… Aussi bon que possible.

Puis il se pencha et déposa un doux baiser sur les lèvres de la jeune femme, comme pour sceller sa promesse.

Une fois tous les papiers remplis, les frais réglés, Molly put quitter l'hôpital.

— Je vais chercher ma voiture, proposa Chase. Tu… acceptes que je t'accompagne ? ajouta-t-il en la regardant dans les yeux, comme pour la sonder.

— Bien sûr, répondit la jeune femme. J'ai confiance… Toute confiance.

Il lui sourit.

— C'est une autre merveilleuse nouvelle.

Main dans la main, tous deux gagnèrent l'entrée principale du service des urgences. Chase invita Molly à l'attendre sur un banc.

— Je n'en ai que pour une minute.

— D'accord…

Quelques instants plus tard, Molly s'installait dans la Corvette de Chase. Elle boucla sa ceinture de sécurité, et s'obligea à respirer lentement, calmement, tandis que Chase démarrait.

— Je vais redoubler de prudence, dit-il.

— Mais j'ai confiance, répéta-t-elle. Comme je ne maîtrise pas forcément ma peur, je vais prendre le taureau par les cornes, poursuivit-elle. Betsy m'a communiqué le nom d'un psychologue.

Chase acquiesça d'un signe de tête, s'abstenant de tout commentaire, mais Molly savait qu'il approuvait.

— Je ne veux plus avoir peur comme ça. Et je ne veux pas transmettre mes appréhensions au bébé. Il faut que j'apprenne à me détendre, à être plus confiante… Même si les accidents surviennent à n'importe quel moment ! La preuve, celui tout à l'heure…

— Tu n'étais pas en faute, souligna Chase.

Après un court silence, il reprit :

— Je suis content que tu fasses cette démarche auprès d'un thérapeute. En ce qui me concerne, je suis également prêt à suivre quelques entretiens ! Toute ma vie, j'ai essayé de me prouver quelque chose en passant mon temps sur un circuit, en roulant vite, toujours plus vite… Mais je n'ai plus rien à démontrer.

En même temps, Chase et Molly tendirent leurs mains l'un vers l'autre. Nouant ses doigts à ceux de son compagnon, la jeune femme éprouva soudain un immense bonheur. Ce lien, elle en avait tellement rêvé…

— J'ai pris une importante décision, ajouta alors Chase. Je ne vais plus concourir pour Gerald.

Molly lui lança un coup d'œil stupéfait.

— Oh… J'espère que ce n'est pas à cause de ce que je t'ai dit ! Je m'en voudrais beaucoup… Et tu risquerais de m'en vouloir tout autant, ou d'en vouloir au bébé.

Il secoua la tête.

— Impossible. Je t'aime trop… Je vous aimerai trop tous les deux ! Et pour être franc, ce n'est pas parce que je quitte l'écurie de Gerald que je vais cesser d'être pilote de course. On m'offrira de nouvelles opportunités, et je les saisirai… ou je les refuserai. Surtout, le moment venu, je tiendrai compte de nous deux. Enfin, de nous trois, ajouta-t-il en souriant.

Molly sentit son cœur battre la chamade. Elle avait

vraiment l'impression de vivre un rêve. Le plus beau rêve de sa vie…

— Je te crois, et j'apprécie ton engagement, dit-elle. Mais je refuse que tu sacrifies ta passion au nom de ta famille.

Ta famille… Prononcer ce mot la bouleversa. La boucle était bouclée. Dorénavant, c'était elle qui fondait une famille… Eux.

Lorsqu'ils arrivèrent devant chez elle, Chase se gara devant l'allée menant au perron. Il sortit du véhicule, ouvrit la portière côté passager et tendit la main à Molly pour l'aider à descendre.

Pour la première fois de sa vie, elle eut la sensation d'être réellement arrivée à la maison. Certes, elle continuerait à ressentir certaines peurs liées à son histoire personnelle, au drame qui avait fait basculer sa vie autrefois, mais, avec Chase auprès d'elle, la jeune femme se sentait prête à relever tous les défis.

— J'ai une idée, déclara Chase tandis qu'ils se dirigeaient vers la porte.

— Laquelle ?

— Une fois que tu te seras rétablie, je t'emmènerai en voiture et je t'apprendrai des réflexes qui te permettront de mieux contrôler ta conduite, donc ton véhicule, quoi qu'il se passe.

— Je suis partante ! répondit-elle avec enthousiasme. Il faut vaincre le mal par le mal, dit-on…

Elle prit ses clés et confia le trousseau à Chase. Puis elle attendit qu'il déverrouille la serrure et ouvre la porte.

— Je vais nourrir Rusty, proposa-t-il. Et si tu allais t'allonger, comme le Dr Nielson l'a suggéré ?

— D'accord.

Il l'accompagna jusqu'à la chambre, et l'aida à s'installer sur le lit.

— Avec moi, tu seras gâtée, tu verras, promit-il en l'embrassant sur la bouche.

Elle se contenta de sourire, incapable de trouver les mots justes pour exprimer son bonheur.

Pendant que Chase s'occupait du chat, elle se dévêtit et enfila une chemise de nuit. Lorsque Chase revint, elle s'était glissée entre les draps.

— Cette nuit, je reste, dit-il, presque péremptoire.

— Bonne idée…

— Je vais dormir avec toi, mais je ne te toucherai pas… Je ne veux pas te gêner. Je veux juste être avec toi et le bébé.

— Il faudra que tu me touches quand même un peu, répondit-elle d'une voix émue. Je dors mieux lorsque tu me tiens contre toi.

Le sourire qu'il lui adressa aurait fait fondre un bloc de glace.

— Molly chérie, j'ignore ce que le futur nous réserve, mais une chose est sûre : je t'aime… Je t'aime vraiment fort, très fort. Quoi qu'il arrive, nous resterons ensemble.

Oui, quoi qu'il arrive… Pour le meilleur et pour le pire.

Elle ouvrit les bras, l'invitant silencieusement à partager son lit, sa vie…

Son avenir.

Épilogue

Devant le miroir du vestiaire de l'église de Brighton Valley, Molly vérifia une dernière fois sa coiffure, sa robe et ajusta son voile.

Regardant le léger arrondi de son ventre, elle le caressa d'un geste tendre, songeant au garçon ou à la fille qui s'y nichait. Quel bonheur !

Quelques semaines plus tôt, elle avait essayé de convaincre Chase de l'épouser à Las Vegas, où les unions pouvaient se concrétiser sur-le-champ : elle n'avait pas envie d'être trop à l'étroit dans sa robe de mariée, avait-elle argumenté. En vain… Chase avait catégoriquement refusé.

— La grossesse te va si bien… Tu es magnifique ! avait-il affirmé. Et je veux que nous ayons une vraie cérémonie, pas seulement un entretien formel…

Se rappelant les paroles de Chase, Molly sourit. Il avait eu raison… Elle s'apprêtait à vivre le plus beau jour de sa vie !

Betsy, qui avait accepté d'être sa demoiselle d'honneur, la rejoignit, apportant le bouquet nuptial.

— Tu es prête ?

Molly se tourna vers son amie et lui adressa un sourire radieux.

— Oui. Tu sais, Betsy, quelquefois, j'ai du mal à croire que je vais être épouse et mère en même temps !

— S'il y a bien quelqu'un qui mérite d'être heureuse, et d'avoir une famille, c'est bien toi, répondit Betsy en l'enlaçant avec affection.

Elle lui tendit l'assortiment de tulipes blanches, ivoire et jaune pâle, aux tiges nouées d'un ruban de satin crème.

— Merci. Toi aussi, Betsy, tu mérites de rencontrer l'âme sœur.

Son amie lui sourit gentiment.

— Pour l'instant, je n'y songe pas. J'ai mon travail à l'hôpital, mes patients… Ma vie est déjà très bien remplie ! Et, une fois, j'ai commis l'erreur de faire confiance à un homme, qui m'a trahie… Franchement, je n'ai pas envie de courir de nouveau un tel risque.

— Je te comprends.

Après un instant de réflexion, Molly ajouta :

— En ce qui me concerne, j'apprends à prendre plein de risques ! Je me rends compte que j'éprouvais tellement de peurs… J'en ai encore beaucoup mais, peu à peu, je les affronte et j'essaie de les surmonter.

— J'ai l'impression que les conseils de ta thérapeute te sont utiles, observa Betsy.

— Très…

Molly se détourna du miroir.

— Elle me fait réfléchir sur un certain nombre de problèmes, et elle me fournit des pistes pour avancer, progresser… J'ai pu prendre du recul par rapport à mon passé, et ça, c'est très positif.

Elle garda le silence quelques secondes.

— Mais c'est surtout Chase qui a tout changé dans ma vie, avoua-t-elle avec franchise. Je ne sais pas si je te l'ai dit, mais j'ai pris des leçons de conduite avec lui. Il m'a appris à freiner, à faire des dérapages contrôlés… L'autre fois, il m'a même emmenée sur un circuit, et j'ai conduit !

Un sourire à la fois perplexe et amusé se dessina sur les lèvres de son amie médecin.

— Ne me dis pas que tu vas devenir une adepte des courses automobiles ?

Molly éclata de rire.

— Certainement pas. Mais, maintenant, je me sens plus sûre de moi au volant. Et lorsque Chase conduit je peux me détendre… J'ai confiance en lui !

Betsy l'observa avec émotion.

— Je suis vraiment heureuse que tout s'arrange pour toi. Enfin un peu de bonheur dans ta vie…

— Oui, enfin… Et pas « un peu » mais « beaucoup » !

En souriant, Molly ajouta :

— Parfois, il suffit juste de faire confiance à la vie, et tout s'enchaîne. J'ai rencontré Chase dans des circonstances assez particulières, et rien ne nous prédestinait à être ensemble. Et tu te rends compte ? On va se marier…

— Justement, ne laissons trop attendre ton futur époux !

Betsy ouvrit la porte et accompagna Molly à l'arrière de l'église, où patientaient les membres de la famille et les amis.

On ne comptait plus une seule place libre sur les bancs de l'église, et de magnifiques hortensias bleus et blancs décoraient l'autel.

Embrassant l'assemblée du regard, Molly pensa une fois de plus à ses parents et à son frère. Ils auraient été si heureux, si fiers... Par chance, sa grand-mère, assise au premier rang, ne manquait pas l'événement. Et, heureusement, la famille de Chase s'était montrée formidable. Molly et sa grand-mère avaient été merveilleusement bien accueillies par la famille Mayfield.

Betsy esquissa un signe de tête à l'attention de l'organisateur de la cérémonie qui, à son tour, demanda à l'organiste de commencer à jouer. Quelques minutes plus tard, Betsy ayant ouvert la marche, Molly lui emboîta le pas. Tous les yeux étaient rivés sur elle, mais elle ne voyait qu'une seule et unique personne : l'homme qu'elle aimait et auquel elle s'apprêtait à unir sa vie.

Chase était plus séduisant que jamais, ses cheveux sombres coiffés avec style, des fossettes soulignant son sourire ému, les yeux brillant d'un amour évident. Le cœur gonflé de joie, Molly sentit des larmes de bonheur lui piquer les paupières. Le destin lui offrait l'occasion de fonder une famille... Et, cette occasion, elle allait la saisir et s'y agripper de toutes ses forces, un peu comme lorsqu'on attrape le « pompon de la chance » lors d'un tour de manège, songea-t-elle, le sourire aux lèvres.

Lorsqu'elle parvint devant le prêtre, ce dernier savait que personne ne la conduirait devant son futur époux : Chase et Molly en avaient décidé ainsi. Elle rejoindrait Chase d'elle-même, exprimant de cette manière sa volonté et sa liberté de femme.

Chase lui tendit une main et la jeune femme la prit dans la sienne.

— Je t'aime, chuchota-t-il.

— Moi aussi, je t'aime.

Ils se tournèrent pour faire face à l'autel, et le prêtre commença :

— Mes chers amis, nous sommes ici réunis pour célébrer le mariage de Molly et de Chase, dont les cœurs se sont répondus, dont les âmes se sont reconnues…

La cérémonie fut émouvante, courte, et bientôt ils furent déclarés mari et femme. Ils scellèrent leur union d'un doux baiser plein d'amour.

Molly ignorait ce que l'avenir leur réservait, bien sûr… Mais, au plus profond d'elle-même, elle avait la certitude que quoi qu'il advienne, ils feraient face ensemble, main dans la main.

La saison des courses avait déjà commencé, et bien que plusieurs sponsors aient déjà communiqué leurs propositions à Chase, l'invitant à piloter de prestigieuses voitures, Chase avait décliné toutes les offres les unes après les autres.

— Ça ne signifie pas que je ne concourrai plus jamais, avait-il déclaré à Molly. La vérité, c'est que je ne suis pas certain d'avoir envie de continuer sur cette voie. Je ne veux surtout pas me précipiter, et être obligé d'obéir à un nouveau parrain du monde sportif…

Puis il avait évoqué le projet de créer une école de conduite pour adolescents qui désiraient s'initier au karting. Chase leur enseignerait les techniques, les réflexes, tout comme son propre père l'avait fait avec lui durant son enfance. Molly n'avait pas caché son enthousiasme, et même le père de Chase avait été emballé par l'idée !

Détail intéressant, les deux hommes étaient devenus plus proches que jamais. Phil Mayfield était prêt à offrir ses conseils et son soutien à son fils. Celui-ci, recevant enfin la reconnaissance paternelle tant espérée, n'avait pas caché sa joie…

Se remémorant ces derniers événements familiaux, Molly sourit et regarda Chase avec tendresse. S'en apercevant, son mari lui sourit à son tour.

— C'est le plus beau jour de ma vie, avoua-t-il.

— Pour moi aussi…

La cérémonie religieuse terminée, Molly et Chase gagnèrent la salle des fêtes où la réception se déroulerait. Chase prit la main de sa femme dans la sienne et la pressa tendrement.

— Tu veux que je te dise ? Je suis impatient qu'on commence à vivre ensemble.

En guise de réponse, Molly l'enlaça et l'embrassa passionnément. Au plus profond d'elle-même, elle savait que, sur le nouveau chemin qu'ils empruntaient ensemble, l'amour les guiderait pour toujours… Et elle avait confiance en l'avenir. Une confiance totale et absolue.

BestSellers

A paraître le 1er mars

Best-Sellers n° 413 • suspense

Les disparues de la nuit - Lisa Jackson

En moins de deux ans, quatre jeunes filles ont disparu du campus de l'université de Bâton Rouge, en Louisiane. Fugues ou assassinats ? Les médias s'interrogent, mais personne ne semble vraiment se préoccuper de leur sort. Personne, excepté Kristi Bentz, une étudiante en journalisme, qui comprend que quelque chose se passe sur le campus. Car toutes les disparues suivaient un cours sur le vampirisme. Un cours auquel elle vient justement de s'inscrire.

Best-Sellers n°414 • paranormal

La citadelle des ténèbres - Gena Showalter

Depuis sa plus tendre enfance, Ashlyn Darrow est harcelée par des voix surgies du passé qui font de sa vie un cauchemar. Prête à tout pour se libérer de ce don maléfique, elle se rend à Budapest pour rencontrer des spécialistes en la matière, des êtres étranges dotés, dit-on, de singuliers pouvoirs. Mais à peine arrivée dans l'antique château où ils mènent leurs travaux, elle tombe éperdument amoureuse de Maddox – un homme aussi séduisant qu'inquiétant que ses pairs disent immortel et habité d'un dangereux démon.

Best-Sellers n°415 • thriller

Sous le regard de l'ange - Andrea Ellison

Lieutenant à la brigade des homicides de Nashville, Taylor Jackson ne se laisse pas facilement décontenancer. Mais l'effroyable sauvagerie du nouveau meurtre sur lequel elle doit enquêter l'effraie, et la bouleverse même profondément, lorsqu'elle découvre avec stupeur que la victime, une mère de famille irréprochable en apparence, participait au tournage de films pornographiques et de vidéos de couples filmés à leur insu. Pire encore pour Taylor : l'une de ces vidéos la montre elle-même en situation, ce qui non seulement menace sa carrière et son couple, mais fait bientôt peser sur elle les pires soupçons.

Best-Sellers n°416 • thriller

Le secret des marais - Amanda Stevens

Le travail est devenu un refuge pour Evangeline Theroux, jeune inspectrice de police à la Nouvelle-Orléans. Terrassée par la mort soudaine de son mari, effrayée de ne pas être à la hauteur avec son bébé de cinq mois, elle se jette à corps perdu dans une enquête de premier plan sur le meurtre d'un célèbre avocat. Pourtant, les jours passant, ses recherches piétinent et elle accepte l'aide de Declan Nash, agent du FBI. Mais lorsqu'un terrifiant coup de théâtre place soudain son petit garçon au centre de l'affaire, tout change. Désormais prête à tout pour protéger son enfant, Evangeline décide de tout risquer, y compris sa carrière, pour découvrir la vérité, sans imaginer que celle-ci la touche de près et va bientôt remettre en question sa propre identité.

Best-Sellers n°417 • roman

Un parfum de lilas - Sherryl Woods

Bouleversée par l'échec de sa dernière pièce, qui précède de peu la fin de sa relation amoureuse avec son mentor, la dramaturge Bree O'Brien quitte Chicago et le théâtre où elle a commencé à se faire un nom pour regagner Chesapeake Shores, sa ville natale. Dans ces lieux qu'elle aime tant, elle est persuadée qu'un nouveau départ l'attend. Mais ce retour, en plein cœur de l'été, n'est pas aussi serein que Bree l'espérait. Car il fait aussitôt ressurgir des fantômes de ce passé qu'elle a en vain tenté de fuir. Des fantômes au premier rang desquels se trouve Jake Collins, qu'elle n'a jamais réussi à oublier.

Best-Sellers n°418 • roman

Un printemps à Blossom Street - Debbie Macomber

Blossom Street, c'est une petite rue de Seattle, encore préservée et pleine de charme. Un endroit où il fait bon vivre, et où le quotidien a un parfum de bien-être. Debbie Macomber nous y fait partager la vie de quatre femmes que tout sépare et oppose, mais qui vont se retrouver indissolublement liées les unes aux autres. De cette alchimie, que soulignent des scènes dramatiques et cocasses, intenses et émouvantes, douces-amères et drôles, ironiques et chaleureuses, naissent ces petits riens de la vie qui se transforment en un récit extraordinairement attachant.

Best-Sellers n°419 • historique

L'héritière des Romanov - Susan Wiggs

Russie et Angleterre, 1533

Issue d'une famille princière de Russie, Juliana Romanov a vu les siens se faire massacrer par des traîtres boyards qui se sont emparés du pouvoir. Sauvée par des Gitans, elle se réfugie avec eux en Angleterre, où ils vivent de charité et de larcins. Or un jour, au cours d'une partie de chasse royale, elle est prise en flagrant délit de vol par le roi Henri VIII en personne ! Certaine de sa condamnation prochaine, Juliana est abasourdie lorsqu'on lui propose, à la place, d'épouser Stephen de Lacey, baron de Wimberleigh. Mais elle ignore encore que son futur époux est un rival du roi auquel ce dernier a voulu imposer une union dégradante…

Composé et édité par les
éditions Harlequin
Achevé d'imprimer en février 2010

CPI
Bussière

à Saint-Amand-Montrond (Cher)
Dépôt légal : mars 2010
N° d'imprimeur : 91808 — N° d'éditeur : 14861

Imprimé en France